Ava Avery

Mr. CEO & Mrs. Boss 2
Küsse auf Capri

Millionär Liebesroman

–

Teil 2 der Love Romance

Deutsche Erstausgabe: Februar 2021

Covermotiv: Bilder unter Lizensierung von Shutterstock.com genutzt.

ISBN: 9798701689501

Disclaimer
Dieses Buch ist reine Fiktion. Alle in diesem Buch geschilderten Handlungen und Personen sind frei erfunden. Ähnlichkeiten mit lebenden oder verstorbenen Personen sind Zufall und nicht beabsichtigt. Dieser Roman enthält explizite Szenen zwischen Erwachsenen.

Website & Newsletter: www.avaavery.de

Instagram: avaavery.autorin

Facebook: www.facebook.com/avaavery.autorin

Für Dino

La vita è fatta per essere vissuta, non per essere risparmiata.
D.H. Lawrence

Inhaltsverzeichnis

Kapitel 1

Die Sonnenstrahlen kitzelten mein Gesicht. Sie waren absolut erbarmungslos, sodass jeder Versuch, erneut einzuschlafen, vergeblich war. Ich seufzte und schlug die Bettdecke zurück. Dann drehte ich meinen Kopf zum Fenster, von wo mich die Sonne trotz der frühen Stunde bereits freudig begrüßte. Die letzte Juni Woche war angebrochen und der Sommer war nun endgültig in Kampanien angekommen.

Er gehörte neben dem Herbst zu meiner liebsten Jahreszeit. Ich liebte den intensiven Duft, den der Sommer verströmte. Ich liebte die langen und hellen Tage, die scheinbar nie zu Ende gingen. Und ich war hin und weg von der kunterbunten Farbenpracht, mit der die Natur uns in diesen Sommermonaten beschenkte.

Hier in Kampanien waren die Nächte von Juni bis in den Oktober so milde, dass man die ganze Nacht draußen verbringen konnte, und selbst ohne Weste oder Decke nicht fröstelte. Da ich in den vergangenen zehn Tagen nachts stundenlang unter dem alten Olivenbaum gesessen und gedankenverloren in den Sternenhimmel gestarrt hatte, wusste ich das nur zu gut. Diese Erinnerung brachte mich augenblicklich zurück in die Realität.

Ich seufzte erneut. Es tat weh. Es tat so verdammt weh. Und es wurde einfach nicht besser. Im Gegenteil. Irgendwie hatte ich das Gefühl, dass es mit jedem Tag schlimmer wurde.

Zehn Tage war es nun her, dass mir dieser furchtbare Zeitungsartikel den Boden unter den Füßen weggerissen, und meine Welt zum Einstürzen gebracht hatte. Wie lange zehn Tage sein konnten, war mir vorher nicht bewusst gewesen. Nun ja, jetzt wusste ich es. Sie erschienen mir wie eine quälende Ewigkeit.

Ich hatte mich gezwungen, Matteo nicht zu schreiben. Ich hatte ihn auch nicht angerufen. Es herrschte Funkstille zwischen uns. Zuerst war ich geschockt gewesen. Doch der Schock wandelte sich recht schnell in eine grenzenlose Traurigkeit.

Ich war tagelang mit dunklen Augenringen und zerzausten Haaren herumgerannt. Rastlos. Ziellos. Ich konnte mich auf nichts konzentrieren, mich auf nichts einlassen und mich bei nichts entspannen. Diese fortwährende Unruhe und komplette Lustlosigkeit fraßen mich innerlich auf.

Die Tränen wollten jedoch nicht kommen. Ich konnte einfach nicht weinen. All die ungeweinten Tränen brannten in meiner Brust und ließen mich zu einem hoffnungslosen Nervenbündel werden.

Meine Familie hatte großes Feingefühl und noch mehr Geduld bewiesen. Alle hielten sich zurück. Ich war mir sicher, sie wussten, dass da etwas zwischen Matteo und mir gewesen war. Womöglich hatten sie es seit 12 Jahren gewusst. Doch sie waren taktvoll genug, um zu schweigen. Sie warteten auf ein Zeichen von mir. Dass ich bereit war zu reden, dass ich getröstet werden wollte, dass es in Ordnung war, mich in den Arm zu nehmen. Doch ich war nicht bereit dazu. Ich war gar nichts mehr.

Übrig von der einst so starken, unabhängigen und zielstrebigen Carlotta war lediglich eine leere Hülle und ein langer schwarzer Schatten, der diese Hülle auf Schritt und Tritt verfolgte. Mit jedem Tag war ich schweigsamer geworden.

Und Giorgia war mit jedem Tag erboster geworden. Sie sagte nichts, aber ich kannte sie gut genug, um es ihr anzusehen. Sie war schrecklich wütend. Ob auf Matteo oder mich, das wusste ich nicht. Aber es war mir auch egal. Ich hatte einfach keine Kraft, danach zu fragen. Um ehrlich zu sein, wollte ich es auch gar nicht wissen. Ich hatte genug damit zu tun, in meinem Selbstmitleid zu baden.

Gestern Abend war ich gerade dabei gewesen, das Geschirr der letzten Restaurantgäste in die Küche zu bringen, als ich eine aufgeregte Unterhaltung aufschnappte, die sie am Telefon führte. Giorgia klang sehr aufgebracht. Die Person am anderen Ende der Telefonleitung hatte definitiv wenig zu lachen. So viel stand fest. Obwohl sie mit gedämpfter Stimme sprach, konnte ich ihre Wut deutlich heraushören. Ich verstand nicht, worum es genau ging. Es waren lediglich einige Wortfetzen, die ich aufschnappte.

„Dieser verdammte Vollidiot“, „ich bringe ihn sowas von um“, „er wird sich wünschen, dass er nie das Licht dieser Welt erblickt hätte“, waren dabei noch die harmlosesten Bemerkungen. Ich konnte mir schon denken, dass sie wahrscheinlich von Matteo sprach, doch mit wem sie über Matteo redete, darauf konnte ich mir keinen Reim machen.

Noch während ich über dieses Gespräch von gestern Abend nachdachte, hörte ich von unten auf einmal laute Stimmen. Um genau zu sein, hörte ich vor allem Giorgias erhobene Stimme. Was war da los? Alarmiert zog ich meinen Morgenmantel über und eilte dann die Treppe hinunter zur Haustür. Dort stand niemand anderes als Leonardo. Ich erkannte ihn zunächst nicht.

Das hing einerseits damit zusammen, dass Giorgia sich wie ein furchteinflößender feuerspeiender Drache vor ihm aufgebaut hatte und wild auf ihn einredete. Zum anderen war Leonardo deutlich abgemagert und blass. Seine Augen hatten nicht den üblichen Glanz und sein immerzu präsentes Strahlen war erloschen. Er wirkte ernst, angespannt und müde.

Ich befreite ihn aus Giorgias Klauen, und er nahm mich fest in den Arm.

„Es tut mir so leid“, flüsterte er mir ins Ohr.

Ich zog die Augenbrauen in die Höhe, löste mich ein wenig aus seiner Umarmung und sah ihn verwundert an.

„*Dir* tut es leid?“, fragte ich ihn verwirrt. „Nein, *mir* tut es leid. Was mit deinem Großvater geschehen ist, ist furchtbar. Dir muss gar nichts leidtun, Leonardo.“

Leonardo presste die Lippen energisch aufeinander.

„Es tut mir leid, dass mein Cousin so ein kompletter Vollidiot ist. Diese Verlobung ist vollkommener Schwachsinn. Du musst unbedingt mit ihm reden. Vielleicht kommt er dann endlich zur Vernunft.“

Ich lächelte zaghaft.

„Du schreibst mir viel mehr Einfluss zu, als ich habe. Wie kommst du darauf, dass er auf mich hören würde?“.

„Weil er dich liebt. Weil er immer nur dich geliebt hat. Und weil er immer nur dich lieben wird.“

Ich zuckte bei diesen Worten merklich zusammen. Doch bevor ich etwas erwidern konnte, schaltete Giorgia sich ein. „Wenn das so wäre, wieso zieht er dann diese Scheiße ab? Wieso tut er Carlotta das an? Und sich selbst? So ein Schwachsinn. Liebe? Dass ich nicht lache! Ich bringe ihn sowas von um, diesen Scheißkerl!“

Giorgia ballte ihre Hände zu Fäusten und Leonardo war reflexartig einen Schritt zurückgewichen, um dem feuerspeienden Drachen zu entkommen.

„Ich weiß, dass das für euch alles keinen Sinn zu machen scheint. Und auch ich habe erhebliche Zweifel an dieser Sache, denen ich nachgehe…“. Leonardo verstummte und ließ die letzten Worte unausgesprochen.

„Welche Sache? Reden wir immer noch von der Verlobung?“, fragte ich noch eine Spur verwirrter.

„Die Sache ist größer, Carlotta, viel größer. Ich kann dir jetzt nicht mehr dazu sagen, außer, dass du sobald wie möglich zurückkehren musst und mit Matteo reden solltest. Er soll dir erklären, wieso er diese Entscheidung getroffen hat. Das ist er dir schuldig. Und bis dahin weiß ich vielleicht mehr und kann dich einweihen. Momentan ist die Sache noch zu ungewiss und zu gefährlich.“

Als er meinen zweifelnden Blick bemerkte, schob er eindringlich hinterher, „Du musst mir vertrauen.“

Giorgia schnaubte verächtlich.

„Euch Leones vertrauen? Dass ich nicht lache. Du kommst hierher in unser Haus, machst irgendwelche vagen Andeutungen und bittest uns, dir zu vertrauen. Du hast Nerven! Vielleicht sollte ich damit anfangen, dir den Hals umzudrehen und deinen kahlrasierten Kopf mit einer netten Grußkarte an deinen Cousin Matteo versenden.“

Giorgia war nun nicht mehr zu bremsen. Der arme Leonardo wurde immer kleiner unter ihrem fortwährenden Redeschwall und ihren Ausführungen, wie sie ihn umbringen und dann nett als Geschenk verpacken würde. Ich musste unwillkürlich grinsen. Giorgia war eine echte Mafiabraut. Sie würde die perfekte Mafia Chefin abgeben, die eingesessenen Paten alt und schwach aussehen lassen.

Aber der arme Leonardo hatte momentan wirklich genug zu kämpfen. Und diese Behandlung hatte er nicht verdient. Er war immer für mich da gewesen.

Ich rechnete es Giorgia hoch an, dass sie mich so inbrünstig verteidigte, aber ich musste meine Kämpfe selbst ausfechten. Sanft legte ich ihr die Hand auf den Arm, den sie gerade in Richtung Leonardo ausgestreckt hatte, und ihm mit dem spitzen Fingernagel ihres Zeigefingers wütend in die Brust pikste.

„Giorgia, lass gut sein. Leonardo kann nun wirklich nichts dafür. Er war immer gut zu mir."

Giorgia schnaufte abwertend. „Allein, dass er den Namen Leone trägt, macht ihn für mich zu einem roten Tuch. Und wenn du nichts weiter zur Aufklärung dieser Misere beizutragen hast, Leone, dann raus hier."

Es war aussichtslos. Giorgia war in Rage. Ich konnte sehen, wie das Feuer in ihr loderte und bugsierte Leonardo kurzerhand aus dem Haus. Schnell zog ich die Tür hinter uns zu.

„Gerettet", ich zwinkerte ihm zu.

Er holte tief Luft und endlich erschien das altbekannte jungenhafte Grinsen wieder auf seinem Gesicht.

„Ich mag deine Cousine."

Nun musste ich doch tatsächlich laut lachen.

„Sie dich ganz offensichtlich nicht."

Leonardo zwinkerte mir zu, „das wird sich schon noch ändern. Wer kann schon meinem unschuldigen Lächeln widerstehen?".

Er grinste mich mit blitzenden Augen schelmisch an und ich konnte nicht anders, als ebenfalls zu grinsen. Dann wurde er jedoch wieder ernst.

„Carlotta, bitte hör mir zu. Du musst nach Capri zurückkommen, und mit Matteo reden. Ich bin mir sicher, dass du ihn von seinem Vorhaben abbringen kannst. Er rennt in sein Unglück. Das darfst du nicht zulassen."

Ich schüttelte verwirrt den Kopf.

„Es hat ihn doch niemand gezwungen, sich mit Elena zu verloben. Wieso also sollte er in sein Unglück rennen?“.

Leonardo sah mich mit mitleidigen Augen an.

„Da liegst du leider falsch. Er wurde gewissermaßen dazu gezwungen.“

„Wie meinst du das?“, bohrte ich nach.

„Ich meine, dass es nicht auf freiwilliger Basis geschehen ist. Das Attentat auf meinen Großvater war der Auslöser zu allem, was danach geschehen ist. Matteo hat der Verlobung zugestimmt, weil er es als die beste und auch als die einzige Lösung für alle Beteiligten angesehen hat.“

Leonardo sprach nicht weiter, und ich seufzte genervt.

„Du musst aufhören in Rätseln zu sprechen, Leonardo. Ich verstehe nur Bahnhof. Von welcher Lösung sprechen wir hier überhaupt? Lösung für was? Das Beste für wen? Ich verstehe nicht im Geringsten, wovon du redest.“

Leonardo fasste mich an den Armen und sah mich eindringlich an.

„Er hat mir das Versprechen abgenommen, dass ich mit niemandem darüber rede. Auch wenn ich es für falsch halte, habe ich ihm mein Wort gegeben, zu schweigen. Deshalb kann ich dir nur Eines sagen: Komm zurück nach Capri. Rede mit Matteo und lass nicht locker, bis du die Wahrheit kennst. Er liebt dich und ich bin mir sicher, dass du ihn auch liebst. Lass nicht zu, dass euch eure gemeinsame Zukunft genommen wird.“

Mit diesen Worten umarmte er mich noch einmal kurz und flüsterte mir erneut ins Ohr, „Vertrau mir“. Dann drehte er sich um, ging zu seinem Wagen und war im nächsten Moment aus meinem Blickfeld verschwunden.

Kopfschüttelnd stand ich da und sah dem Wagen hinterher.

Ich ging zurück ins Haus und nachdem ich in der Küche niemanden vorfand, sah ich, dass meine Großeltern, meine Tante und Giorgia im Garten saßen und dort frühstückten. Noch immer in mein Nachthemd und meinen Bademantel gekleidet, ging ich hinaus zu ihnen.

Bereits an der Türschwelle konnte ich den unvergleichlichen Duft von blühenden Rosen, salzigem Meerwasser und intensivem Zitrus vernehmen. Ich schloss die Augen und sog diesen paradiesischen Duft, so tief es ging, ein. Hach war das herrlich! Wenn nur nicht alles andere so furchtbar wäre.

Ernüchtert von diesem Gedanken ging ich auf den Tisch zu, an dem meine Familie über einen Zeitungsartikel gebeugt, saß. Ich glaubte, ein Déjà-Vu zu erleben und kalte Angst machte sich augenblicklich in mir breit. War das ein weiterer Artikel über Matteo und Elena? War sie womöglich schwanger? Ich fasste mir ans Herz, welches erneut zu schmerzen begann und schloss zaghaft die Lücke zwischen mir und dem Tisch, auf dem die Zeitung lag.

„Was ist passiert?“, fragte ich ängstlich.

„Don Mario ist aus dem Koma erwacht, Liebes.“

Die beruhigenden Worte meiner Großmutter ließen mich aufatmen. Ich hatte nicht gemerkt, dass ich die Luft angehalten hatte. Don Mario war aus dem Koma erwacht! Das waren tolle Neuigkeiten!

„Sie schreiben, dass er über den Berg sei und wahrscheinlich wieder ganz gesund wird.“

Meine Großeltern lächelten einander an. Sie waren sehr erfreut über diese Nachricht, schließlich kannten sie Don Mario seit einer Ewigkeit.

„Carlotta, setz dich zu uns und lass uns darauf anstoßen“, forderte mich mein Großvater mit einem aufmunternden Lächeln auf.

Bei diesen erfreulichen Neuigkeiten, konnte ich meinen Schmerz für einen winzigen Moment vergessen. Ich nahm ein Glas frischen Orangensaft, den meine Großmutter aus den Orangen in unserem Garten gepresst hatte, um mit den anderen auf die schnelle Genesung von Don Mario anzustoßen.

Wenig später ging ich nach oben, um mich für die Mittagsschicht im Restaurant fertigzumachen. Dabei kam mir wieder Leonardos Besuch in den Sinn, der mich bis zum späten Nachmittag nicht mehr losließ.

In den vergangenen Tagen war die Arbeit im Hause Leone nahezu zum Erliegen gekommen. Die Sorge um Don Mario hatte alles überschattet.

Nun, da er wieder auf dem Weg der Besserung zu sein schien, und dem Tod von der Schippe gesprungen war, würde auch die Arbeit im Hause Leone wieder aufgenommen werden.

Für mich bedeutete das, dass ich meine Rückkehr nach Capri nicht mehr allzu lange hinauszögern konnte.

Früher oder später musste ich zu dem Anwesen der Familie Leone zurückkehren. Dort würde ich dann unweigerlich auf Matteo treffen. Aber es half alles nichts. Don Mario und ich hatten einen Deal. Und eine der Klauseln dieses Deals besagte, dass ich bis Jahresende für die Familie tätig sein musste, um den fortwährenden Schutz meiner Familie vor der Russenbande, sowie allen anderen Banden und Clans, zu garantierten.

Nach dem Anschlag auf Don Mario war mir einmal mehr bewusst geworden, wie sehr meine Familie auch nach dem Tod von Wladimir, dem Kopf des Russenclans, auf den Schutz der Familie Leone angewiesen war.

Den Job bei der Mafia aufzugeben und zurück nach München in mein altes Leben zu flüchten, war keine Option. Damit würde ich das Leben meiner Familie riskieren und das wollte ich auf keinen Fall.

Ich musste dieses Jahr wohl oder übel zu Ende bringen. Ich versuchte mir einzureden, dass ich das Berufliche von dem Privatem trennen musste und mich anstatt an diese Verlobung zu denken, lieber auf die Arbeit konzentrieren sollte.

Das gelang mir jedoch nicht wirklich. Dafür war einfach zu viel zwischen Matteo und mir vorgefallen.

Aber ich wollte es zumindest versuchen.

Also fasste ich den Entschluss, dass ich am folgenden Tag zurück nach Capri reisen würde, um mich dem zu stellen, was auch immer mich dort erwarten würde. Schon Morgen würde ich also womöglich wieder auf Matteo treffen.

Schmetterlinge flatterten bei diesem Gedanken wild in meinem Bauch umher.

Einerseits konnte ich es kaum erwarten, ihn wiederzusehen, aber andererseits fraß mich der Schmerz darüber, dass er mit einer anderen Frau verlobt war, beinahe auf.

Ich würde ihn nicht mehr berühren dürfen. Wir würden uns nicht mehr küssen dürfen.

Es würde schlichtweg kein „*wir*" mehr geben.

Kapitel 2

Am nächsten Morgen stand ich an der Reling der Fähre, die mich nach Capri bringen sollte. Ich fror, obwohl das Thermometer bereits in diesen frühen Stunden an der dreißig Grad Marke kratzte.

Bei dem Gedanken, Matteo womöglich schon bald gegenüberzustehen, wurde mir ganz flau im Magen. Ich hatte das Gefühl, ich müsste mich übergeben, und das, obwohl keinerlei Wellengang herrschte. Ganz im Gegenteil. Die Sommersonne strahlte freudig am Himmel und brachte das Meerwasser um mich herum zum Leuchten. Tausende Diamanten schienen auf der Wasseroberfläche zu tanzen, die silbrig in der Sonne glitzerten.

Eigentlich war es ein wunderschönes Schauspiel der Natur, aber auch das konnte meine Angst vor dem, was mir bevorstand, nicht lindern.

Die Fahrt verging viel zu schnell und nur kurze Zeit später legte die Fähre auch schon auf Capri an, wo mich bereits der altbekannte Wagen erwartete, der mich zum Anwesen der Familie bringen sollte.

Ich hatte meine heutige Ankunft schon gestern angekündigt. Somit wusste wahrscheinlich auch Matteo, dass ich heute wiederkehren würde. Ich fragte mich, ob er mir aus dem Weg gehen, oder ob er mit mir reden würde. Welche dieser beiden Möglichkeiten mir lieber war, konnte ich nicht sagen. Meine Meinung darüber wechselte ungefähr sechzig Mal in einer Minute.

Ich war hin- und hergerissen.

Wenn ich ihn treffen würde, wie würde es ablaufen? Was würde er mir sagen? Wie würde er mich behandeln? Mir graute davor. Aber gleichzeitig vermisste ich ihn so sehr. Es würde mir besser gehen, wenn ich ihn endlich wiedersehen konnte.

Zumindest redete ich mir das ein.

Auch wenn wir ab nun lediglich zusammenarbeiten würden, so würde ich ihn dennoch sehen können, seinen unverkennbar männlichen Duft wahrnehmen und seine strenge, unnachgiebige Stimme hören. Wenn das alles war, was ich haben konnte, dann würde es genügen müssen. Für den Moment. Alles Weitere würde ich mir dann überlegen. Denn dass das auf Dauer nicht gut gehen würde, das war mir klar.

Man konnte Gefühle nicht einfach so abstellen. Das gelang selbst Matteo nicht. Zumindest hoffte ich das. Ich hoffte, dass seine Gefühle für mich so tiefgründig waren, wie die meinen für ihn. Ich hoffte, dass unsere Zeit in Taormina ihm genauso viel bedeutet hatte, wie mir. Und ich hoffte, dass Leonardo recht hatte, und Matteo mich liebte.

Falls ich falsch lag, würde mein Leben nie wieder dasselbe sein. Das wollte ich mir gar nicht ausmalen. Bei dem Gedanken überkam mich erneut ein kalter Schauer und ich schüttelte mich, während ich von der Fähre auf den Wagen zuschritt. Der Fahrer nickte mir freundlich zu und öffnete mir die Tür. Ich nahm im hinteren Teil des Wagens Platz und blickte nachdenklich auf das vorbeiziehende Meer, als der Wagen die steilen und engen Kurven zum Anwesen der Familie hinauffuhr.

Je näher wir dem Anwesen kamen, desto nervöser wurde ich. Für einen kurzen Moment überlegte ich, den Fahrer zu bitten, einfach wieder zu wenden, um das Ganze noch etwas hinauszuzögern. Aber es half alles nichts. Ich musste mich dem stellen, was mich erwartete. Es brachte nichts, das Unweigerliche weiter hinauszuschieben. Außerdem war ich kein Angsthase. Ich würde das schon schaffen. Ich hatte bisher immer alles geschafft. Dann würde ich auch mit dieser Situation zurechtkommen.

Ich redete mir weiter gut zu und als der Wagen in die Einfahrt des Anwesens einbog und vor dem Gebäude zum Stehen kam, war mein Kampfgeist zumindest halbwegs von den Toten erwacht.

***** Matteo *****

Seitdem der Wagen das Anwesen verlassen hatte, um sie am Hafen von Capri in Empfang zu nehmen, hatte ich in ihrem Büro auf ihre Ankunft gewartet. Von ihrem Büro hatte man die beste Aussicht auf die Einfahrt des Familienanwesens. Und auch wenn man mir gestern Abend mitgeteilt hatte, dass sie heute anreisen würde, so hatte ich bis zuletzt nicht wirklich glauben können, dass sie nach allem, was sie von mir denken musste, tatsächlich noch einmal hierherkam.

Ich wünschte es mir, auch wenn ich wusste, dass es unvernünftig und gefährlich war. Bevor der Fahrer zum Hafen gefahren war, hatte ich ihn angewiesen, mir eine Nachricht zu schicken, ob Carlotta sich wirklich auf der Fähre befand. Seitdem hatte ich das Handy in meiner Hand angestarrt und darauf gewartet, dass die ersehnte Nachricht darauf einging. Nach einer gefühlten Ewigkeit vibrierte es schließlich und der Fahrer bestätigte mir mit einem kurzen *„Si"*, dass Carlotta tatsächlich auf Capri angekommen war.

Ich schloss die Augen und ließ zu, dass die Freude für einen Moment alle Bedenken über ihre Anwesenheit verdrängte. Sie fehlte mir.

Ich hatte regelrechte Entzugserscheinungen und war in den letzten Tagen zu nichts im Stande gewesen. Eine innere Wut beherrschte mich seit Tagen, die ihren Ursprung nicht nur in dem Attentat auf meinen Großvater fand. Ich war wütend, dass sie sich nicht gemeldet hatte. Ich war wütend auf mich, weil ich wütend auf sie war, obwohl ich dazu gar kein Recht hatte. Schließlich hatte ich sie vor den Kopf gestoßen, sie zutiefst verletzt. Vielleicht hasste sie mich. Der Gedanke schmerzte mich, auch wenn ich wusste, dass es besser so war. Wenn sie mich hasste, würde sie sich von mir fernhalten. Genau das war es, was ich wollte.

Zumindest war es das, was ich wollen sollte. Was ich wirklich wollte, das durfte nicht sein, und ich ärgerte mich, dass ich mich trotzdem jedes Mal nach Carlotta sehnte, wenn ich die Augen auch nur für einen kleinen Moment schloss.

Sie tauchte jedes Mal vor meinem inneren Auge auf und raubte mir mit ihrem Anblick und ihrem umwerfenden Lächeln den Atem. Ich war absolut verrückt nach ihr. Das hatte sich in all den Jahren nie geändert. Sie war die einzige Frau, der ich je verfallen war. Sie löste Gefühle in mir aus, von denen ich überhaupt nicht wusste, dass ich sie jemals empfinden könnte.

Noch während ich meinen Gedanken an Carlotta nachhing, hörte ich, wie der Wagen in die Einfahrt fuhr und zum Stehen kam. Ich trat instinktiv einen Schritt zur Seite, denn ich wollte auf keinen Fall, dass Carlotta nach oben sah, und sich unsere Blicke trafen. Alles, was ich jetzt wollte, war, einen kurzen Blick auf sie zu erhaschen, jedes Detail aufzusaugen und mir die Frau, die ich so sehr begehrte, aber nicht haben konnte, aus der Ferne anzusehen. Sie lächelte den Fahrer an, als sie aus dem Wagen stieg, aber das Lächeln erreichte ihre sonst so wachen Augen nicht. Sie schien erschöpft und wenn ich mich nicht irrte, auch etwas dünner als sie es eh schon war. Wenige Sekunden später war sie auch schon wieder aus meinem Blickfeld verschwunden. Meine Wut flammte von Neuem auf. Ich war es, der ihr das angetan hatte, und ich hasste mich dafür.

Meine Faust flog krachend gegen die Wand und ein stechender Schmerz machte sich sofort in mir breit. Es war ein willkommener Schmerz. Wenigstens zeigte mir das, dass ich noch am Leben war. Denn innerlich fühlte ich mich seit der Verlobung mit Elena mehr tot als lebendig. Ich steckte meine schmerzende Hand mit den blutenden Fingerknöcheln in die Hosentasche und verließ Carlottas Büro. Sie sollte mich nicht hier antreffen. Ich wollte ihr die Zeit geben, die sie brauchte, um hier einigermaßen zurechtzukommen. Das würde ihr mit meiner Anwesenheit nicht gelingen.

Also zückte ich kurzerhand mein Handy und wies den Piloten an, den Helikopter startklar zu machen. Ich würde meinem Großvater im Krankenhaus einen Besuch abstatten. Gerade als ich das Büro verlassen wollte, hielt mich jedoch einer meiner Mitarbeiter an und bat mich, mir etwas Dringendes in seinem Büro anzusehen und zu unterzeichnen. Seufzend folgte ich ihm also den Gang entlang in sein Büro.

***** Carlotta *****

Ich schritt die Treppen zu meinem Zimmer hinauf, um meine Tasche dort abzustellen. Wie lange ich auf Capri bleiben würde, das wusste ich noch nicht. Es konnte sein, dass ich noch heute schreiend aus dem Haus lief und die Flucht ergriff. Es konnte aber genauso gut sein, dass ich den Rest der Arbeitswoche hier verbrachte.

Ich hoffte inständig, dass die mutige und unabhängige Carlotta diesen inneren Kampf gegen die entmutigte und verängstigte Carlotta gewinnen würde. Als ich meine Tasche abgestellt und mich ein wenig frisch gemacht hatte, zog ich mich rasch um. Ich wollte bei meinem Arbeitstag so professionell wie möglich aussehen. Man sollte mir nicht anmerken, wie nah mir das alles ging. Deshalb zog ich kurzerhand eine weiße, sommerliche Leinenhose an. Dazu trug ich eine hellblaue Business Bluse. Meine geliebten Capri Sneaker komplettierten den legeren Business Look. Sie würden mir moralischen Beistand leisten.

Bisher hatten sie nur auf der Kommode gestanden. Ich hatte sie aus sicherem Abstand jeden Tag bewundert, mich aber nicht getraut, sie anzuziehen. Zu viele Jahre hatte ich nach ihnen gesucht.

Aber da das Leben momentan ein wirklich fieser Verräter zu sein schien, hatte es keinen Sinn, sie aufzuheben. Denn wer wusste schon, wie viele Möglichkeiten sich in meinem Leben noch ergeben würden, sie zu tragen.

Natürlich klang das etwas dramatisch und vielleicht ein klein wenig übertrieben, aber die Kernaussage traf doch zu. Was nützte es schon, auf den richtigen Moment zu warten, wenn dieser vielleicht nie kam, oder gar schon vorüber war? Und wer wusste schon, wann der richtige Moment kam? Oder wie der richtige Moment aussah? Alles Quatsch! Man sollte tun, was man wollte, und wann man es wollte.

Meine Haare band ich vor dem Spiegel zu einem lockeren Pferdeschwanz zusammen. Prüfend drehte ich mich von einer auf die andere Seite.

Ich sah passabel aus. Ein wenig blass und ich hatte definitiv ein paar Pfunde verloren, was man daran sah, dass die Hose weitersaß, als sonst, aber im Großen und Ganzen sah ich nicht so sehr wie das Häufchen Elend aus, das ich in den letzten Tagen gewesen war.

Ich schloss die Augen, atmete noch einmal tief durch und ging dann energisch zur Tür, um mich meinem Schicksal zu stellen.

Je näher ich dem Gebäude kam, in dem sich auch mein Büro befand, desto weniger energisch wurde mein Gang. Aber ich zwang mich, weiterzugehen. Eine Stufe nach der anderen nahm ich die Treppe. Ich konnte meine Bürotür schon sehen. Fast hatte ich es geschafft. Ich fixierte die Bürotür. Sie war meine Rettung. Wenn ich es bis dorthin schaffte, konnte ich mich hineinflüchten und meine zitternden Hände würden sich beruhigen. Noch zwei Stufen, noch eine Stufe. Geschafft.

Ich steuerte auf die Tür zu, als sich plötzlich etwas weiter den Gang entlang, eine weitere Tür öffnete und niemand anderes als Matteo in den Gang trat. Oh nein! Ich saß in der Falle. Er hatte mich zweifelsohne gesehen, denn seine dunkel funkelnden Augen fixierten mich grimmig. Ich konnte also nicht einfach in mein Büro flüchten und die Tür hinter mir schließen. Das wäre unprofessionell und kindisch. Stattdessen straffte ich meine Schultern, verschränkte die Arme vor der Brust, um meine zitternden Hände zu verbergen und versuchte, grimmig zurück zu starren.

Matteo kam zielstrebig auf mich zu und ließ mich dabei keinen Moment aus den Augen. Ich lobte mich innerlich dafür, dass ich seinem Blick nicht auswich, sondern ihm unnachgiebig standhielt. Schließlich blieb er vor mir stehen und sein unverkennbarer Duft aus Tanne, Sandelholz, Moschus und Orange stieg mir in die Nase. Jetzt bloß nicht aus der Fassung bringen lassen, ermahnte ich mich innerlich.

„Du bist also zurück."

Er musterte mich aufmerksam von Kopf bis Fuß.

„Ja sicher, ich muss ja schließlich meiner Arbeit nachgehen", erwiderte ich so professionell wie möglich.

Matteo nickte.

„Natürlich. Das musst du wohl."

Wir standen unschlüssig voreinander. Keiner sagte etwas. Schließlich nahm Matteo seine linke Hand aus der Hosentasche und rieb sich damit über das Gesicht. Seine blutigen Fingerknöchel fielen mir sofort ins Auge. Ich schloss die Lücke zwischen uns und bevor ich realisierte, was ich da tat, hatte ich bereits seine Hand in die meine genommen und inspizierte sie besorgt.

„Hast du dich geprügelt?", fragte ich ihn unverwandt.

Matteo versuchte, mir seine Hand zu entziehen, doch ich hielt sie fest.

„Also?", ich sah ihn mit hochgezogenen Augenbrauen auffordernd an.

„Es ist nichts."

Ich senkte meinen Blick wieder auf seine Hand, auf der sich inzwischen wieder das Blut gesammelt hatte.

„Das ist nicht nichts, Matteo. Es muss gesäubert und desinfiziert werden."

Matteo seufzte resigniert.

„Ich muss zu meinem Großvater ins Krankenhaus. Der Helikopter ist startklar und wartet bereits seit zehn Minuten auf mich."

Ich ließ seine Hand los und verschränkte meine Arme vor der Brust.

„Erstens: Du bist der Boss. Der Heli wartet auch noch weitere zehn Minuten auf dich. Schließlich bezahlst du dafür. Und zweitens: Willst du wirklich mit einer offenen Wunde zu deinem Großvater? Im besten Falle macht er sich deswegen Sorgen, im schlechtesten Falle schnappst du im Krankenhaus irgendwelche Keime auf, oder noch schlimmer, du gibst sie an deinen Großvater weiter. Willst du das? Dann bitte", ich machte ihm den Weg frei und wies ihn an, an mir vorbeizugehen.

Matteos Blick wurde noch eine Spur grimmiger.

„Du weißt, dass ich rechthabe. Aber ich bin nicht für dich verantwortlich. Es ist deine Entscheidung."

Ich drehte mich zu meiner Bürotür und machte Anstalten, sie zu öffnen, als Matteos Arm nach vorne schnellte und mein Handgelenk umfasste.

Ich wandte mich ihm zu und sah ihn abwartend an. Er schien mit sich zu ringen.

„Also gut. Kannst du die Wunde desinfizieren und mir einen Verband anlegen?".

Ich zuckte mit den Schultern.

„Sicher. Wo hast du das Verbandsmaterial?".

Matteo deutete mit dem Kopf in Richtung seines Büros. Ich folgte ihm schweigend und als wir sein Büro betraten, öffnete er eine weitere Tür, hinter der sich ein Bad befand. Er öffnete den Schrank neben dem Waschbecken und blickte unschlüssig auf den Inhalt.

„Setz dich. Ich nehme mir schon, was ich brauche."

Matteo ließ sich auf dem Rand der Badewanne nieder und ich suchte im Schrank nach allem, was ich für meine Krankenschwester Arbeit benötigte.

Dabei konnte ich Matteos Blick förmlich auf mir spüren, was meine Hände erneut leicht zum Zittern brachte.

Kapitel 3

Ich beobachtete Carlotta, wie sie sich zielstrebig die Dinge aus dem Schrank nahm, die sie zum Verarzten meiner Hand brauchte. Ich hatte ihr eigentlich nicht so schnell über den Weg laufen wollen, um ihr und mir Zeit zu geben, sich an die neue Situation zu gewöhnen. Aber im Grunde genommen war das einfach nur eine lahme Ausrede dafür, dass ich Angst gehabt hatte, ihr zu begegnen. Ich wusste nicht, ob ich mich in ihrer Gegenwart beherrschen konnte. Ich hatte ernsthafte Zweifel daran, ob meine kühle Fassade ihr gegenüber nicht sofort bröckeln würde. Sie brachte mein Herz zum Höherschlagen. Dazu brauchte es nicht viel.

Ich genoss jede ihrer Berührungen, selbst als sie sich nun zu mir umdrehte, vor mir niederkniete und energisch nach meiner schmerzlich pochenden Hand griff.

Kritisch betrachtete sie meine offene Wunde. Ich musste zugeben, dass ich doch härter gegen die Wand geschlagen hatte, als zunächst gedacht. Aber hätte ich da gewusst, dass meine Krankenschwester die heißeste und zugleich süßeste Frau in ganz Italien sein würde, dann hätte ich mit der anderen Faust auch noch gegen die Wand geschlagen.

Carlotta säuberte vorsichtig die blutende Wunde. Es brannte, aber ich wollte ihr meine Hand nicht entziehen. Ich wollte ihre Hand halten, so lange ich konnte. Denn unter normalen Umständen würde ich das nicht mehr tun können. Ich durfte es nicht mehr. Als sie sich noch etwas mehr über meine Hand beugte, umhüllte mich ihr liebliches Parfüm, das ich unter allen Parfüms dieser Welt wiedererkennen würde. Eine Mischung aus Himbeere, Patschuli und Vanille. Ich glaubte, auch einen Hauch von Rosen und Maiglöckchen darin wahrzunehmen. Es passte zu ihr.

Vorsichtig tastete sie meine Hand ab.

„Tut das weh?“, fragte sie mich.

Ich schaute gebannt auf ihre Lippen, als sie diese Worte aussprach. Es war wie verhext. Ich konnte mich einfach nicht konzentrieren, wenn sie mir so nah war und ihr betörender Duft mich umhüllte. Es vernebelte mir buchstäblich die Sinne.

„Erde an Matteo?", fragte sie nun etwas amüsiert.

„Nein, es geht schon", antwortete ich ihr.

Natürlich tat es weh, aber das würde ich ihr gegenüber nicht zugeben. Ich war mehr als hart im Nehmen. Andererseits wollte ich nicht, dass sie meine Hand losließ, also zuckte ich absichtlich zusammen, als sie den nächsten Knöchel berührte. Erschrocken blickte sie zu mir auf.

„Entschuldige, ich wollte dir nicht…", aber weiter kam sie nicht.

Ich hatte ihr meinen Finger auf den Mund gelegt und strich nun sanft über ihre samtig vollen Lippen. Gott wie hatte ich diese Lippen vermisst. Sie waren so perfekt, so weich und so einladend. Bevor ich wusste, was ich da überhaupt tat, hatte ich sie bereits zu mir gezogen und legte nun meine Lippen behutsam auf die ihren. Augenblicklich bildete sich auf meinem Rücken eine Gänsehaut und das Blut schoss von meinem Kopf in ganz andere Regionen meines Körpers.

Sie seufzte an meinen Lippen, was meinen kleinen Freund in höchste Aufruhr versetzte. Ich war verloren. Irgendwo in meinem Kopf rief mir eine Stimme zu, dass ich mich mit dem, was ich hier tat, auf ganz gefährliches Terrain begab, aber die Stimme, die mich anfeuerte weiter zu machen, war so viel lauter, dass ich die leise Stimme der Warnung ausblendete.

Nachdem ich Carlotta einige Sekunden lang die Chance gab, sich zu wehren, wertete ich das Ausbleiben von Widerstand als Zeichen ihrer Zustimmung. Ich begann, meine Lippen zu bewegen. Zunächst vorsichtig, aber innerhalb von Sekunden reichte mir das nicht mehr aus. Mein Verlangen nach dieser Frau war nicht zu stillen. Ich begann, sie leidenschaftlicher zu küssen und zog sie stürmisch hoch auf meinen Schoß. Sie schlang ihre Arme um meinen Nacken und erwiderte meinen Kuss, als würde ihr Leben davon abhängen.

Ich öffnete ungeduldig ihre Bluse und schob sie mit einer Hand über ihre Schultern. Meine Augen erfreuten sich an dem wunderschönen Dekolleté, dass sich ihnen offenbarte, aber mehr noch an dem durchsichtigen weißen Spitzen-BH und den prallen wunderschönen Brüsten, die sich darin verbargen.

Diese Frau brachte mich noch um den Verstand und auf direktem Wege in die Hölle.

***** Carlotta *****

Ich wusste nicht, was ich hier tat, aber es fühlte sich so unglaublich richtig an. Mein Verlangen nach Matteo war größer, als die Wut und die Traurigkeit über das, was in den letzten Tagen geschehen war. Vielleicht war ich schwach, dass ich ihm in diesem Moment nachgab. Die Feministen unter uns würden mich sicher in der Luft zerreißen und ihre Enttäuschung mir gegenüber kundtun.

Aber dieser Mann war der Mann meines Lebens. Ich konnte nicht damit leben, ihn nie wieder berühren und küssen zu dürfen. Das merkte ich einmal mehr in diesem Moment, als mich sein Kuss in eine andere Welt katapultierte und mein ganzer Körper in Flammen aufzugehen schien.

Hastig schob mir Matteo meine Bluse von den Schultern. Dann packte er mich an den Hüften und stand ruckartig auf. Ich schlang meine Beine noch enger um seine Hüften, als er mit mir zur Ablage des Waschbeckens ging. Eilig öffnete ich seine Hose, während ich ihn gleichzeitig weiterküsste. Ich brauchte seine Küsse mehr als die Luft zum Atmen. Endlich hatte ich seine Hose geöffnet und befreite seinen aufgerichteten Schwanz, der schon ungeduldig zuckte.

Während Matteo mir ungestüm in den Hals biss, drängte er sich zwischen meine Schenkel und öffnete mit schnellen Bewegungen meine Hose. Ich half ihm dabei, während ich fast vor Lust nach diesem Mann verging.

Nach ein paar endlos lang erscheinenden Sekunden, hatte er mich endlich meiner Hose entledigt. Matteo schob eilig meinen dünnen Slip zur Seite und drang dann ohne abzuwarten mit einem Ruck in mich ein.

Er wusste, was ich wollte. Er wusste, dass ich das jetzt brauchte. Er wusste es, weil es ihm genauso ging. Kein Vorspiel. Kein langsames Herantasten. Keine Zärtlichkeiten. Wir wollten einander einfach nur spüren und so eng miteinander verbunden sein, wie es nur ging. Wir liebten einander hemmungslos und wild.

Als ich nach viel zu kurzer Zeit heftig kam, erstickte Matteo mein Stöhnen mit seinem Mund. Dann vergrub er seinen Kopf zwischen meinen Brüsten, stieß noch einmal fest in mich und ergoss sich dann mit einem unterdrückten Stöhnen in mich.

Wir atmeten schwer und niemand wollte sich von dem anderen lösen. Zu intim war dieser wertvolle Moment. Und wer wusste schon, ob es der letzte intime Moment zwischen uns gewesen war.

War das ein Abschied gewesen? Oder war es vielleicht ein kleiner Schimmer der Hoffnung?

***** Matteo *****

Schwer atmend stützte ich mich an der Ablage des Waschbeckens ab. Carlottas Schenkel umschlossen noch immer meine Hüften. Ich konnte meine Augen nicht von ihrem wunderschönen Dekolleté lösen, welches sich so verführerisch üppig und zart unter meinen Lippen anfühlte. Überhaupt fühlte sich diese Frau wie eine Göttin an.

Meine Göttin.

Am liebsten würde ich für immer so verharren, aber mit jeder Sekunde beruhigte sich mein Atem mehr, und mir wurde bewusst, was wir hier gerade getan hatten. Oder besser gesagt, was ich hier gerade getan hatte.

Es war meine Schuld. Ich hatte es initiiert. Ich wusste, dass ich mich in der Gegenwart von Carlotta nur schwer unter Kontrolle halten konnte. Dass ich jedoch so schwach sein würde, direkt bei unserer ersten Begegnung einen kompletten Kontrollverlust zu erleiden, hätte ich nicht gedacht.

Ich spürte, wie die altbekannte Wut von Neuem in mir aufstieg. Was war ich doch für ein vollkommener Idiot! Mit meinem unkontrollierten Verhalten brachte ich alle in Gefahr! Meine Familie, unser Imperium und auch die Frau, mit der ich eigentlich mein Leben verbringen wollte. Was für eine Ironie des Schicksals war es doch, dass mir die Zukunft mit dieser Frau genau an dem Tag geraubt wurde, an dem mir klargeworden war, dass ich keinen Tag mehr ohne sie sein wollte.

Nun würde ich den Rest meines Lebens ohne sie verbringen müssen.

Wenn sie hergekommen war, um zu kündigen, konnte ich es ihr nicht verübeln. Aber egoistischerweise hoffte ich, dass sie ihren Vertrag zu Ende bringen würde, und bis zum Jahresende hierblieb. Ich atmete noch einmal ihren Duft ein und löste mich dann widerwillig von ihr.

Als ich meine Hose schloss, bemerkte ich, dass wir erneut ohne Kondom miteinander geschlafen hatten. Ich schüttelte den Kopf über mich selbst. Nicht nur, dass es bei dieser Frau keine fünf Minuten brauchte, bis ich all meine Prinzipien über Bord warf und ihr restlos verfiel. Nein, ich vergaß darüber auch meine eigenen Regeln, die ich in fast zwanzig Jahren noch kein einziges Mal gebrochen hatte. Ich schlief nie ohne Kondom mit einer Frau. Carlotta war die erste Frau, bei der ich es getan hatte. Als ich sie nach unserer Rückkehr aus Taormina spätabends in ihrem Zimmer aufgesucht hatte, hatte mich dieses überwältigende Gefühl erfasst, ihr nahe sein zu wollen. Ich wollte sie spüren, sie besitzen. Einfach jede Faser von ihr.

Das war der Moment gewesen, in dem ich wusste, dass ich keinen Tag mehr ohne diese Frau verbringen konnte und wollte. Doch nur wenige Stunden später war meine Welt komplett auf den Kopf gestellt worden.

Vielleicht war es mir einfach nicht vergönnt, glücklich zu sein. Ich hatte Verantwortung zu tragen. Die Familie stand über allem. Das war ich meinem Großvater schuldig. Also hatte ich getan, was ich tun musste, um den Erhalt der Familie und ihren Schutz zu garantieren.

Der Preis, den ich dafür zahlen musste, war mein Glück. Was Glück bedeutete, hatte ich erfahren, als ich Carlotta vor 12 Jahren zum ersten Mal begegnet war. Das, was ich gefühlt hatte, als ich mit ihr zusammen war, war so beängstigend perfekt gewesen, dass ich daraufhin die Flucht ergriffen hatte. Als ich 12 lange Jahre später neben ihr im Theater von Taormina gesessen hatte und sie heimlich von der Seite beobachtete, während sie verträumt und mit Tränen in den Augen auf die Bühne, das dahinterliegende Meer und den Ätna unter dem Sternenhimmel geschaut hatte, war das Glück ein zweites Mal in mein Leben getreten.

Was würde ich dafür geben, die Zeit zurückdrehen zu können. Ich seufzte. Dann ging ich zum Schrank, nahm einen Waschlappen heraus und reichte ihn Carlotta, die ihn wortlos entgegennahm, um meine Spuren in ihr zu beseitigen.

„Ich…“, begann ich, brach dann aber ab, da ich nicht wusste, was ich überhaupt sagen wollte.

Carlotta warf mir einen kurzen Blick von der Seite zu, setzte sich auf den Badewannenrand, um ihre Hose anzuziehen und schlüpfte dann hastig in ihre geliebten Capri Sneaker.

„Ich habe viel zu tun. Es ist einiges an Arbeit liegengeblieben.“ Mit diesen knappen Worten nahm sie meine Hand und machte mit ein paar geschickten Griffen einen Verband darum, der die offenen Stellen bedeckte.

Als sie fertig war, wollte sie meine Hand loslassen, doch ich umgriff blitzschnell ihre Finger und zwang sie, mich anzusehen.

„Ich habe dich vermisst, Carlotta.“

Sie senkte den Blick, und ich glaubte, Tränen darin zu sehen.

„Du hast dich ja schnell über mich hinweggetröstet“, flüsterte sie und in ihrer Stimme lag so viel Schmerz und Trauer, dass es mir fast das Herz zerriss.

Ich wollte mit ihr reden. Ich wollte ihr erklären, was vorgefallen war und wieso ich tun musste, was ihr offensichtlich so sehr weh tat. Aber ich kannte sie und ihre eigenwillige Art nur zu gut. Wenn sie die Wahrheit erfuhr, würde sie sich unweigerlich in Gefahr bringen. Und das konnte ich nicht zulassen.

Ich musste sie schützen und ihr so ein sicheres Leben ermöglichen. Koste es, was es wolle. Wenn sie mich hasste und mich für ein rücksichtsloses Arschloch hielt, dann würde es leichter für uns beide sein.

Also sagte ich ihr nicht den wahren Grund für mein Handeln. Ich sagte ihr nicht, dass Elena mir nichts bedeutete. Ich sagte ihr nicht, dass ich seitdem ich sie nach 12 Jahren wiedergesehen hatte, mit keiner anderen Frau mehr geschlafen hatte. Weder mit Elena, noch mit sonst einer Frau. Ich hatte es versucht, um mich abzulenken, ja. Aber ich konnte es einfach nicht. Alles, was ich wollte, war Carlotta. Doch das war mir einfach nicht vergönnt.

Also stand ich nur da, schob die Hände in die Hosentaschen und erwiderte nichts auf ihre Bemerkung.

Sie lächelte gequält und drängte sich dann an mir vorbei aus dem Raum.

In diesem Moment klingelte mein Handy. Es war der Pilot, der fragte, ob er etwas falsch verstanden, und der Abflug verschoben worden war.

„Nein, ich bin auf dem Weg“, antwortete ich ihm.

Dann drehte auch ich mich um, schloss die Tür des Badezimmers und machte mich auf den Weg zum Helikopter.

Kapitel 4

Ich flüchtete mich in mein Büro, schloss die Tür hinter mir und lehnte mich erschöpft dagegen. Hatte ich gerade mit einem Mann geschlafen, der mit einer anderen Frau verlobt war? Und nicht nur das, hatte ich gerade mit *dem* Mann geschlafen, der mich hatte sitzen lassen, um sich mit einer anderen Frau zu verloben?

Ich musste komplett irre sein. Womöglich hatten meine Wut und Verzweiflung der vergangenen Tage Auswirkungen auf mein Nervensystem, genauer gesagt, auf den Geisteszustand meines Verstands. Denn bei Sinnen konnte ich bei dieser Aktion wirklich nicht gewesen sein. Aber es hatte sich so verdammt richtig angefühlt! Dieser Mann war alles, was ich wollte.

Seine Berührungen ließen mich alles andere um mich herum vergessen. Meine Gedanken rasten wild durcheinander. Es war das reinste Gedankenkarussell, das sich unaufhörlich in meinem Kopf drehte.

Ich hatte tausend Fragen und keine einzige Antwort. Wieso schlief er mit mir, wenn er Elena heiraten wollte? War ich letztendlich nur eines seiner Betthäschen, mit denen er sich vergnügte, wenn er gerade Lust auf Sex hatte und seine Verlobte nicht greifbar war? Hatte ich mich so sehr in ihm getäuscht? Und wieso zum Teufel ließ ich mich darauf ein?

Ich war noch immer in Gedanken versunken, als ich das entfernte Summen der Helikopter Rotoren vernahm. Schnell legte ich die paar Schritte zum Fenster zurück. Gerade noch rechtzeitig, um Matteo zu erblicken, der in diesem Moment durch das entfernte Tor auf den Helikopterlandeplatz zuging. Wenig später hob der Helikopter ab.

Nachdenklich sah ich ihm hinterher, wie er über dem Meer verschwand und vermisste ihn mit jedem Meter, den er sich von mir entfernte, mehr.

Ich ballte meine Hände zu Fäusten und atmete tief durch. Wie sollte ich das hier nur bis zum Jahresende schaffen, wenn ich bereits nach einer Stunde auf dem Anwesen der Familie am Durchdrehen war? Ich drehte mich vom Fenster weg und nahm den Stapel an Akten wahr, der auf dem Schreibtisch lag. Na wenn das keine willkommene Ablenkung war, um sich von diesem Drama abzulenken. Schließlich war ich hier, um den Vertrag, der den Schutz meiner Familie garantierte, einzuhalten.

Und genau darauf würde ich mich jetzt konzentrieren. Verrückt machen, konnte ich mich später immer noch. Und den Rest dieses noch langen Jahres.

Am frühen Abend klopfte es an meine Bürotür und Leonardo trat ein.

„Na hallo! Wie ich höre, bist du zurück! Herzlich Willkommen zuhause!“

Ich lächelte.

„Das hier ist wohl kaum mein zuhause.“

Leonardo schlenderte lässig auf mich zu.

„Das sollte es aber sein. Wenn ich du wäre, würde ich es Elena nicht kampflos überlassen. Genauso wenig wie Matteo.“

Ich rollte meinen Stuhl vom Schreibtisch zurück und rieb mir müde die Augen.

„Wenn das alles so einfach wäre, Leonardo.“

Leonardo setzte sich auf die Tischkante und kreuzte seine Arme vor der Brust.

„Wer sagt, dass das Leben einfach ist? Außerdem scheinst du mir jemand zu sein, der sich mit einfachen Dingen schnell langweilt, genauso wie mein lieber Cousin. Ihr liebt beide die Herausforderung. Deshalb könnt ihr ja auch nicht voneinander lassen, nicht wahr?“. Er wackelte anzüglich mit den Augenbrauen.

„Ich weiß nicht, was du meinst“, sagte ich so gelassen wie möglich und sah ihn mit großen Unschuldsaugen an.

„Gut machst du das. Ich hätte dir bei diesem lammfrommen Blick fast geglaubt, aber eben nur fast.“

Leonardo zwinkerte mir zu.

„Ich bin noch unentschlossen, wie lange ihr wohl die Finger voneinander lassen könnt. Aber länger als eine Woche gebe ich euch nicht."

Ich schaute zu Boden, da ich Angst hatte, meine geröteten Wangen würden mich verraten. Wenn er wüsste, dass es nicht einmal eine Stunde gedauert hatte, bis wir wie zwei hungrige Löwen übereinander hergefallen waren…

Er räusperte sich.

„Aber mal im Ernst, hast du ihn schon getroffen?".

„Wen meinst du?", fragte ich absichtlich unwissend.

„Na wen schon, Carlotta. Den Weihnachtsmann natürlich. Weil der ja auch im Juni kommt." Leonardo verdrehte gespielt genervt die Augen. „Nein, ich meine Matteo. Hast du ihn bereits getroffen?".

Wieder senkte ich den Blick. Es fiel mir einfach schwer, Leonardo anzulügen. Das erschien mir nicht richtig. Ich war schließlich eine aufrichtige Person.

Aber was vorhin zwischen Matteo und mir vorgefallen war, konnte ich ihm nun wirklich nicht sagen. Deshalb entschied ich mich für die geschönte Wahrheit, ohne ins Detail zu gehen. Vielleicht kam ich damit davon, ohne, dass er mir weitere Fragen stellte.

„Flüchtig. Wir haben uns flüchtig gesehen." Dann fügte ich schnell hinzu, um vom Thema abzulenken, „Ich glaube, er ist mit dem Helikopter weggeflogen."

Leonardo trat hinter mich an das Fenster.

„Er ist sicher zu Großvater ins Krankenhaus geflogen", sagte er nachdenklich.

„Wie geht es eurem Großvater denn?", fragte ich mit ehrlichem Interesse.

„Es geht ihm mit jedem Tag ein bisschen besser. Er ist nicht mehr der Jüngste, deshalb dauert seine Genesung einfach länger. Aber er ist auf dem richtigen Weg, obwohl er noch ein paar Wochen im Krankenhaus wird bleiben müssen."

Das waren doch gute Neuigkeiten. Ich wusste, wie sehr die Jungs an ihrem Großvater hangen. Und auch die anderen Familienmitglieder sahen in ihm das Vorbild der Familie.

Wenn er tatsächlich gestorben wäre, hätte das ein großes Chaos ausgelöst, ganz zu schweigen von der Trauer, die alle Familienmitglieder empfunden hätten. Es war wirklich Glück im Unglück gewesen und wenn diese ganze Sache etwas Gutes hatte, dann, dass Don Mario den Anschlag auf sein Leben überlebt hatte.

Leonardo riss mich aus meinen Gedanken.

„Hör mal, ich will dich nicht drängen, aber du solltest mit Matteo reden. Und zwar sobald wie möglich."

Ich seufzte. Jetzt ging das schon wieder los.

„Carlotta, willst du denn nicht wissen, wieso er sich mit Elena verlobt hat? Willst du denn gar nicht um ihn kämpfen? Willst du Elena und ihrer Familie einfach so das Feld überlassen? Dann hätte ich mich sehr in dir getäuscht."

Leonardo war nun ehrlich verärgert. Ich stand auf und trat neben ihn ans Fenster. Zusammen blickten wir auf die Sonne, die mittlerweile tief am Horizont stand.

„Du hast ja recht. Du hast vollkommen recht. Ich glaube, ich habe einfach nur Angst. Es ist so, als wäre das alles ein böser Traum, aus dem ich früher oder später aufwache. Ich muss nur lange genug warten, dann wache ich schon auf. Und in dem ich mit Matteo rede, wird dieser böse Traum zur unbestreitbaren Realität. Dann muss ich mich dem Ganzen stellen. Und ich weiß einfach nicht, ob ich die Kraft dazu habe."

Tränen stiegen mir in die Augen. Jetzt, da ich die Worte ausgesprochen hatte, stieg die kalte Angst erneut in mir auf und ergriff Besitz von mir. Was, wenn es kein Happy End für Matteo und mich gab? Was, wenn er tatsächlich Elena heiraten würde und ich ihn für immer verloren hatte? Ich glaubte, dass nicht darüber zu reden, das Ganze weniger wahr machte. Aber so war es nicht. Es sorgte lediglich dafür, dass ich die Angst in einen Schrank sperren konnte, aus dem sie nicht so leicht herauskam. Leonardo zog mich in seine Arme und drückte mich fest.

„Ich habe solche Angst", flüsterte ich erstickt.

„Ich weiß. Ich weiß. Mir geht es genauso", flüsterte Leonardo zurück, während er mich behutsam hin und her wiegte.

Als ich mich nach einer scheinbar endlosen Zeit wieder beruhigt hatte, ließ mich Leonardo los und ich lächelte ihn zaghaft an. Er war wirklich ein guter Kerl. Als ich erneut aus dem Fenster blickte, sah ich Matteo, der an die Wagentür eines Sportwagens gelehnt stand, und zornig zu uns hochblickte.

Wir hatten ihn nicht kommen gehört. Wahrscheinlich, weil wir erwartet hatten, dass er mit dem Helikopter zurückkam. Obwohl wir nichts zerbrochen hatten, kam ich mir unter Matteos dunklem Blick ertappt vor. Er war wütend, daran gab es keinen Zweifel. Aber es war mir egal. Sollte er wütend sein. Er hatte kein Recht darauf, eifersüchtig zu sein. Und auch wenn zwischen Leonardo und mir nichts als Freundschaft war, so würde ich einen Teufel tun, und mich vor Matteo rechtfertigen.

Fast schon erwartete ich, dass er ins Haus, die Treppe hinauf und in mein Büro stürmen würde. Aber er stieg einfach nur wieder in seinen Wagen, wendete und fuhr in rasantem Tempo davon.

„Lass ihn. Der beruhigt sich schon wieder“, sagte Leonardo, der meinem Blick gefolgt war. „Lass uns lieber die restlichen Sonnenstrahlen genießen und auf der Terrasse ein Glas Wein zusammen trinken. Wie wäre das?“.

Ich nickte begeistert. Oh ja, ein gutes Glas Wein aus dem Hause Leone war genau das Richtige, um diesen ereignisreichen Tag entspannt ausklingen zu lassen.

Kapitel 5

Ich hatte definitiv zu tief ins Glas geschaut gestern Abend. Leonardo und ich hatten uns von Cosima eine Antipasti Platte mit regionalem Wurst- und Käseaufschnitt, Trauben, frischgebackenem Ciabatta und Olivenöl zubereiten lassen. Dazu hatten wir uns eine Flasche Rotwein geteilt. Und der war mir definitiv zu Kopf gestiegen.

Je mehr wir tranken, desto weiter rückten die Probleme in den Hintergrund, und desto ausgelassener kicherten wir über die dummen Witze, die wir uns gegenseitig erzählten. Es war eine willkommene Flucht aus der Realität. Für beide von uns.

Denn auch wenn Leonardo versuchte, es sich nicht anmerken zu lassen. Etwas beschäftigte ihn. Und zwar sehr. Anfangs dachte ich, er mache sich Sorgen um seinen Großvater. Doch da war noch etwas anderes im Busch. Ich wusste nur noch nicht was. Als ich mich schließlich auf etwas wackeligen Beinen in mein Bett schleppte, schlief ich sofort ein. Ich träumte von Matteo, der mich sanft berührte und küsste. Sein markanter Duft aus Tanne, Sandelholz und Moschus, vermischt mit einem Hauch Orange, verfolgte mich sogar in meinen Träumen.

Ich hatte ihn gierig eingesogen und wohlig geseufzt. Schließlich war ich verkatert aufgewacht und hatte mich mühsam unter die Dusche geschleppt. Danach war ich mit Jogginghose, XXL T-Shirt und feuchten Haaren in die Küche geschlichen, um mir ein ausgiebiges Katerfrühstück zuzubereiten. Denn wenn ich diese Kopfschmerzen und dieses flaue Gefühl im Magen nicht bald loswurde, dann würde es heute mit der produktiven Arbeit nichts werden.

Als ich die Küche betrat, stand dort am Herd jedoch niemand anderes als Matteo. Es roch köstlich. Der leckere Duft vernebelte mir für einen Moment die Sinne und brachte meinen Magen unweigerlich zum Knurren. Das wiederum führte dazu, dass Matteo auf mich aufmerksam wurde und sich zu mir umdrehte.

Seine Haare waren zerzaust. Wahrscheinlich war er gerade erst aufgestanden. Er trug eine schwarze Jogginghose, die ihm tief auf den Hüften hing und ein schwarzes ärmelloses T-Shirt, was mir einen freien Blick auf seine Arme gewährte. Erneut fiel mir das Schmetterlings Tattoo ins Auge und ich fragte mich zum wiederholten Male, warum ein so starker Mann wie Matteo sich einen kleinen, zerbrechlichen Schmetterling auf den Arm tätowieren ließ.

***** Matteo *****

„Guten Morgen", murmelte sie und verschränkte beschämt die Arme vor ihrer Brust.

Zu dieser frühen Stunde hatte sie anscheinend noch niemanden in der Küche erwartet. Sonst hätte sie sich wohl kaum in einem solch legeren Outfit in die Küche gewagt. Mir gefiel ihr morgendlicher, ungezwungener Look jedoch.

„Hunger?", erwiderte ich gespielt lässig und versuchte mir nicht anmerken zu lassen, wie sehr ich mich freute, sie hier zu sehen.

Sie zögerte, und ich wollte sie nicht drängen, hier zu bleiben, wenn sie sich unwohl fühlte. Als ihr Magen bei dem Duft von meinem frisch zubereiteten Omelett jedoch erneut knurrte, gab sie nach.

„Ja, gerne."

Ich deutete mit dem Kinn auf einen der Stühle an dem langen massiven Holztisch, der mitten in der Küche stand.

„Setz dich. Ist sofort fertig."

Sie stand etwas unschlüssig auf ihrem Platz, bewegte sich dann aber doch in Richtung des Tisches und ließ sich auf einem der Stühle nieder. Ich servierte ihr das Omelett, das ich eigentlich für mich zubereitet hatte und gab ihr auch meine Tasse Kaffee, die ich mir soeben am Kaffeeautomaten eingelassen hatte.

Es dauerte nicht lange, und sie war so in das Essen vertieft, das ihr offensichtlich sehr zu schmecken schien, dass sie meine Anwesenheit gar nicht mehr wahrzunehmen schien. Umso besser. Das gab mir die Möglichkeit, sie unbemerkt zu beobachten. Letztendlich war mir nur das geblieben. Ihr Anblick. Und der raubte mir jedes Mal von Neuem den Atem. Das mochte vielleicht kitschig klingen, aber es war die Wahrheit.

Als ich sie gestern Abend in den Armen von Leonardo erblickt hatte, war ich fast durchgedreht vor Eifersucht. Ich war vom Krankenhaus in Neapel zur Nachbarinsel Ischia geflogen, um einen Geschäftspartner zu treffen und war dann mit dem Schnellboot zurück nach Capri gefahren, da der Helikopter irgendein Problem hatte, welches der Pilot nicht auf die Schnelle beheben konnte. Von dort hatte ich den Wagen zur Villa Leone genommen und die beiden zusammen gesehen. Ich glaubte nicht, dass zwischen Leonardo und ihr etwas lief, aber ich kannte Leonardos Charme und es würde mich nicht wundern, wenn er bereitwillig als Trostpflaster herhalten würde.

Mit Körperkontakt!

Und das gefiel mir gar nicht.

Ich war so wütend gewesen, dass ich kurzerhand in den Wagen gestiegen und einfach nur rumgefahren war, was auf Capri wegen der geringen Größe der Insel nur für eine begrenzte Zeit möglich war. Zumindest wenn man nicht zehn Mal im Kreis fahren wollte. Also war ich irgendwann zur Villa Leone zurückgekehrt und hatte ununterbrochenes, lautes Kichern von der Terrasse vernommen. Das, was ich sah, gefiel mir überhaupt nicht. Carlotta und Leonardo hatten bei Kerzenschein zusammengesessen und ausgiebig gelacht. Offensichtlich waren beide schon deutlich angeheitert.

Die gerade erst versiegte Wut war erneut in mir ausgebrochen, woraufhin ich in mein Arbeitszimmer gegangen war, um mich von all dem Irrsinn, den ich selbst verursacht hatte, abzulenken. Erst nach Mitternacht gestattete ich mir, aufzuhören und löschte das Licht. Ich war schon fast in meinem privaten Bereich angelangt, als ich es mir anders überlegte, und der Versuchung nachgab, zu Carlotta zu gehen.

Leise hatte ich mich in ihr Zimmer geschlichen. Dort lag sie wie ein zarter Engel in ihrem Bett. Ich beobachtete sie in ihrem Schlaf. Doch nach einer Weile, konnte ich der Versuchung, sie zu berühren, nicht mehr widerstehen. Vorsichtig trat ich an ihr Bett und strich ihr die verirrten Haare aus dem Gesicht. Dann beugte ich mich über sie und küsste zärtlich ihren Scheitel.

Sie gab ein wohliges Seufzen von sich und murmelte meinen Namen. Ich erstarrte.

Sie durfte mich auf keinen Fall bemerken. Denn ich wusste nicht, wie ich ihr erklären sollte, dass ich mich nachts auf ihrem Zimmer herumtrieb, während ich mit einer anderen Frau verlobt war. Doch sie war nicht aufgewacht. Womöglich hatte sie im Traum meinen Namen gemurmelt.

Sie hatte meinen Namen gemurmelt, kam es mir in den Sinn. Nicht den von Leonardo. Diese Einsicht beruhigte mein gereiztes Gemüt etwas. Ich schaute ihr noch eine ganze Weile beim Schlafen zu und schlich dann so leise aus dem Zimmer, wie ich hineingekommen war.

„Matteo?“.

Ihre Stimme holte mich jäh zurück in die Gegenwart.

„Hörst du mir überhaupt zu?“.

„Entschuldige, ich war mit meinen Gedanken woanders. Was meintest du?“.

Sie sah mich zweifelnd an.

„Ich habe gefragt, ob wir reden können.“

Nun hatte sie meine volle Aufmerksamkeit.

„Reden? Worüber?“.

Sie zog die Augenbrauen zusammen und wartete einen Moment, bevor sie antwortete. Sie schien zu überlegen.

„Über die nächsten Projekte, die anstehen. Ich möchte wissen, wie wir sie aufteilen und welche Strategie wir anstreben.“

Ich drehte mich von ihr weg und stützte mich auf der Ablage neben dem Herd ab. Sie sollte nicht sehen, dass ich mit mir kämpfte.

Einerseits war ich froh, dass sie nicht über uns reden wollte. Dass sie nicht die Fragen stellte, die ihr durchaus zustanden. Andererseits war ich enttäuscht darüber, dass sie die Dinge anscheinend so hinnahm wie sie waren, und einfach zur Normalität überging.

Sie schien die Situation akzeptiert zu haben und mit ihrem Leben weiterzumachen. Das tat weh, aber war es nicht genau das, was ich wollte?

Zumindest war es das Beste.

Das redete ich mir jedenfalls ein.

Kapitel 6

Wir hatten vereinbart, uns am frühen Nachmittag in meinem Büro zu treffen, um die ausstehenden Fragen bezüglich alter und neuer Projekte durchzugehen. Nachdem ich mein, wie ich zugeben musste, sehr leckeres Omelett aufgegessen hatte, war ich relativ schnell aufgestanden und aus der Küche verschwunden.

Ich wusste, dass ich mit Matteo über das Geschehene der vergangenen Tage reden musste, aber ich wollte den richtigen Moment dafür abwarten. Ich wollte vorbereitet sein. Und im Moment war ich das nicht. Also machte ich mich rasch in meinem Zimmer fertig und betrat kurze Zeit später mein Büro, indem ich in Ruhe nachdenken konnte. Dank dem fettigen Omelett waren meine Übelkeit und Kopfschmerzen so gut wie verschwunden und ich konnte mich auf das konzentrieren, was vor mir lag.

Während des gesamten Vormittags gingen mir jedoch Leonardos Worte nicht aus dem Kopf. Ich wusste, dass ich mit Matteo reden musste. Dass ich ihn fragen musste, warum er sich mit Elena verlobt hatte und was das für uns bedeutete. Aber die Angst vor dem, was mich erwartete, vor dem, was er sagen würde, ließ mich das Thema immer weiter aufschieben. Vielleicht hatte ich auch erwartet, dass er das Thema von selbst anschneiden würde, denn eine Erklärung war er mir alle mal schuldig. Aber er tat es nicht.

Er schwieg. Genauso wie ich.

Das würde uns jedoch nicht weiterbringen. Im Gegenteil. Es würde bedeuten, dass ich das, was ich liebte, ohne zu kämpfen widerstandslos gehen lassen würde. Den Mann, den ich liebte, und das Leben, das ich mit ihm führen wollte. Und das konnte ich nicht zulassen. Ich musste zumindest versuchen, zu verstehen, was vorgefallen war. Erst wenn ich das wusste, wenn ich Matteos Beweggründe kannte, konnte ich diese Hochzeit vielleicht verhindern.

Und was hatte ich schon zu verlieren? Ich hatte doch eh schon alles verloren. Wenn ich nichts tat, dann würde es so bleiben. Für immer. Wenn ich jedoch versuchte, etwas dagegen zu tun, dann bestand vielleicht ein Funken Hoffnung, etwas verändern zu können.

Diese Erkenntnis verringerte meine innere Nervosität etwas und ermöglichte es mir, bis zum Nachmittag zumindest ein wenig produktive Arbeit zu leisten.

Am frühen Nachmittag klopfte es an meine Tür und Matteo trat ein. Er ließ sich auf einem der Sessel nieder und schaute mich abwartend an. Ich nahm die Dokumente, die ich mit ihm besprechen wollte in ihren Mappen von meinem Schreibtisch, und ging zu ihm hinüber, um mich auf dem Sessel neben ihm niederzulassen.

Als ich die Dokumente auf dem Tisch vor uns ablegte, rutschte die oberste Mappe vom Stapel, und drohte mit samt den sorgfältig geordneten Dokumenten zu Boden zu fallen. Schnell beugte ich mich vor, um die Mappe festzuhalten.

Matteo tat das Gleiche, sodass sich unsere Hände unweigerlich berührten. Ich zuckte bei dieser elektrisierenden Berührung zusammen und wollte ihm meine Hand entziehen. Doch er hielt sie fest. Er strich mit seinem Daumen über meinen Handrücken, was mir eine prickelnde Gänsehaut bescherte.

Ich genoss seine Berührungen so sehr. Ich war regelrecht süchtig danach. Aber so konnte es nicht weitergehen. Es war nicht richtig.

Und ich war keine schwache Frau, die als Betthäschen und Ablenkung für jemanden herhielt, der eine andere Frau heiraten wollte.

Also entzog ich ihm schweren Herzens meine Hand mit einem Ruck.

„Lass uns anfangen. Du bist sicher genauso beschäftigt, wie ich“, sagte ich so kühl und distanziert wie möglich.

Matteo nickte.

„Natürlich.“

Während der darauffolgenden Stunde arbeiteten wir uns durch die dringlichen Dokumente. Dabei berührten sich unsere Knie wie durch Zufall immer wieder. Ich merkte, wie er mich beobachtete, mich keinen Moment aus den Augen ließ. Wenn sich unsere Blicke trafen, so glaubte ich, Melancholie und Verlangen darin zu sehen. Es schmerzte, ihn so nah bei mir zu haben, und ihn doch so weit weg zu wissen. Ihn nicht berühren, nicht küssen zu dürfen, raubte mir die Luft zum Atmen. Schließlich hielt ich es nicht mehr aus.

„Matteo. Wir müssen uns unterhalten. Jetzt."

***** Matteo *****

Es war also soweit. Sie wollte diese Unterhaltung führen. Jetzt. Ich seufzte und rieb mir die Augen. Auf keinen Fall wollte ich sie belügen. Aber die Wahrheit konnte ich ihr auch nicht sagen. Sie war ein Dickkopf und würde meine Beweggründe nicht akzeptieren. Sie würde dagegen ankämpfen und irgendwelche Dummheiten machen, mit denen sie sich in Gefahr begab.

Das konnte ich nicht zulassen.

Das hier würde eine sehr unangenehme Unterhaltung werden, so viel stand fest. Vielleicht würde sie mich nach dieser Unterhaltung endgültig hassen. Vielleicht würde sie alles hinschmeißen und aus meinem Leben verschwinden. Allein der Gedanke daran, war schier unerträglich, aber es war der Preis, den ich zugestimmt hatte, zu zahlen.

„Warum hast du dich mit Elena verlobt?".

Ich seufzte erneut und starrte einen Moment an die Decke. Für die folgenden Worte hasste ich mich selbst, aber sie würde sie mir glauben. Sie wusste, wie wichtig mir der Machterhalt und die Fortführung der Familie waren. Deshalb würde sie meine Worte nicht in Frage stellen.

„Weil es profitabel ist, Carlotta."

Sie sah mich entgeistert an.

„Es ist ein Geschäft, Carlotta. Ein sehr profitables Geschäft."

Obwohl sie sich bemühte, ein Pokerface aufzusetzen, entging mir nicht, wie sehr sie diese Worte trafen.

„Ihr Vater hat sehr viel Einfluss. Er wird der Familie Türen und Tore öffnen, weit über die Grenzen von Kampanien hinaus."

Sie sah mich ungläubig an.

„Du heiratest sie also, weil sie eine gute Partie ist?".

Ich nickte.

Das war zwar nicht mal ansatzweise der wahre Grund, aber es war auch nicht gelogen. Der Einfluss der Familie Medici spielte eine zentrale Rolle in meiner Entscheidung. Aber so einfach, wie ich es gegenüber Carlotta darstellte, war es längst nicht. Es steckte viel mehr dahinter. Das würde ich ihr jedoch nicht sagen. Ich hoffte inständig, dass meine Worte sie genügend abgeschreckt und angeekelt hatten, und die Fragestunde somit beendet war. Aber so leicht machte sie es mir natürlich nicht. Die nächste Frage traf mich hart. Auch wenn ich mit dieser Frage gerechnet hatte, so hatte ich inständig gehofft, dass Carlotta sie mir nicht stellen würde und ich darauf nicht antworten musste. Was diese eine Frage betraf, so konnte ich sie nicht belügen.

„Liebst du sie?".

Würde ich darauf mit *‚Ja'* antworten, so könnte ich wohl sicher sein, dass Carlotta mich hassen würde und höchstwahrscheinlich die Flucht ergriff. Das wäre die vernünftigste Entscheidung, aber es wäre auch die Grausamste. Es würde ihr das Herz endgültig brechen. Und damit auch meines. Ich sah sie wortlos an. Sie war so wunderschön, wie sie dasaß und mich wütend anfunkelte. Sie war eine Kämpferin, eine wahre Rebellin. Das liebte ich an ihr. Wie so vieles. Ich atmete geräuschvoll aus. Dann stand ich auf und zog mein Jackett glatt.

„Liebe ist ein Luxus, den ich mir nicht erlauben kann, Carlotta."

Was ich eigentlich sagen wollte war, *‚ich liebe dich. Mehr als mein Leben.'* Aber das konnte ich ihr nicht sagen.

„Ich habe Verantwortung zu tragen und eine Aufgabe zu erfüllen. Das ist mir noch einmal mehr nach dem Anschlag auf meinen Großvater bewusst geworden. Gefühle stören dabei nur. Sie machen schwach und angreifbar."

Mit diesen Worten drehte ich mich um, und wollte das Büro verlassen um ihr somit zu signalisieren, dass die Unterhaltung beendet war. Aber ich hatte meine Rechnung ohne Carlotta gemacht. Sie stand ebenfalls auf und versperrte mir den Weg.

„Ich glaube dir nicht."

Sie reckte ihr süßes Kinn und verschränkte die Arme vor der Brust, was ihre üppigen Brüste noch mehr zur Geltung brachte. Das war sicher nicht ihre Absicht, aber in mir löste es leider erneutes Verlangen nach dieser sinnlichen und zugleich so störrischen Frau aus. Ich machte einen Schritt auf sie zu und zwang sie, einen Schritt nach hinten zu machen. Nun stand sie mit dem Rücken an die Wand gelehnt. Indem ich meine Arme links und rechts neben ihr positionierte, nahm ich ihr die Möglichkeit, zu flüchten. Ich lehnte meine Stirn gegen die ihre und atmete ihren betörenden Duft ein.

„Ich glaube dir nicht", wiederholte sie nun.

Aber ihre vorhin noch so selbstsichere Stimme, war nun einem leisen Flüstern gewichen. Ihr Mund war so nah an meinem, dass ich bei diesen Worten ihre Lippen fast auf den meinen spüren konnte.

„Wieso nicht?", flüsterte ich zurück.

Ich zwang mich mit aller Kraft, nicht der Versuchung nachzugeben, sie zu küssen. Es kostete mich all meine Willensstärke, nicht auf der Stelle schwach zu werden.

„Deswegen", hauchte sie und bevor ich wusste, wie mir geschah, hatte sie schon ihre Arme um meinen Hals geschlungen und ihre samtig weichen Lippen auf meinen Mund gelegt.

Ich stöhnte erstickt auf bei dem Gefühl, welches ihr verheißungsvoller Kuss in mir auslöste. Mein Widerstand löste sich innerhalb von Sekunden in Luft auf und wurde durch heißes Verlangen ersetzt. Ich erwiderte ihren Kuss und drängte mich gierig an sie.

Mein kleiner Freund war nun endgültig hellwach und pulsierte fast schon schmerzhaft in meiner Hose.

Ich zog behutsam an ihren Haaren, was sie dazu brachte, den Kopf in den Nacken zu legen und mir so einen uneingeschränkten und tiefen Einlass in ihren Mund zu gewähren. Meine Zunge drang ungestüm in ihren Mund ein. Ich knetete ihren knackigen apfelförmigen Po, was sie mit einem wohligen Stöhnen an meinem Mund quittierte. Sie drängte sich enger an mich, gab mir zu verstehen, dass sie mehr wollte. Ihre Hände wanderten an meinen Hosenbund. Sie zog mein schwarzes Hemd aus der Hose und ließ ihre Hände über meinen nackten Rücken gleiten. Verheißungsvoll fuhren ihre spitzen Fingernägel darüber, und lösten mit dieser heißen Berührung eine heftige Gänsehaut bei mir aus.

Wieder stöhnte ich erstickt. Es tat so unglaublich gut. Ich liebte ihre Berührungen und was sie mit mir anstellten. Bei ihr war ich gewillt, die Kontrolle abzugeben. Obwohl es viel mehr ein ‚Müssen' als ein ‚Wollen' war. Ich hatte gar keine andere Chance, als mich ihren Berührungen hinzugeben. Ich war schier süchtig danach, machtlos irgendetwas dagegen zu tun. Ich ließ von ihrem Mund ab und vergrub mein Gesicht an ihrem Hals, biss neckend hinein.

Sie seufzte zufrieden, was mir einen wohligen Schauer über den Rücken rieseln ließ. Doch dann schlüpfte sie schnell wie der Blitz unter meinem Arm hindurch und war im nächsten Moment auch schon hinter ihrem Schreibtisch am anderen Ende des Raumes angelangt. Sie zupfte energisch ihre Kleidung zurecht und wirkte verärgert.

Was war gerade geschehen? In einem Moment zog sie mich ungestüm an sich, nur um mich dann im nächsten Moment wieder von sich wegzustoßen. Ohne ihre Wärme an meinem Körper fühlte ich mich auf einmal leer und verlassen. Ich ließ meine Hände in meine Hosentaschen gleiten und lehnte mich mit dem Rücken gegen die Wand.

„Ich glaube dir nicht", wiederholte sie nun zum dritten Mal. Dieses Mal aber mit einer solchen Entschlossenheit, dass ich Mühe hatte, gelassen zu bleiben.

Da ich sie nicht anlügen wollte, zog ich es vor zu schweigen. Stattdessen sah ich sie unverwandt an und bemühte mich, nicht zu zeigen, was ihr Verhalten in mir auslöste.

„Du verheimlichst mir etwas. Und zwar etwas ganz Fundamentales. Denkst du nicht, ich habe die Wahrheit verdient? Nach allem, was zwischen uns war und offensichtlich immer noch ist, kannst du mich doch nicht so im Dunkeln darüber lassen. Was glaubst du eigentlich, wer du bist?".

Sie war nun richtig in Rage.

„Ich will wissen, was hier los ist. Erkläre mir, was zum Teufel hier vor sich geht, und dann lass uns gemeinsam eine Lösung finden. Ich bin mir sicher, dass…".

Ihre wutentbrannte Rede wurde von einem herannahenden Helikopter unterbrochen. Sie drehte sich zum Fenster und sah verwundert hinaus.

„Erwartest du Besuch?".

Ich ließ den Kopf gegen die Tür fallen.

Scheiße.

Das hatte ich total vergessen.

Kapitel 7

Ich starrte aus dem Fenster und versuchte zu erkennen, wer in diesem Helikopter saß, der vor wenigen Augenblicken gelandet war. Wenige Sekunden später fuhr ein Wagen vor. Die hintere Tür wurde geöffnet und eine hübsche Blondine Anfang 20 stieg aus. Elena. Ein Stich fuhr durch mein Herz und ich zuckte erschrocken zusammen, als Matteos Hand entschuldigend meine Schulter drückte. Ich hatte nicht bemerkt, dass er hinter mich getreten war und nun ebenfalls aus dem Fenster sah.

„Es tut mir leid“, sagte er leise an meinem Ohr.

Ich drehte mich wutentbrannt zu ihm um und schüttelte energisch seine Hand ab.

„Was genau von alle dem hier tut dir leid, Matteo?“.

Mit diesen Worten stieß ich ihn zur Seite und eilte zur Tür.

„Carlotta, so warte doch!“

Doch ich wartete nicht. Ich eilte die Treppen hinunter und stieß dabei fast mit Elena zusammen, die mir auf der Treppe entgegenkam. Hinter dem Tränenschleier, der meinen Blick trübte, konnte ich kaum etwas erkennen. Lediglich ihre unverkennbar gehässige Stimme verriet sie.

„He! Was soll denn das, du dumme Kuh!“, empörte sie sich.

Doch es war mir egal. Ich musste raus hier! Weg von hier! Weg von Matteo! Ich hatte das Gefühl, dass mir die Luft zum Atmen genommen wurde und ich jeden Moment ersticken würde. Also lief ich, so schnell ich konnte, aus dem Haus, über die Terrasse, geradewegs hinein in den großen, üppigen Weinberg der Familie Leone.

Gerade noch rechtzeitig, bevor all die ungeweinten Tränen der vergangenen Tage und Wochen, wie ein tosender Wasserfall meine Wangen entlangrannen und ich hemmungslos zu schluchzen begann.

***** Matteo *****

Carlotta floh regelrecht aus dem Büro und lief die Treppen hinunter aus dem Haus. Im nächsten Augenblick war sie zwischen den Weinreben des Weinbergs verschwunden. Ich wollte ihr folgen, aber Elenas empörte Worte sorgten dafür, dass ich innehielt und mich eines Besseren besann.

„War das nicht diese dumme kleine Kellnerin?“, zeterte in diesem Moment Elena. „Was macht sie hier?“.

Ich drehte mich zu ihr um und erwiderte kühl, „Sie arbeitet hier, Elena. Kellnern ist nicht ihr eigentlicher Job. Sie arbeitet für mich als Beraterin.“

Elena verzog spöttisch den Mund.

„Beraterin? Worin soll sie dich denn schon beraten?“.

Sie kam mit einem gehässigen Grinsen auf mich zu und legte die Arme um meinen Hals.

„Du brauchst keine Beraterin. Du hast doch mich. Entlass sie, Matteo.“

Sie stellte sich auf die Zehenspitzen, um mich zu küssen. In mir zog sich alles zusammen. Ich wollte Carlottas Geschmack auf meinen Lippen nicht mit dem ihren vermischen. Schnell drehte ich den Kopf zur Seite und löste ihre Arme aus meinem Nacken.

„Nicht hier, Elena. Und nicht jetzt. Ich arbeite.“

Elena zog eine Schnute und kramte verärgert in ihrer Gucci Handtasche. Dann holte sie etwas heraus und drückte es mir in die Hand.

„Hier. Wenn du schon am Arbeiten bist, dann kannst du dir das auch gleich ansehen.“‘

Ich nahm die Mappe entgegen und sah sie fragend an.

„Was ist das?“.

„Das, mein Lieber, ist die Liste der Gäste, die ich zu unserer Hochzeit einladen will. Schau sie durch und entscheide, wen du an welchen Platz setzen willst.“

Ich blätterte die seitenlange Liste durch. Wollte sie die gesamte Weltbevölkerung zu dieser Hochzeit einladen?

„Ich dachte, dass es eine Hochzeit im kleinen Kreis wird?".

Sie lachte laut auf, so als hätte ich gerade etwas total Absurdes gesagt.

„Eine Medici heiratet nicht im kleinen Kreis. Nein, mein Lieber. Eine Medici heiratet im ganz großen Stil. Alles andere ist unter meiner Würde."

Ich ballte meine Hände zu Fäusten. Diese Frau trieb mich schon vor unserer Hochzeit mit ihrer bloßen Anwesenheit zur Weißglut. Wie sollte das denn für den Rest unseres Lebens gutgehen?

„Ich werde es mir ansehen", antwortete ich ihr und versuchte meinen Ärger zu verbergen.

Gleichzeitig versuchte ich, mich davon abzuhalten, Carlotta hinterherzulaufen. Sie war immer noch nicht wiederaufgetaucht. Und dieser Weinberg endete direkt an den Steilklippen. Sie würde doch nicht über die Klippen ins Meer fallen, so schnell wie sie davongelaufen war? Ich machte mir jetzt ernsthafte Sorgen und vergaß darüber Elena, die irgendetwas von einem Fotoshooting und einer Aftershow Party in Los Angeles faselte.

„Du hörst mir gar nicht zu!" Elena zog eine beleidigte Schnute.

„Entschuldige bitte." Ich zwang mich dazu, Elena meine Aufmerksamkeit zu schenken.

„Ich habe dir gerade gesagt, dass ich Morgen für einige Tage nach Los Angeles zu einer Modenschau fliege. Die haben dort immer fette Aftershow Partys mit angesagten DJs. Komm doch mit."

Sie sah mich erwartungsvoll an und dachte wohl, mein Schweigen bedeutete, ich würde über ihren Vorschlag nachdenken. Deshalb fügte sie hinzu, „Die Show und die Party würden dir sicher total gefallen. Außerdem könnten wir auf dem Rodeo Drive shoppen gehen und uns eine Filmpremiere ansehen. Mein Dad kann uns sicher Karten verschaffen."

Sie griff mit ihren manikürten XXL-Fingernägeln nach ihrem Handy, um alles in die Wege zu leiten, aber als sie meinen scharfen Blick bemerkte, hielt sie inne.

„Falls du es noch nicht mitbekommen hast, Elena, erkläre ich es dir gern. Auf meinen Großvater wurde vor wenigen Tagen ein Attentat verübt, das er nur knapp überlebt hat. Er lag fast eine Woche im Koma und ist noch längst nicht wieder gesund, geschweige denn Zuhause. Der oder die Täter sind noch immer nicht gefasst worden. Ich muss während seiner Abwesenheit alle Zügel in der Hand halten. Und da erwartest du ernsthaft von mir, dass ich mit dir nach Los Angeles zum Party machen und Shoppen fliege?".

Mein Ton war härter als beabsichtigt, aber diese Frau trieb mich mit ihrer egoistischen, naiven und unreifen Art in den Wahnsinn. Ich wusste wirklich nicht, was mich damals, vor Carlotta, geritten hatte, mit ihr ins Bett zu steigen. Aber seitdem Carlotta wieder in mein Leben getreten war, erschienen mir all meine Bettgeschichten als belanglos und unbedeutend. Gegen sie waren all die Frauen, mit denen ich über die Jahre geschlafen hatte, nur leere Hüllen. Elena war da keine Ausnahme. Sie war hübsch, ohne Zweifel. Aber mit ihrer Art war sie auf Dauer einfach unerträglich. Das bestätigte auch ihre Reaktion auf meine Worte.

„Ich sehe schon, du bist heute nicht gut gelaunt. Das ändert sich hoffentlich. Denn schließlich bin ich eine Contessa und sollte dementsprechend behandelt werden! Wenn ich aus Los Angeles zurückkomme, erwarte ich eine Entschuldigung von dir. Und damit meine ich eine Entschuldigung, die teuer glitzert und funkelt. Jetzt entschuldige mich, ich muss packen."

Mit diesen Worten drehte sie sich um und ging in die Einfahrt zum Wagen zurück. Mein Fahrer wartete bereits auf sie. Sobald sie aus dem Blickfeld verschwunden war, drehte ich mich um, und machte mich auf den Weg zu dem Weinberg. Ich hoffte, dass Carlotta nichts Dummes angestellt hatte, oder ins Stolpern geraten und den Hang hinunter ins Meer gefallen war. Als ich den Weinberg schon fast erreicht hatte, klingelte mein Handy. Es war der Klingelton, unter dem ich die Station des Krankenhauses abgespeichert hatte, auf der mein Großvater lag. Augenblicklich wurde ich nervös. Hatte sich der Zustand meines Großvaters etwa verschlechtert? Ohne zu zögern, hob ich ab.

„Signor Leone. Gut, dass ich Sie erreiche." Es war der Professor, der meinen Großvater betreute.

„Geht es meinem Großvater gut?", fragte ich ohne Umschweife.

„Ja, das tut es. Es ist nur…".

Er zögerte.

„Sagen Sie es mir! Was ist es?", erwiderte ich schroffer, als nötig.

Ich hasste es, wenn Menschen um den heißen Brei herumredeten, vor allem wenn es um den Gesundheitszustand von Menschen ging, die mir wichtig waren.

„Es war jemand im Zimmer von Don Mario und hat sich an den Geräten zu schaffen gemacht."

Ich spürte, wie mein Puls schlagartig anstieg.

„Bitte *was*? Mein Großvater steht unter ständigem Schutz. Niemand, der nicht vorher überprüft wurde, gelangt zu ihm. Wie soll dieser jemand es in sein Zimmer geschafft haben? Das ist völlig unmöglich!"

Ich hörte, wie sich der Professor am anderen Ende der Leitung räusperte.

„Leider nicht völlig unmöglich, nein."

So langsam verlor ich die Geduld.

„Nun sagen Sie schon! Wie ist er da reingekommen?".

„Die Schwester hatte das Fenster zum Lüften geöffnet. Es war warm, die Sonne schien, Ihr Großvater wollte etwas frische Sommerluft in seinem Zimmer. Der Eindringling muss durch das offene Fenster eingestiegen sein, während Ihr Großvater schlief. Auf Grund der Schmerzmittel, die er nimmt, hat er einen sehr tiefen Schlaf und hat es wohl deshalb nicht bemerkt. Eine Krankenschwester, die nach Ihrem Großvater stehen wollte, hat den Eindringling dabei überrascht, wie er etwas in die Kochsalzlösung spritzen wollte, die wir Ihrem Großvater intravenös verabreichen. Als der Eindringling sie bemerkte, ergriff er sofort die Flucht durch das Fenster."

Ich ballte meine Hände zu Fäusten! Das durfte doch alles nicht wahr sein! Wer auch immer meinen Großvater hatte umbringen wollen, war zurückgekommen, um den Job zu Ende zu bringen. Es war also noch nicht vorbei.

Meine Vorsicht war berechtigt gewesen. Nur hatte ich die Wachen lediglich vor dem Zimmer postiert, um meinem Großvater eine angemessene Privatsphäre zu ermöglichen. Dass jemand durch das Fenster des vierten Stockes einer gut gesicherten Privatklinik einsteigt, hätte ich nun wirklich nicht gedacht. Mein Fehler. Dieser Anschlag wäre auf mein Konto gegangen. Dieser Tag hatte beschissen angefangen, und er wurde von Minute zu Minute immer beschissener.

„Ich komme zu Ihnen. Lassen Sie das Fenster bis dahin geschlossen, ziehen Sie die Vorhänge zu und weisen Sie alle an, wachsam zu sein. Niemand, absolut niemand außer Ihnen und den überprüften Krankenschwestern betritt den Raum. Haben Sie mich verstanden?".

„Ja, Signor Leone. Natürlich."

Ich legte auf und wandte mich erneut dem Weinberg zu. Ich musste in die Klinik, um mich davon zu überzeugen, dass mein Großvater keiner Gefahr ausgesetzt war. Das bedeutete zusätzliche Sicherheitsleute einzuteilen, das Zimmer zu wechseln, Sicherheitsleute auch innerhalb des Zimmers zu postieren und den Leuten, die ich auf die Suche nach dem Killer angesetzt hatte, verdammt noch mal in den Hintern zu treten, da sie offensichtlich ihre Arbeit nicht gründlich genug machten.

Aber bevor ich das tat, wollte ich nach Carlotta sehen. Ich ging schnellen Schrittes durch die Reihen von Weinreben, an denen bereits die ersten Weintrauben hingen. Wo zum Teufel war sie nur hingerannt? Während ich den Weinberg durchkämmte, kam mir eine Idee. Ich war ewig nicht mehr an diesem Platz gewesen, aber wenn ich einen Ort im Weinberg wählen müsste, an den ich mich zurückziehen würde, dann wäre es eben dieser Ort. Zielstrebig ging ich auf die linke Seite des Weinbergs zu. Dort lag versteckt hinter den letzten Weinreben eine Holzbank. Sie war unmittelbar an den Hang gebaut und bot einen phänomenalen Blick auf das Meer. An guten Tagen konnte man sogar das Festland erkennen. Mein Großvater hatte sie vor langer Zeit für meine Großmutter errichten lassen. Sie saßen dort in der Vergangenheit oft zusammen und schauten sich gemeinsam den Sonnenuntergang vor Capri an.

Vielleicht hatte Carlotta diese Bank gefunden. Als ich die letzten Weinreben erreichte, vernahm ich leise Stimmen. Eine der Stimmen gehörte Carlotta. Erleichterung durchströmte mich. Sie war nicht ins Stolpern geraten und den Hang hinuntergefallen. Aber im nächsten Moment war die Erleichterung wie verflogen und wurde durch grenzenlose Wut verdrängt. Carlotta saß auf der Holzbank und sah hinaus aufs Meer.

Neben ihr saß niemand anderes als Leonardo. Er hatte seinen Arm um sie gelegt und streichelte ihr über den Arm. Bei dem Versuch, meine unermessliche Wut zu kontrollieren, und Leonardo nicht hochkant über die Klippen zu stürzen, schloss ich für einen Moment die Augen und atmete tief durch. Das war jetzt schon das dritte Mal innerhalb von 24 Stunden, dass ich die beiden zusammen sah. Leonardo schien in der Rolle des Ritters in edler Rüstung voll aufzugehen.

Ich kochte vor Wut.

Aber im Grunde genommen hatte ich mein Recht, Besitzansprüche an diese Frau zu stellen, verwirkt, indem ich mich mit einer anderen Frau verlobt hatte. Ich war selbst schuld. Aber das bedeutete noch lange nicht, dass mein Cousin sich einfach an die Frau ranmachen durfte, die ich liebte.

Ich war hin- und hergerissen. Einerseits wollte ich die beiden zur Rede stellen. Aber andererseits ging es mich nichts an, was Carlotta tat und mit wem sie es tat. Außerdem musste ich dafür sorgen, dass mein Großvater weiter in Sicherheit war, bis ich diesen Killer zur Strecke gebracht hatte. Ich entschied mich also zum Rückzug. Nicht aber, ohne noch einen letzten schmerzenden Blick auf die beiden Menschen zu werfen, die dort eng aneinander geschmiegt auf der Bank saßen und auf das azurblaue Meer blickten.

Kapitel 8

Tag 2 auf dem Anwesen der Familie Leone war nicht besser verlaufen, als der erste Tag davor. Ich wusste, dass sowohl Matteo als auch Leonardo mir etwas verheimlichten, aber ich kam bisher einfach nicht dahinter, was es war.

Dass Matteo Elena allein wegen des politischen Einflusses der Medici heiratete, das wollte ich einfach nicht glauben. Seine Augen sprachen eine andere Sprache. Sie verrieten mir, dass etwas ganz und gar nicht stimmte. Und sein Verhalten mir gegenüber war nicht das eines Mannes, der entschlossen war, sein Leben mit einer anderen Frau zu verbringen. Matteo war nicht der Typ, der eine Frau heiratete, sich aber dann mit einer anderen Frau vergnügte.

Zwar wollte eine fiese kleine Stimme in meinem Kopf mir genau das einreden, aber ich war entschlossen, ihr nicht nachzugeben. Ich glaubte an das Gute in Matteo. Ich war fest davon überzeugt, dass ich mich in dem Mann, in den ich mich so sehr verliebt hatte, nicht getäuscht hatte. Aber dieses Wissen allein brachte mich nicht weiter.

Ich musste entweder Matteo oder aber Leonardo knacken. Nach dem Eintreffen von Elena auf dem Anwesen der Familie, war mir alles über den Kopf gewachsen. Ich wollte einfach nur noch weg. Das war natürlich auf einer Insel nicht so ganz einfach. Bevor ich überlegen konnte, wohin ich nun flüchten sollte, befand ich mich schon mitten in dem Weinberg der Familie. Die saftig grünen Weinreben ragten links und rechts neben mir in die Höhe und gaben mir das Gefühl, unbeobachtet zu sein.

Doch ich hatte mich getäuscht. Leonardo, der unter anderem für den Weinvertrieb der Familie zuständig war, war gerade dabei, die Reben und Trauben zu inspizieren, als ich ihm praktisch genau in die Arme lief.

Er hatte sofort gewusst, dass etwas nicht stimmte, was ehrlich gesagt keine große Kunst war, und hatte mich zu dieser traumhaften Panorama Bank geführt, die, wie er mir erzählte, sein Großvater einst für seine Großmutter hatte errichten lassen. Zunächst sagte niemand ein Wort. Ich ließ den restlichen Tränen freien Lauf, während ich gedankenverloren auf das blaue Meer starrte, auf dem sich einige kunterbunte kleine Schiffe befanden.

Leonardo saß einfach nur da, legte den Arm um mich und wartete schweigsam, bis ich begann zu reden. Ich erzählte ihm, was vorgefallen war und er hörte zu. Nachdem ich meine Erzählung beendet hatte, versuchte er mich mit tröstenden Worten zu ermutigen, nicht aufzugeben.

Wir saßen sehr lange auf dieser Bank, ließen uns den sanften Sommerwind um die Nase wehen, die späte Nachmittagssonne ins Gesicht scheinen und füllten unsere Lungen mit der salzig frischen Meeresluft. Der traumhafte Anblick des azurblauen Himmels, der nahtlos in das genauso azurblaue Wasser überging, vermischt mit den bunten Tupfen der Boote, die sich auf dem Wasser tummelten, beruhigte mich und gab mir die Zuversicht, dass es zu früh war, um aufzugeben.

***** Matteo *****

Es war bereits dunkel, als ich auf das Anwesen zurückkehrte. Es war ein langer und wenig erfreulicher Tag gewesen. Im Krankenhaus hatten sie die Sicherheitsvorkehrungen nun auf meine Anweisungen hin massiv verschärft. Mein Team vor Ort hatte allerdings noch immer nicht wirklich eine Spur, was den Täter betraf.

Im schlimmsten Falle sprachen wir von mehr als einem Täter, denn niemand konnte mir bisher sagen, ob die Person, die im Krankenhaus versucht hatte, meinen Großvater zu töten, auch die Person war, die auf ihn geschossen hatte.

Die Krankenschwester hatte den Mann nur für einen kleinen Augenblick gesehen. Ihre Beschreibung war deshalb nicht allzu hilfreich. Sie hatte versprochen, sich zu melden, falls ihr noch weitere Details einfallen würden. Natürlich war sie verängstigt. Denn wenn der Täter dachte, dass sie ein Risiko darstellte, würde er nicht zögern, sie zu beseitigen. Deshalb hatte ich auch für sie Vorkehrungen getroffen.

Meine Geduld war fast am Ende. Es waren nicht nur Tage, sondern Wochen seit dem ersten Anschlag vergangen. Und noch immer hatte mein Team keine brauchbare Spur. Wie lange sollte das noch so weitergehen? Bis der Täter nicht enttarnt und gefasst war, würde ich weiter auf der Hut sein müssen, was die Menschen betraf, die ich liebte. Denn sonst würden sie zu einer lebenden Zielscheibe werden, so, wie mein Großvater.

Als ich aus dem Wagen stieg, kam Leonardo mir bereits entgegen. Anscheinend hatte er auf mich gewartet. Meine Laune sank weiter in den Keller, als ich ihn erblickte. Geräuschvoll schloss ich die Wagentür und ging in Richtung des Haupthauses.

„Was willst du?“, begrüßte ich ihn wenig freundschaftlich.

„Oh, da ist aber jemand schlecht gelaunt. Aber das ist ja nichts Neues“, witzelte er.

Doch ich konnte den Sarkasmus in seiner Stimme hören. Er war sauer. Dann waren wir ja schon zwei. Denn auch ich war mehr als schlecht auf ihn zu sprechen. Ich ging wortlos an ihm vorbei in den Salon. Das, was ich jetzt ganz dringend brauchte, war ein starker Drink. Ich öffnete die Bar und bediente mich großzügig. Leonardo war mir gefolgt und stellte sich neben mich.

„Ich habe das von Großvater erfahren“, begann er.

Doch bevor er weiterreden konnte, schnitt ich ihm das Wort ab. „Ich habe es geregelt. Du musst dir keine Gedanken darüber machen.“

Ich nahm einen großen Schluck aus dem schweren, bauchigen Glas und spürte, wie mir die Flüssigkeit brennend die Kehle hinabrann und mir augenblicklich warm wurde.

Das tat gut. Ich schloss einen Moment die Augen.

„Ich soll mir keine Gedanken darüber machen? Sag mal spinnst du? Das war bereits der zweite Anschlag innerhalb von kurzer Zeit und du sagst mir, ich soll mir keine Sorgen machen?".

Ich rollte den Kopf im Nacken, um die Verspannung zu lösen, die sich dort gebildet hatte.

„Ich habe es geregelt. Niemand wird mehr an ihn herankommen. Und was den Rest betrifft: ich arbeite daran, glaub mir."

Leonardo schnaubte verächtlich.

„Was hast du bisher rausfinden können?".

Mein Gesicht verdüsterte sich. Wenn ich ihm jetzt sagte, dass mein Team bisher nichts hatte rausfinden können, würde er sich bestätigt fühlen. Aber andererseits, was sollte ich ihm sonst sagen? Es war auch sein Großvater. Er hatte das recht zu erfahren, wie die Dinge standen.

„Nichts", antwortete ich also kurz angebunden.

„Wie, nichts?", erwiderte Leonardo.

„Nichts eben. Ich habe noch nichts in Erfahrung bringen können."

Leonardo schüttelte den Kopf und goss sich ebenfalls ein Glas ein.

„Kommt dir das nicht komisch vor?".

„Was genau meinst du mit *‚das'*, Leonardo?".

Leonardo leerte sein Glas zunächst in einem Zug und schenkte sich dann nach, bevor er mir antwortete.

„Wenn es tatsächlich die Russen waren, die Rache an dir nehmen wollten, dafür, dass du in ihren Augen ihren Anführer an die Polizei verraten hast, wieso brüsten sie sich dann nicht mit der Tat? Ja, Großvater ist nicht tot. In dem Sinne sind sie vielleicht gescheitert, zumindest bisher. Aber der Anschlag war eine ganz klare Machtdemonstration. Sie haben den Mann angegriffen, der als unangreifbar, als unantastbar in Kampanien galt. Und dann schweigen sie die Sache tot, anstatt sich damit zu brüsten und sich so Respekt zu verschaffen? Das macht doch keinen Sinn."

Auch mir war dieser Gedanke bereits gekommen. Jedoch hatte ich ihn recht schnell wieder verworfen. Es mussten die Russen sein, die Rache an mir nehmen wollten, indem sie die Person umbrachten, die mir ihrer Meinung nach am meisten bedeutete. Wer sonst sollte es auf meinen Großvater abgesehen haben? Er wurde von allen gleichermaßen respektiert und gefürchtet. Niemand anderes hatte einen Grund, unserer Familie den Krieg zu erklären.

Aber Leonardo hatte nicht ganz unrecht. Der Russenclan um Wladimir war berüchtigt dafür, dass sie sich zu ihren Taten bekannten und sich damit brüsteten. Ob sie meinen Großvater nun getötet oder eben nur schwer verletzt hatten, spielte dabei eigentlich keine allzu große Rolle. Fakt war, dass sie es geschafft hatten, eine der mächtigsten Personen Süditaliens anzugreifen und damit ein Zeichen zu setzen. Das war genug Grund, damit zu prahlen und zu drohen.

Doch ich hatte keine Drohung erhalten. Und niemand hatte sich zu dem Anschlag bekannt. Zu den Hintergründen der Tat war nichts bekannt. Warum hätten die Russen, wenn sie wussten, dass ich für den Tod ihres Anführers mitverantwortlich war, das nicht kundtun sollen? Wieso behielten sie es für sich? Das war sonst nicht ihre Art.

Wer auch immer sich mit ihnen anlegte, hatte normalerweise eine lebensgroße Zielscheibe auf dem Rücken, wurde wie ein Tier gejagt und blutig niedergemetzelt. Aber das war nicht geschehen. Niemand hatte mir nach dem Leben getrachtet. Niemand hatte mir gedroht. Niemand hatte öffentlich den Namen Leone mit dem Ableben von Wladimir Iwanow in Catania in Verbindung gebracht. Und die wenigen eingeweihten Personen der Sonderermittlungsgruppe, die davon wussten, hatten mir versichert, dass nichts nach außen gedrungen war.

Mein Großvater war auch nicht gefangen genommen, gefoltert und abgeschlachtet worden, so wie man es von dem Clan sonst gewohnt war. Nein, er war mit einem sauberen Schuss aus 200 Metern Entfernung niedergestreckt worden.

Leonardo hatte also recht. Es war sonderbar.

Aber es war die einzig logische Erklärung. Es musste so sein. Alles andere machte keinen Sinn.

„Ich stimme dir zu, dass es nicht dem normalen Vorgehen der ARW entspricht, aber wenn nicht sie, wer hätte sonst ein Motiv?“.

Ich hatte Leonardo in das, was in Catania vorgefallen war, nach dem Anschlag auf unseren Großvater eingeweiht. Er war also einer der wenigen Menschen, die Bescheid wussten.

„Ich weiß es nicht, Matteo. Aber irgendetwas sagt mir, dass die Russen nichts mit der Sache zu tun haben und du nichts überstürzen solltest, bevor wir nicht die Wahrheit kennen.“

Leonardo trank nun auch sein zweites Glas in einem Zug aus.

„Außerdem, wenn wir schon bei den gut gemeinten Ratschlägen sind, dann rate ich dir, verdammt nochmal mit Carlotta zu reden. Sie verdient die Wahrheit. Du kannst sie nicht schützen, indem du es ihr verheimlichst. Sie ist intelligent. Sie ist hartnäckig. Du weißt, dass sie nicht locker lassen wird und dass du sie damit mehr in Gefahr bringst, als wenn du offen und ehrlich mit ihr bist. Außerdem würdest du mit etwas mehr Offenheit auch dafür sorgen, dass ihr viel zu gutes Herz nicht komplett in tausend Stücke reißt. Du bist so ein Vollidiot, Matteo. Du hast sie wirklich nicht verdient!“

Laut klirrend zerbrach mein Glas an der Wand, gegen die ich es soeben geschmettert hatte. Die Scherben lagen überall im Raum zerstreut und spiegelten wunderbar meinen eigenen Gemütszustand wider. Ich betrachtete das Chaos, dann wandte ich mich mit einem vernichtenden Blick Leonardo zu.

„Ich habe sie nicht verdient, ja? Und das heißt, dass ich dir freie Bahn mit ihr lassen soll? Während ich mein Glück und meine Liebe opfere, um sie und die Familie zu schützen, kommst du als der edle Prinz auf dem weißen Ross daher geritten und kümmerst dich aufopferungsvoll um sie? Ich wusste schon immer, dass du auf sie stehst, aber dass du so link bist, das hätte ich nicht gedacht.“

Leonardo stellte sich mir wutentbrannt gegenüber.

„Was redest du da für einen kompletten Schwachsinn? Ich stehe nicht auf sie, Mann! Ich sorge lediglich dafür, dass dein beschissenes Verhalten sie nicht völlig um den Verstand bringt. Jeden verdammten Tag sage ich dir, du sollst mit ihr reden. Ich habe dir mein Versprechen gegeben, dass ich niemandem sage, was deine wahren Beweggründe sind. Aber ich habe dir dieses Scheißversprechen nur gegeben, weil ich der Meinung bin, dass du es ihr selbst sagen musst. Du. Und nicht ich. Sie hat es verdient, Matteo. Du bist es ihr schuldig. Du kannst nicht über ihr Leben und über ihr Glück bestimmen. Sie muss es selbst entscheiden! Sag ihr die verdammte Wahrheit. Du machst uns alle kaputt mit deinem Schweigen. Du siehst doch, wohin das hier führt. Mach endlich reinen Tisch!"

Leonardos Gesicht war wutverzerrt. So hatte ich ihn noch nie erlebt. Er war sonst immer der besonnene und gut gelaunte Sunnyboy der Familie, den nichts aus der Ruhe bringen konnte. Das hier war absolutes Neuland. Müde fuhr ich mir mit den Händen über das Gesicht.

„Ich würde es mir niemals verzeihen, wenn ihr etwas passieren würde, Leonardo. Lieber verzichte ich auf sie, als dass ich dieses Risiko eingehe."

Leonardo legte mir besänftigend seine Hand auf die Schulter.

„Du hast ein gutes Herz, auch wenn du nicht zugeben willst, dass du überhaupt eins hast. Aber du machst einen großen Fehler, Matteo."

Mit diesen Worten verließ er den Raum.

Kapitel 9

Matteo hatte ich seit dem Eintreffen von Elena heute Nachmittag nicht mehr gesehen. Nachdem ich auf der Bank am Steilhang des Weinberges neue Kraft geschöpft hatte, war ich in mein Büro zurückgekehrt und hatte so lange ohne aufzusehen gearbeitet, bis es draußen bereits dunkel wurde.

Da es ein weiterer lauer Sommerabend war, beschloss ich, den Tag entspannt draußen am Pool ausklingen zu lassen. Der Vollmond leuchtete gespenstisch am dunkelblauen Nachthimmel. Heute Abend war es recht windig, sodass die Wolkenschleier sich in rasantem Tempo am Himmel fortbewegten. Wann immer sie auf den Mond trafen, verschwand er für einen Augenblick dahinter und es wurde stockdunkel, bevor er nur Sekunden später wieder zum Vorschein kam, bis der nächste Wolkenschleier an ihm vorbeizog. Es war ein faszinierendes Naturschauspiel.

Ich saß in dem warmen Whirlpool, der in den großen Swimmingpool des Anwesens integriert war und verspürte das erste Mal seit dem Vorfall mit Don Mario so etwas wie innere Ruhe. Um mich herum blubberte leise das Wasser. Der Whirlpool war beleuchtet, sodass ich in ein warmes orange-goldenes Licht getaucht war. Die Blätter der Bäume raschelten laut im Wind und der würzige Duft von Pinien und Oliven wehte zu mir herüber. Die Zikaden, die irgendwo in den Bäumen saßen, zirpten aufgeregt. Ab und zu schwirrte ein Glühwürmchen durch die Nacht. Wenn der Wind drehte, konnte ich sogar das Meer hören, dessen Wellen sich an den Felsen der Steilküste brachen.

Ich schloss die Augen und versuchte, das Gedankenkarussell in meinem Kopf zum Anhalten zu zwingen, zumindest für diesen einen Augenblick. Stattdessen wollte ich mich auf diesen Moment hier konzentrieren. Auf den Wind, der sanft durch mein Haar wehte. Auf den würzigen Geruch, der so kräftig und aromatisch in der Luft lag.

Auf die Geräusche der Nacht, die in perfekter Harmonie zusammenzuspielten. Auf das warme Wasser, das meinen Körper wie eine weiche Decke umhüllte. Und auf den majestätischen Vollmond, der heute besonders groß und mächtig zu sein schien und alles unter ihm gespenstisch überragte.

Wieder einmal wurde mir bewusst, wie klein und vergänglich ein Mensch doch im Vergleich zum Universum war.

Das Geräusch einer Tür, die sich hinter mir öffnete, durchbrach die harmonischen Klänge der Nacht. Ich drehte mich um und erkannte, dass Matteos Bereich des Hauses, welcher bis vor ein paar Minuten noch in komplette Dunkelheit gehüllt war, nun hell erleuchtet war.

Wenige Sekunden später sah ich Matteo, der auf den Balkon trat und mit düsterer Miene auf das raue Meer starrte, welches er von seiner erhöhten Position aus problemlos erkennen konnte. Instinktiv duckte ich mich im Whirlpool und hoffte, dass er mich nicht bemerken würde. Heimlich beobachtete ich ihn, wie er dort im Mondschein auf seinem Balkon stand und in die Ferne starrte. Er wirkte müde und angespannt. Obwohl ich ihn eigentlich hassen sollte, tat er mir leid. Offensichtlich ging es ihm alles andere als gut. Wie gerne würde ich ihm mit, was immer ihn auch beunruhigte, helfen. Aber er wollte es ganz offensichtlich mit sich allein ausmachen.

In diesem Augenblick wandte Matteo seinen Blick vom Horizont ab und ließ ihn über das Anwesen schweifen. Keine fünf Sekunden später trafen sich unsere Blicke. Mist. Er hatte mich eindeutig bemerkt. Lässig hob er die Hand zum Gruß und betrachtete mich schweigend. Ich tat es ihm gleich. Dann verließ er den Balkon und war verschwunden. Wenige Augenblicke später erlosch auch das Licht in seinen Räumen und das einzige Licht, welches die Nacht erhellte, war wieder das des Vollmondes.

Ich entspannte mich etwas. Doch nur wenige Minuten später vernahm ich einen Schatten, der sich zielstrebig dem Pool näherte.

***** Matteo *****

Ich legte mein Handtuch auf einer der zahlreichen Liegen am Pool ab und ging dann hinüber zum Whirlpool. Als ich sie vorhin dort unten im Mondschein sitzen saß, schlug mein Herz augenblicklich höher.

Sie erschien mir wie eine zarte Mondelfe, wie sie da im Wasser gesessen hatte und mit großen Augen zu mir hinaufsah. Nur, dass diese Mondelfe real war. Es gab sie wirklich.

Lange hatte ich sie angesehen und meine Optionen abgewogen. Ich wusste, dass es besser war, sich von ihr fernzuhalten. Aber ich konnte es einfach nicht. Sie war wie eine Sucht, die zu überwinden ich einfach nicht stark genug war.

„Darf ich reinkommen?“, fragte ich sie und hoffte, dass sie mich nicht wegschicken würde.

Sie überlegte und meine Hoffnung schwand sekündlich. Doch schließlich nickte sie.

„Wo ist Elena?“. Ihre Stimme war ruhig, doch ich konnte den Schmerz darin entnehmen.

„Sie ist nach Los Angeles geflogen. Sie macht dort bei irgendeiner Show mit.“

Carlotta nickte erneut.

„Verstehe“, murmelte sie.

Dann schwiegen wir, bis ich die erdrückende Stille zwischen uns nicht mehr ertrug. Also sagte ich das Erstbeste, was mir in den Sinn kam, nur um es im nächsten Moment sofort wieder zu bereuen.

„Auf meinen Großvater ist heute ein erneuter Anschlag verübt worden.“

Ihre Augen weiteten sich.

„Wie ist das möglich? Geht es ihm gut?“.

Ich bejahte und erzählte ihr dann, was sich im Krankenhaus zugetragen hatte.

„Das tut mir leid, Matteo. Ich hoffe, dass der Täter bald gefasst wird.“

Ja, das hoffte ich auch. Und vor allem hoffte ich, dass mein Team ihn vor der Polizei fassen würde.

„Wollen wir das Gespräch von heute Nachmittag weiterführen?“, fragte sie mich nun.

Ich seufzte. Das war wirklich das Letzte, was ich jetzt tun wollte.

„Nein. Nicht wirklich“, antwortete ich ihr deshalb wahrheitsgemäß.

„Was möchtest du dann?“, erwiderte sie und rutschte noch eine Spur tiefer in den Whirlpool.

Aus ihrem langen Haar, welches sie mit einer Klammer hochgesteckt hatte, hatten sich einzelne Strähnen gelöst, die nun von der Feuchtigkeit bedingt, in kleinen Locken ihr Gesicht umrahmten. Sie sah extrem heiß aus. Und gleichzeitig so zerbrechlich wie ein kleiner Schmetterling. Bei dieser Frau überkam mich jedes Mal von Neuem eine unbändige Lust und gleichzeitig das Verlangen, sie vor allem Bösen auf dieser Welt zu schützen. Mich miteingeschlossen.

Ich konnte nicht widerstehen und strich ihr eine der verirrten Strähnen aus dem Gesicht. Sie schloss für einen Moment die Augen. Ihr schien meine Berührung zu gefallen. Also nahm ich noch eine weitere Strähne und strich sie ihr zärtlich hinter das Ohr. Dann ließ ich meine Finger von ihrem Ohr an ihrem Hals entlangwandern, hinab zu ihrem Schlüsselbein, welches ich vorsichtig nachzeichnete.

Der Rest ihres himmlischen Körpers verbarg sich unter Wasser. Doch wenn ich meine Hand unter die Wasseroberfläche gleiten ließ, würde es kein Halten mehr geben. Wieder einmal. Mir war klar, dass es so nicht weitergehen konnte. Es führte zu nichts. Auch wenn wir beide diese Momente der innigen Zweisamkeit brauchten, wie die Luft zum Atmen, so würde es immer das ‚Danach‘ geben. Die reale Welt, in der wir diese Zweisamkeit nicht mehr haben durften.

Mit jedem Mal, dass ich mich auf Carlotta einließ, ging ich das Risiko ein, sie in Gefahr zu bringen. Und nicht nur das. Ich gefährdete damit auch den Machterhalt der Familie Leone. All das hatte ich mir tausend Mal gesagt. Und doch dauerte es lediglich ein paar Sekunden, wann immer ich Carlotta sah, bis all die guten Vorsätze sich in Luft auflösten und alles, was ich wollte, diese Frau war.

So war es auch dieses Mal. Also antwortete ich ihr, „Ich will den heutigen Tag vergessen, Carlotta."

Mit meinem Finger fuhr ich die Konturen ihrer Lippen nach.

„Willst du mir dabei helfen?".

***** Carlotta *****

Wenn er mich berührte, musste ich mich jedes Mal ermahnen, nicht nachzugeben. Und ich schaffte es tatsächlich jedes Mal.

Für ungefähr zehn Sekunden.

Dann gab ich auf. Darauf war ich wahrhaftig nicht stolz, aber zumindest schien es ihm genauso zu gehen. Wir hatten eine gegenseitige Anziehungskraft, die alles, was ich bisher in meinem Leben erlebt hatte, in den Schatten stellte. Wie er mir lässig zurückgelehnt mit seinem nackten durchtrainierten Oberkörper gegenüber saß, die Arme leger auf dem Beckenrand, und mich mit seinen dunklen Augen fixierte, ließ mich sofort feucht werden.

Seit wann war ich so oberflächlich? Ich schloss die Augen und schüttelte den Kopf über mich und meine schlüpfrigen Teenager Fantasien.

Doch auch das brachte nichts. Als ich die Augen wieder öffnete, bot sich mir derselbe heiße Anblick und in meiner Mitte fing es nun auch noch an verräterisch zu pochen. Er hatte mich gefragt, ob ich ihm dabei helfen wolle, den heutigen Tag zu vergessen. Was er damit meinte und wie er sich das vorstellte, konnte ich mir bildlich ausmalen.

Und ja, ich wollte es auch. Ich wollte ihn. Nur ihn. Immer wieder ihn.

Aber was wir hier taten, war nicht fair und nicht richtig. So sehr ich Elena auch verabscheute, sie war diejenige, mit der sich Matteo verlobt hatte. Also war sie diejenige, die Anspruch auf Matteo hatte, so, wie die Dinge momentan standen.

Dass ich mich immer wieder auf ihren Verlobten einließ, auch wenn ich ihn abgöttisch liebte, war nicht richtig von mir. Doch was diesen Mann betraf, so war ich einfach nicht ich selbst.

Ich war schwach, willenlos und verloren. Und ich war nicht bereit, ihn herzugeben. Nicht an Elena und nicht an irgendeine andere Frau dieser Welt. Aber so, wie es jetzt war, konnte es nicht weitergehen. Damit taten wir allen Beteiligten weh. Damit taten wir uns weh. All das wusste ich. Und mein Verstand riet mir, aufzustehen und zu gehen.

Jetzt. Sofort.

Doch ich war noch nicht bereit, Matteo ziehen zu lassen. Ich war noch nicht bereit dafür, ihn nie wieder zu berühren, ihn nie wieder zu spüren und ihn nie wieder zu riechen und zu schmecken.

Noch nicht heute.

Heute wollte ich mit ihm zusammen vergessen. Heute wollte ich ihn ganz tief in mir spüren. Noch ein letztes Mal. Dann würde ich endlich das tun, was ich schon längst hätte tun sollen.

Also traf ich eine Entscheidung, die längst überfällig war.

Kapitel 10

„Lass uns heute gemeinsam vergessen“, gab ich ihm die Antwort, auf die er gewartet hatte.

Ich stieß mich vom Rand des Whirlpools ab und ließ mich auf seinem Schoß nieder. Er nahm mein Gesicht in seine Hände und betrachtete es mit einem unergründlichen Blick. Dann zog er meinen Kopf zu sich heran und senkte seine Lippen auf meine. Wir stöhnten beide auf, als sich unsere Münder trafen. Meine Zunge drang gierig in Matteos Mund ein und ich küsste ihn stürmisch und wild.

„Langsam, Carlotta“, versuchte er mich zu zügeln.

Doch ich wollte es nicht langsam. Ich begann, mich auf seinem Schoß zu bewegen und mich an ihm zu reiben. Er stöhnte in meinen Mund und umfasste meine Hüften, um den Druck zu erhöhen.

„Baby, du bringst mich noch um“, keuchte Matteo schwer atmend.

Dann öffnete er mit einer Hand mein Bikini Oberteil und zog es mir über den Kopf.

„Hier sind ja meine Lieblinge“, flüsterte er rau an meinen Brüsten.

Matteo nahm meine linke Brust in den Mund und begann daran zu saugen, während er mit seiner rechten Hand die Spitze meiner anderen Brust zärtlich umkreiste. Seine linke Hand fixierte meinen Rücken, sodass ich mich seinem Griff nicht entziehen konnte. Ich ließ meinen Kopf in den Nacken fallen und rieb meine triefende Mitte an ihm.

„Oh mein Gott, ja“, brachte ich schwer atmend hervor.

Matteo ließ von meiner linken Knospe ab und wandte sich nun der rechten Knospe zu, in die er sanft hineinbiss. Ein Blitz durchfuhr mich und ich schrie leise auf. Matteo ließ seinen linken Arm ins Wasser gleiten und tauchte seine Finger in mein Höschen.

Gierig hob ich das Becken an, um ihm besseren Einlass zu gewähren und begann dann, seine Finger zu reiten. Ich krallte meine Finger in sein Haar und drückte sein Gesicht an meine Brüste.

„Saug fester“, flehte ich ihn an.

Das ließ er sich nicht zweimal sagen und ich spürte das Resultat direkt in meiner heißen Mitte. Hastig stand ich auf und Matteo sah mich mit einer Mischung aus Angst und Verwirrung an.

„Was ist los?“, fragte er sichtlich angespannt.

„Zieh deine Hose aus“, wies ich ihn an und entledigte mich im selben Moment meines roten Badeslips.

Matteo kam meinem Befehl nicht sofort nach, sondern ließ seine Augen bewundernd an meinen splitterfasernackten Körper hinabwandern. Dann verdunkelten sich seine Augen.

„Du glaubst, du hast das Recht, mir Befehle zu erteilen?“.

Er sah unter halb geschlossenen Lidern zu mir hinauf und obwohl ich ihn überragte, spürte ich die starke männliche Präsenz, die er ausstrahlte, was mich extrem anmachte.

„Ich dachte nur, dass du mich ficken willst, Matteo“, erwiderte ich so unschuldig wie möglich.

Was diese schmutzigen Worte bei ihm auslösten, sah ich sofort in seinen Augen, die nun so gefährlich dunkel leuchteten, wie die eines Raubtieres, kurz bevor es seine Beute erlegte.

„Das will ich, Baby. Und das werde ich. Aber erst will ich dich kosten.“

Mit diesen Worten umgriff er meine Fußgelenke und zog sie auseinander, sodass ich in einer leichten Grätsche über ihm stand. Dann drückte er sich mit seinen muskulösen Armen am Beckenrand ab und ließ sich auf seine Knie sinken. Die Gefühle über das, was er vorhatte, drohten mich zu übermannen und ich schluckte hart voller Vorfreude auf das, was jetzt kommen würde. Matteos Hände krallten sich in meinen nackten Po.

„Ich liebe diesen geilen Hintern“, keuchte er bewundernd.

Dann versank sein Gesicht in meiner Mitte und ich spürte, wie seine geschickte Zunge begann, meine heiße Mitte zu lecken.

Ich verschluckte mich fast vor Schreck, so gut fühlte sich seine Zunge auf meiner empfindlichen Haut an. Matteos Zunge war überall und ich hatte Angst, dass ich vor lauter Lust entweder das Gleichgewicht verlor, oder aber meine Beine unter diesen intensiven Gefühlen nachgaben. Also krallte ich meine Hände in Matteos samtig schwarzes Haar und drückte seinen Kopf gegen meine gierige Mitte. Ich stöhnte hemmungslos und während ich Matteos Kopf so fest ich konnte an meine Perle drückte, rieb ich diese gleichzeitig an seinem Mund. Nach einiger Zeit ließ Matteo mit einer Hand von meinem Po ab und führte zwei seiner Finger in mich ein.

„Ja, Baby, genauso", keuchte ich.

Ich war absolut schamlos und mir war es in diesem Moment völlig egal, ob mich jemand sah oder hörte. Ich jagte meinem Orgasmus hinterher, der sich unweigerlich anbahnte. Matteos Finger drängten sich tief in mich hinein, bevor sie sich wieder komplett aus mir zurückzogen, nur um dann Sekunden später wieder in mich einzudringen. Gleichzeitig leckte und saugte seine geschickte Zunge an meiner Perle und brachte mich dabei fast um den Verstand.

Ich spürte, dass ich meinen Höhepunkt fast erreicht hatte und ließ den Kopf in den Nacken fallen. Über mir leuchtete der Vollmond und ein dunkelblauer, fast schwarzer Wolkenschleier näherte sich ihm. Als der Wolkenschleier auf den Mond traf und ihn verdeckte, kam ich hart, laut und heftig an Matteos Mund.

Meine Beine wackelten gefährlich und drohten nachzugeben. Doch Matteos starke Arme fingen mich schützend auf. Schwer atmend ließ ich mich auf seinem Schoß nieder und schmiegte meinen Kopf an seinen Hals. Er legte seine Arme um mich.

„Das war sowas von heiß", flüsterte er an meinem Ohr. „Du hast mich so scharf gemacht".

Ich hatte ihn scharf gemacht? Er war derjenige, der mich scharf gemacht und es mir so richtig besorgt hatte. Nachdem sich mein Atem etwas beruhigt hatte, setzte ich mich auf und sah ihn an.

„Ich bin völlig offen für deine Ideen, aber vielleicht willst du ja jetzt doch deine Hose ausziehen?".

Er lachte. Es war kein leises, zurückhaltendes Lachen. Nein, er lachte aus voller Inbrunst. Es war das erste Mal, dass ich ihn seit dem Anschlag auf seinen Großvater hatte lachen hören. Ich hatte es vermisst.

„Ich könnte dir dabei helfen?", ich sah ihn mit großen Unschuldsaugen an.

„Würdest du das tun?".

Ich nickte überschwänglich.

„Ich würde das tun, ja".

Er griff mit seinen Händen nach meinen Brüsten und massierte sie. Augenblicklich wurden meine Knospen hart und die altbekannte Wärme schoss mir erneut in meine Mitte.

„Und was machen wir dann, wenn du mir meine Hose ausgezogen hast?", wollte er nun wissen.

Als ich nichts erwiderte, weil ich seine Berührungen zu sehr genoss, wurde seine Stimme rauer.

„Sag es. Du weißt, was ich von dir hören will. Was machen wir, wenn du meinen Schwanz aus der Hose holst?".

Ich schluckte schwer. „Wir ficken."

Er knurrte leise. Der *Dirty Talk* gefiel ihm genauso gut wie mir.

„Dann lass uns ficken, Baby."

***** Matteo *****

Sie machte mich so heiß. Manchmal war sie so unschuldig und peinlich berührt, wie eine Jungfrau. Dann nahmen ihre Wangen einen leichten Rotton an, wenn ich sie dazu aufforderte, dreckige Dinge zu sagen.

Und dann wiederum gab es Momente, in denen sie völlig schamlos und gierig war. Dies war einer dieser Momente. Carlotta entledigte mich meiner Hose und setzte sich dann ohne Vorwarnung auf meinen Schwanz, der im warmen Wasser mit einem Mal in sie eindrang und sie ausfüllte.

Sie schnappte erschrocken nach Luft, als ich meine Hände um ihre Hüften legte, sie anhob und sie dann wieder hart auf meinen Schwanz niederließ.

„Ist er zu groß für dich?“, fragte ich sie mit vor Lust verzerrter Stimme.

„Nein“, hauchte sie leise. „Er ist genau richtig.“

Dann begann sie, sich auf und ab zu bewegen. Erst langsam und dann immer schneller. Während ich ihre Brüste hart knetete, ritt sie mich wie einen wilden Hengst. Das törnte mich extrem an, vor allem, als sie ihrem Mund auf meinen senkte, und mir einen leidenschaftlichen Kuss gab, der mir den Atem raubte.

Wenn ich nicht aufpasste, dann würde ich sofort kommen. Aber das wollte ich nicht. Ich genoss es zu sehr, in ihr zu sein. Also lehnte ich mich zurück, legte die Arme lässig am Beckenrand ab und beobachtete sie mit vor Lust verschleierten Augen, während sie mich hart ritt und ihre verführerischen Brüste dabei auf- und ab wippten.

Ich hätte ewig so weitermachen können, aber der Drang nach Erlösung wurde immer größer, je wilder sie mich ritt. Also fasste ich sie an den Hüften und drehte sie um, sodass sie kniend vor mir saß und mir ihren süßen Hintern aus dem Wasser entgegenreckte. Dann ging ich hinter ihr auf die Knie und drang genüsslich in sie ein. Ich biss die Zähne zusammen. Sie war so eng, dass mein Schwanz beim Eindringen in sie richtig gemolken wurde.

Auf keinen Fall wollte ich wie ein dummer Anfänger nach nur zehn Sekunden in ihr kommen, doch ich war bereits jetzt kurz davor.

Ich bewegte mich langsam in ihr und konnte ein gequältes Stöhnen nicht vermeiden. Es fühlte sich einfach zu gut an. Nachdem ich sie etwas geweitet hatte, pumpte ich härter und schneller in sie.

„Halt dich am Beckenrand fest“, wies ich sie mit lustverzerrter Stimme an.

Sie kam mir in den Bewegungen entgegen und spornte mich so an, ihr mehr zu geben. Das ließ ich mir nicht zweimal sagen.

Wie sie da so vor mir kniete, hatte ich das Gefühl, sie wäre mein.

Mein ganz allein.

Und genauso sollte es sein. Niemand anderes sollte das Recht haben, sie so zu sehen, in sie einzudringen, oder sie auch nur anzufassen. Sie gehörte nur mir! Angestachelt von meinen besitzergreifenden Gedanken, stieß ich immer fester und schneller in sie.

Ich stand kurz vor meinem Höhepunkt, als ich hörte, wie sie mit einem animalischen Stöhnen kam. Ihr Stöhnen gab mir den Rest und mit einem letzten kräftigen Stoß, schoss ich alles, was ich hatte, in ihre heiße, gierige Möse.

Erschöpft zog ich sie zu mir und setzte sie quer auf meinen Schoß, sodass ich sie in den Armen halten und betrachten konnte. Wir sahen uns lange schweigend an.

Der Mond verlieh ihrem Haar einen bronzefarbenen Glanz und der Wind, der über uns hinwegfegte, ließ ihr die feuchten Strähnen in ihr gerötetes Gesicht wehen. Allein ihr befriedigter Anblick ließ erneute Lust in mir aufflammen.

Was tat diese Frau nur mit mir?

***** Carlotta *****

Ich lag in seinen Armen und versuchte, mir diesen Moment so gut ich konnte für die Ewigkeit einzuprägen. Denn ich wusste nicht, ob ich so einen Moment mit Matteo jemals wieder erleben würde. Ich hatte eine Entscheidung getroffen und ich würde jetzt keinen Rückzieher machen.

Wenn dies wirklich das letzte Mal gewesen sein sollte, dass Matteo und ich eins waren, dann war es ein würdiger Abschied mit Feuerwerk, Pauken und Trompeten gewesen.

Eines stand fest, ich würde alles daransetzen, dass wir auch den Rest unseres Lebens solche innigen Momente miteinander erleben konnten.

Aber leider lag das nicht komplett in meiner Hand. Er würde seinen Teil dazu beitragen müssen. Und ob er das tun würde, das lag allein bei ihm.

Noch ein letztes Mal küsste ich ihn und legte in diesen Kuss meine ganzen Gefühle, die ich für ihn hegte. Dann fischte ich mein Oberteil und mein Höschen auf dem Wasser und stieg schweren Herzens aus dem Whirlpool. Ich wickelte mich in mein Handtuch, um nicht völlig nackt vor Matteo zu stehen.

Daraufhin wandte ich mich ihm erneut zu. Er hatte sich zu mir umgedreht und sah mich mit trauriger Gewissheit an.

„War das ein Abschied, Carlotta?“, fragte er mich mit leiser Stimme.

„Du verheimlichst mir etwas, das uns alle Chancen auf eine gemeinsame Zukunft raubt. Du willst eine andere Frau heiraten, Matteo. Und du willst mir nicht erklären, wieso. Ich glaube dir nicht, dass du es aus Geld- oder Prestigegründen tust. Aber ich weiß auch nicht den wahren Grund. Doch eines weiß ich ganz genau: Ich habe die Wahrheit verdient. Ich habe das Recht zu erfahren, was hier vor sich geht! Das Recht, mir meine eigene Meinung zu bilden! Wenn du wirklich eine Beziehung und eine Zukunft mit mir gewollt hättest, dann hättest du mich eingeweiht, mich einbezogen. Stattdessen hast du einfach für uns beide entschieden. Und ich bin mit dieser Entscheidung verdammt nochmal nicht einverstanden.“

Wütend wickelte ich mein Handtuch enger um meinen Körper.

„Du hast also jetzt zwei Möglichkeiten. Entweder du sagst mir, was hier gespielt wird. Oder ja, das hier war unser Abschied. Natürlich werde ich mein Versprechen halten, und bis zum Jahresende für die Familie arbeiten, aber du und ich“, ich zeigte mit dem Finger zunächst auf ihn, dann auf mich, „das wird ein für alle Mal vorbei sein. Also?“.

Ich sah ihn abwartend an. Er stieg langsam aus dem Whirlpool, ging zu einer der Liegen und trocknete sich in Zeitlupengeschwindigkeit ab. Dann schlang er sich sein Handtuch um die Hüften und kam auf mich zu.

Er nahm mein Gesicht in seine Hände und drückte mir einen langen Kuss auf die Lippen, der sich nach Verzweiflung und Abschied anfühlte. Dann ließ er mich los und sein Blick wurde hart und unnachgiebig.

„Es tut mir leid, Carlotta. Ich kann es dir nicht sagen."

Kapitel 11

Der Schmerz über Matteos Entscheidung saß tief. Auch wenn seine Antwort mich nicht allzu sehr überrascht hatte, so nagte die Enttäuschung doch sehr an mir. Vielleicht hatte ich gehofft, dass mein Ultimatum ihn nachgeben ließ. Dass er mir lieber die Wahrheit sagte, als mich zu verlieren. Doch diese Hoffnung blieb unerfüllt.

Ich hätte es besser wissen sollen. Niemand konnte Matteo Leone zu etwas zwingen. Er tat, was er wollte und was er für richtig hielt. Das war eine der vielen Eigenschaften, die ich sehr an ihm schätzte. Aber es war auch eine der Eigenschaften, die dazu beitrug, dass es für uns womöglich keine gemeinsame Zukunft geben würde. Ich saß an meinem Schreibtisch und hatte das Gesicht in meinen Händen vergraben.

Seitdem Matteo und ich gestern auseinander gegangen waren, hatte ich ihn nicht mehr gesehen. Ich war mir nicht einmal sicher, dass er auf dem Anwesen war. Aber was machte das schon für einen Unterschied? Ich hatte ihn vor die Wahl gestellt, und er hatte sich entschieden. Von jetzt an hatte ich wirklich kein Recht mehr zu fragen, wo er war oder was er tat.

Müde rieb ich mir die Augen, als es an der Tür klopfte. Für einen Augenblick keimte Hoffnung in mir auf. War es womöglich Matteo, der es sich doch noch anders überlegt hatte? Aber es war lediglich Leonardo.

Ich schämte mich, dass mich das enttäuschte. Leonardo war ein feiner Kerl, und ich hatte ihn sehr gerne um mich herum. Nur war er eben nicht Matteo.

„Na, wie geht es dir heute?“, fragte er mich mit seinem nahezu immer präsenten Lächeln.

„Alles in Ordnung. Danke. Wie geht es dir?“, erwiderte ich so euphorisch wie möglich.

„Mir geht es sehr gut, denn ich habe tolle Neuigkeiten!“

Er setzte sich auf den Stuhl gegenüber von meinem Schreibtisch und streckte die Beine aus.

„Großvater geht es mittlerweile so gut, dass er Besuch empfangen möchte. Und jetzt rate mal, wen er außer mir noch sehen will?“.

Ich zog die Stirn kraus. „Matteo, nehme ich an?“.

Leonardo rollte mit gespielter Verärgerung die Augen.

„Matteo, Matteo. Ich höre immer nur Matteo. Nein, du Dummerchen. Er will dich sehen!“

Ich zog überrascht die Augenbrauen in die Höhe.

„Mich? Wieso sollte er mich sehen wollen?“.

Leonardo schlug die Beine übereinander und klatschte in die Hände.

„Tja, das wirst du wohl selbst herausfinden müssen. Also lass uns gehen.“

Ich rollte näher an den Schreibtisch heran.

„Wie, etwa jetzt sofort?“.

Leonardo stand auf und tippte etwas in sein Handy.

„Jaaa, jetzt sofort, Carlotta. Der Heli ist gleich hier.“

Wie auf Knopfdruck hörte ich auf einmal die Rotoren eines Helikopters unweit hinter mir.

„Ich soll in dem Helikopter fliegen?“.

Leonardo hatte mich sichtlich überrumpelt.

„Hast du ein Problem mit Helis?“, fragte er mich und grinste dabei spitzbübisch.

„Naja, sagen wir, dass ich die Fähre bevorzuge, um aufs Festland zu kommen.“

Leonardo nickte. „Dazu haben wir dieses Mal leider keine Zeit. Also würde ich sagen, schnapp dir deine Tasche und los geht's. Zur Not halte ich gerne Händchen, um dir die Angst zu nehmen.“

Er zwinkerte mir zu und ging dann zur Tür, um sie für mich offen zu halten.

Ich hob resigniert die Hände.

„In Ordnung. Ich sehe schon, bei euch Leones kann man gar nicht ‚*nein*‘ sagen.“

Leonardo gluckste.

„Das hast du vollkommen richtig erkannt.“

***** Matteo *****

Ich saß bei meinem Großvater im Krankenzimmer und bemühte mich, ruhig zu bleiben. Heute war der erste Tag, seit seiner Einlieferung, dass es ihm wirklich gut ging und er dank der reduzierten Dosis an Schmerzmitteln endlich wieder bei klarem Verstand war.

Das war eigentlich ein Grund zur Freude. Aber mein Großvater redete nun schon seit einer halben Stunde auf mich ein. Auch das war eigentlich ein gutes Zeichen. Doch das, worüber er sprach, gefiel mir nicht. Ich wusste nicht, wer ihm diesen Floh ins Ohr gesetzt hatte, womöglich Leonardo.

Wer auch immer es gewesen war, würde gehörigen Ärger bekommen. Dafür würde ich sorgen.

„Ich glaube einfach nicht, dass es die Russen waren, Matteo. Das macht keinen Sinn. Und glaube mir, ich habe in diesem Milieu einige Jahre mehr Erfahrung, als du", betonte er gerade zum wiederholten Male seine Zweifel an meiner These des Anschlags.

„Wer soll es denn sonst gewesen sein, Großvater? Du weißt, dass die Russen allen Grund haben, mich zu jagen."

Mein Großvater setzte sich ächzend im Bett auf.

„Genau. Sie haben allen Grund dich zu jagen. Dich. Und nicht mich. Aber dazu müssten sie überhaupt erst wissen, was du getan hast. Und meinen Quellen zufolge haben sie keinen blassen Schimmer davon."

Ich raufte mir die Haare.

„Es gibt sonst niemanden, dem ich so einen hinterhältigen Anschlag zutraue. Und was heißt denn hier, ‚deinen Quellen zufolge'? Was sind das für Quellen?".

Mein Großvater verzog die Mundwinkel zu einem angedeuteten Lächeln.

„Du hast deine Quellen. Ich habe meine Quellen. Und meine Quellen besagen ganz eindeutig, dass die Russen es nicht waren. Da muss etwas anderes dahinterstecken, Matteo."

Wütend stand ich auf. Ich wollte diese Leier nicht mehr hören. Nicht von Leonardo, nicht von meinem Großvater. Von niemandem! Sie sahen Geister, wo keine waren! Es war reine Paranoia!

Ich dagegen war ein pragmatischer Mensch. Ich hatte das Problem identifiziert und arbeitete nun konsequent an dessen Eliminierung. Da konnte ich keine Widerworte und irrsinnige Theorien gebrauchen.

„Das ist doch Unsinn…“, aber weiter kam ich nicht, denn mein Großvater unterbrach mich mit donnernder Stimme.

„Unsinn? Erscheint es dir nicht sehr respektlos, so mit mir zu reden? Darf ich dich daran erinnern, wer der Patrone der Leone Familie ist? Und so lange ich lebe, wird sich das auch nicht ändern.“

Ich wollte gerade etwas erwidern, als es zaghaft an der Tür klopfte. Instinktiv fasste ich nach der Waffe, die sich unter meiner schwarzen Lederjacke verbarg.

„Herein“, rief mein Großvater.

Die Tür öffnete sich und Leonardo trat ein. Ich entspannte mich etwas und nahm die Hand von der Waffe.

„Hallo Großvater. Ich habe dir den gewünschten Besuch mitgebracht.“

Kaum hatte er diese Worte ausgesprochen, betrat Carlotta das Zimmer. Ich starrte sie überrascht an.

„Was machst du hier?“.

Mein Großvater antwortete für sie.

„Ich habe Leonardo gebeten, Signorina Sorrentino auf einen Besuch vorbeizubringen.“

Misstrauisch sah ich meinen Großvater an.

„Und wieso, wenn ich fragen darf?“.

„Darf sich denn ein alter Mann nicht an der Präsenz einer so schönen jungen Frau erfreuen?“.

Mein Großvater setzte sein charmantestes Lächeln auf und winkte Carlotta zu sich herüber. Dann gab er ihr einen altmodischen Handkuss.

„Ich freue mich sehr, dass Sie kommen konnten.“

Carlotta lächelte verlegen.

„Natürlich, Don Mario. Das habe ich sehr gerne getan.“

Mein Großvater nickte zufrieden.

„Nun gut. Matteo, wir waren ja soweit durch. Wenn du mich jetzt entschuldigst, ich habe etwas mit meinen zwei Besuchern hier zu bereden."

Mein Blick wanderte skeptisch zwischen den dreien umher.

„Und ich nehme an, meine Anwesenheit ist für diese Unterredung nicht von Nöten?".

„Mit dieser Annahme liegst du richtig, Matteo."

***** Carlotta *****

Ich zuckte zusammen, als die Tür hinter Matteo mit Schwung ins Schloss fiel.

„Entschuldigen Sie bitte, Signorina Sorrentino. Matteo kann manchmal etwas ungestüm sein."

Ich versuchte, keine Grimasse zu ziehen, und stattdessen ernst zu bleiben.

„Es waren sehr emotionale Tage für ihn", erwiderte ich so diplomatisch wie möglich.

„Schön, dass Sie dieses Thema anschneiden. Genau darüber wollte ich mit Ihnen reden."

Wenn er meine Verwirrung bemerkt hatte, so ließ er sich zumindest nichts anmerken.

„Leonardo, den Stuhl bitte." Don Mario zeigte auf den Stuhl, auf dem bis eben noch Matteo gesessen hatte.

Leonardo zog den Stuhl heran und bedeutete mir, mich zu seinem Großvater zu setzen. Zögernd nahm ich Platz.

„Sie lieben Matteo, nicht wahr?".

Mein Kopf schnellte zu Leonardo. Hatte er etwa getratscht und seinem Großvater verraten, was zwischen Matteo und mir gewesen war? Don Mario ergriff meine Hand und sicherte sich so wieder meine Aufmerksamkeit.

„Wer in meinem Beruf so erfolgreich und alt werden will, wie ich es bin, der muss genau wissen, was vor sich geht. Und zwar zu jeder Zeit."

Ich räusperte mich.

„Seit wann wissen Sie es?“.

Don Mario hob die Mundwinkel zu einem mitleidigen Lächeln.

„Seit 12 Jahren, mein Kind.“

Ich schnaubte. Das durfte doch alles nicht wahr sein.

„Ich kenne Matteo. Er ist ein Teil von mir. Damals tat ich es noch als die erste große Liebe ab. Aber als ich Sie im *„Il Sorrentino“* vor wenigen Monaten wiedertraf und bemerkte, wie Matteo und Sie sich ansahen, da wusste ich, dass diese Liebe Sie beide nie losgelassen hat.“

Ich faltete die Hände in meinem Schoß und versuchte Zeit zu gewinnen. Was sollte ich schon darauf erwidern?

„Er heiratet eine Andere“, flüsterte ich und spürte, wie mir die Tränen in die Augen stiegen.

Ich wollte auf keinen Fall vor Don Mario losheulen, also blinzelte ich einige Male und versuchte, mich zu sammeln.

„Ich weiß. Und genau deswegen habe ich Leonardo und Sie heute herbestellt.“

Ich sah von meinen Händen auf und blickte in Don Marios wache Augen.

„Wie meinen Sie das?“, fragte ich nun sichtlich verwirrt.

„Hast du es ihr erzählt, Leonardo?“.

Leonardo schüttelte den Kopf.

„Ich habe Matteo versprochen, es nicht zu tun.“

Don Mario nickte.

„Gut. Es ehrt dich, dass du Wort gehalten hast. Das war sicher keine leichte Entscheidung. Da ich Matteos Beweggründe jedoch kenne, ohne, dass er sie mir erklären musste, kann ich offen darüber sprechen.“

Ich hielt die Luft an.

Würde ich nun endlich erfahren, was hier gespielt wurde?

„Matteo denkt, dass der Russenclan ARW den Anschlag auf mich verübt hat. Und zwar aus Rache an ihm, weil sie ihn für den Tod ihres Anführers mitverantwortlich machen. Er fühlt sich schuldig, dass er mich aufgrund seines Handels in Lebensgefahr gebracht hat und fürchtet gleichzeitig, dann ich nicht die einzige Person bin, hinter der die Russen her sind. Er glaubt, dass der Russenclan sich an ihm rächen will, indem er alle Menschen tötet, die ihm wichtig sind. Somit also auch Sie, Carlotta, vorausgesetzt sie wüssten, wie viel Sie Matteo bedeuten."

Don Mario machte eine Pause und sah mich eindringlich an. Ich traute mich kaum zu Atmen, da ich Angst hatte, er würde sonst aufhören, zu erzählen.

„Er wertet den Angriff als ein Zeichen, dass die Familie nicht mehr länger als unantastbar gilt. Er sieht darin die Bestätigung, dass der Einfluss der Familie nachlässt und ihr Machterhalt nicht mehr gesichert ist. Und er glaubt, dass all das seine Schuld sei."

So langsam bildete sich in meinem Kopf ein Bild von dem, was hier wirklich vor sich ging. Die einzelnen Puzzle Teile fanden langsam aber sicher ihren Platz.

„Cesare Medici ist sehr einflussreich. Er agiert in den politischen Sphären ganz oben. Von Rom aus steuert er die Gesetze des Landes. Er hat viel Einfluss auf alle ranghohen Politiker des Landes. Und er entstammt der Familie der Medici. Er ist reich, sehr reich. Und er ist schlau. Er riecht ein gutes Geschäft, bevor es überhaupt spruchreif ist. Er wusste, dass Matteo und seine Tochter eine Affäre hatten und hat die Gunst der Stunde ergriffen."

Ich massierte mir angestrengt die Schläfen.

„Matteo heiratet seine Tochter und im Gegenzug sorgt er dafür, dass die Familie Leone dank dem Einfluss der Medici genug Geld und Macht zur Verfügung hat, um sich die Russen vom Hals zu halten und sich auf immer unantastbar zu machen", spann ich die Geschichte von Don Mario weiter.

Der Patrone nickte.

„Indem er Elena heiratet, sichert er seiner Meinung nach den Machterhalt der Familie, und er nimmt Sie, Carlotta, aus der Schusslinie. Denn er ist davon überzeugt, dass dieser gezielte Anschlag genauso gut hätte Ihnen gelten können, sobald die Russen Wind von Ihrer Beziehung zu Matteo bekommen hätten."

Ich atmete hörbar aus und knetete mir nervös die Hände. Das musste ich erst mal verdauen. Jetzt, da mir Don Mario den wahren Grund dieser Verlobung erzählt hatte, fiel es mir wie Schuppen von den Augen.

Es machte absolut Sinn. Aber meine Verzweiflung und Trauer hatten meinen Verstand so vernebelt, dass ich regelrecht Tomaten auf den Augen gehabt hatte. Ich spürte die Erleichterung, die sich in mir breit machte. Mein Bauchgefühl hatte mich nicht getäuscht. Matteo war kein abgebrühter, gefühlloser Geschäftsmann, der nur auf Profit aus war.

Er hatte getan, was er seiner Meinung nach hatte tun müssen, um seine Familie zu schützen und zu wahren. Und in gewisser Weise schien ich für ihn ein Teil seiner Familie zu sein. Aber dieses Wissen allein, half mir nicht allzu viel weiter.

„Wieso erzählen Sie mir das alles, Don Mario?", fragte ich ihn deshalb.

„Weil ich Zweifel an dieser Geschichte habe. Erhebliche Zweifel. Weder das Vorgehen bei dem Anschlag, noch das Verhalten danach passt zu der ARW. Die Russen gehen viel brutaler und blutiger vor. Nach ihren Taten brüsten sie sich damit. Sie würden sich nie in Schweigen hüllen."

Ich dachte über seine Worte nach. Sie erschienen mir durchaus logisch. Dennoch kam mir ein Gedanke.

„Ich kenne mich natürlich in diesen Gefilden längst nicht so gut aus wie Sie, Don Mario. Aber es ist ja so, dass, wer auch immer den Anschlag auf Sie verübt hat, sich nicht irgendein x-beliebiges Opfer ausgesucht hat. Sie sind einer der mächtigsten Männer Kampaniens. Vielleicht war es in diesem Falle einfach nicht ratsam, sich zu dem Anschlag zu bekennen, vor allem, weil das Ziel, Sie zu töten, nicht erreicht wurde. Sie leben. Und ich nehme an, dass Sie den, der Ihnen das angetan hat, suchen werden. Wäre ich der Attentäter, hätte ich mich auch nicht zu dem Anschlag bekannt, außer, ich wäre lebensmüde."

Don Mario verzog sein Gesicht erneut zu einem wissenden Lächeln. Wieder einmal hatte ich das Gefühl, dieser Mann könne meine Gedanken und Gefühle problemlos lesen.

Es war schon etwas unheimlich.

„Siehst du, Leonardo, ich habe dir doch gesagt, dass Sie die perfekte Partnerin ist."

Ich sah zu Leonardo.

„Partnerin? Wessen Partnerin? Wofür?".

Leonardo lief um das Krankenbett herum und schenkte seinem Großvater Wasser nach.

Er ließ sich Zeit mit seiner Antwort.

„Du bist gut im Analysieren, Carlotta. Das hast du soeben einmal mehr unter Beweis gestellt. Sowohl Großvater als auch ich glauben nicht, dass die Russen dahinterstecken. Um unsere Theorie zu beweisen, müssen wir den wahren Täter ausfindig machen. Und dabei sollst du mir helfen."

Don Mario nickte.

„Matteo ist stur. Und geplagt von Pflichtgefühl. Er will davon nichts hören. Aber ich werde nicht zusehen, wie er geradewegs in sein Unglück läuft. Sie haben recht, Carlotta. Ihre Zweifel sind berechtigt. Aber der einzige Grund für die Russen, mich anzugreifen wäre, um Rache an Matteo zu üben. Auge um Auge. Wer Rache übt, der handelt nicht und schweigt danach. Wer Rache will, der kündigt sie an, fordert Blut und Vergeltung. So funktioniert das in unseren Kreisen. Doch die Russen haben nicht nur geschwiegen. Die ARW haben sogar abgestritten, etwas mit dem Anschlag zu tun zu haben. Matteo glaubt, sie hätten nach dem Anschlag auf einmal kalte Füße bekommen, aber das glaube ich nicht. Ich glaube, dass da etwas ganz anderes im Busch ist. Deshalb möchte ich, dass Sie und Leonardo sich zusammentun, und es herausfinden. Bevor es zu spät ist."

Don Mario hatte sich nach diesen Worten wieder in seine Kissen fallen lassen. Man merkte, dass ihn das Reden so langsam ermüdete. Er versuchte, seine Erschöpfung zu verbergen, als er weiterredete.

„Leonardo kennt die Strukturen. Er hat Verbindungen. Aber er hat nicht Ihre analytischen Fähigkeiten. Lassen Sie Leonardo die Informationen beschaffen und analysieren Sie sie. Kombinieren Sie. Finden Sie heraus, wer wirklich dahintersteckt."

Ich stand auf und ging im Zimmer auf und ab. Wo war ich hier nur hineingeraten? Ich sollte allen Ernstes ein Attentat aufklären? Waren denn alle komplett verrückt geworden? Ich war eine ehrliche Bürgerin mit einer blütenreinen Weste. Wann genau hatte ich zugestimmt, berufsmäßig umzusatteln und eine Ermittlerin im Mafia Milieu zu werden?

Ungläubig sah ich zu Leonardo. Er grinste mich mit seinem spitzbübischen Lächeln an.

„Komm schon. Ich wette du wolltest schon immer mal Sherlock Holmes sein. Und wen könntest du dir als Dr. Watson besser vorstellen, als mich?".

Als er meinen wenig belustigten Blick bemerkte, fügte er beschwichtigend hinzu, „Es ist deine Chance, Matteo zurückzugewinnen. Und wahrscheinlich ist es auch die einzige Chance, auf eine Zukunft mit ihm. Es sei denn, dir genügt es, in Zukunft lediglich seine Geliebte zu sein, während er sein Leben mit Elena verbringt. Niemand sagt, dass es nicht gefährlich ist, was wir vorhaben. Wir müssen extrem vorsichtig sein. Aber ich werde alles dafür tun, dich zu schützen. Du kannst mir vertrauen."

Ich sah zu Don Mario und verschränkte meine Arme vor der Brust. Eine Sekunde später ließ ich meine Arme wieder sinken und massierte mir stattdessen die Schläfen. Sie pochten unangenehm. Mein Gesicht war ganz heiß.

Das hier war Wahnsinn.

Absoluter Wahnsinn.

Kompletter Irrsinn.

Einfach absurd!

Aber Leonardo hatte recht. Es war vielleicht wirklich meine einzige Chance, auf eine Zukunft mit dem Mann, den ich liebte. Und wenn ich mir bei einem ganz sicher war, dann, dass es sich lohnte, für diesen Mann, ohne den ich nicht leben konnte und wollte, zu kämpfen.

„Also gut. Tun wir es."

Leonardo kam um das Bett herum auf mich zu und umarmte mich fest.

„Willkommen im Team, Sherlock."

Kapitel 12

Nach dem Krankenhausbesuch in Neapel waren wir nicht direkt nach Capri zurückgeflogen. Wir brauchten einen Schlachtplan und eine Strategie. Und diese entwickelten wir am besten dort, wo uns Matteo nicht misstrauisch beäugen und unangenehme Fragen stellen würde.

So schnell drehte sich also der Wind. Jetzt war ich auf einmal diejenige, die Geheimnisse vor ihm hatte. Das fühlte sich keineswegs gut an und stolz war ich darauf schon gar nicht. Viel lieber würde ich alles mit ihm teilen und zusammen mit ihm bewältigen. Aber außergewöhnliche Umstände erforderten manchmal außergewöhnliche Maßnahmen.

Nun saß ich also mit Leonardo im Wagen und starrte aus dem Fenster auf das azurblaue Meer, welches in der Sonne glitzerte. Überall tummelten sich Menschen am Strand und im Wasser. Es war ein perfekter Sommertag.

Wie gerne hätte auch ich den Tag am Strand verbracht, ohne Sorgen, ohne Angst, ohne Ungewissheit. Aber was nicht ist, konnte ja noch werden. Und genau darauf würde ich mich nun konzentrieren.

Der Fahrer fuhr um eine Kurve und das Meer verschwand aus meinem Blickfeld. Stattdessen sah ich nun weitreichende Felder, an denen sich ein knorriger alter Olivenbaum an den nächsten reihte und sich von der Sonne Italiens küssen ließ. Ich wusste, wie vorzüglich frische Oliven von diesen Bäumen schmeckten, wenn sie eingelegt waren. Und das Olivenöl, das daraus gewonnen wurde, mundete einfach himmlisch, wenn man frisches Brot darin tunkte.

Mir grummelte bei diesen Gedanken der Magen. Zum Glück würde es bald etwas zu essen geben.

Hatte ich die letzten Tage und Wochen kaum Appetit gehabt, so sorgte die Erkenntnis, die ich heute gewonnen hatte dafür, dass mein gesunder Appetit langsam zurückkehrte.

An die Gangsterjagd wollte ich dabei lieber nicht denken, denn sonst wäre der Hunger wohl direkt wieder verflogen.

Als wir das Krankenhaus verlassen hatten, fassten wir den Entschluss, zu meinen Großeltern nach Ravello zu fahren. Dort fühlte vor allem ich mich sicher und geborgen. Zudem war heute Ruhetag im Restaurant. Deswegen würden wir problemlos in geheimer Mission im Garten sitzen können, um uns gemeinsam die nächsten Schritte zu überlegen.

Als der Wagen in die Straße einbog, die zum *„Il Sorrentino"* führte, und vor dem Restaurant zum Stehen kam, spürte ich eine gewisse Erleichterung und das Gefühl, dass sich doch noch alles zum Guten wenden würde, wurde noch ein wenig präsenter. Wir stiegen aus und ich kramte in meiner Handtasche nach dem Schlüssel, als die Tür auch schon geöffnet wurde.

Vor uns stand meine Cousine, die mich sofort in eine enge Umarmung zog und mich einer Musterung unterzog, so, als wolle sie sich vergewissern, dass ich nach wie vor noch all meine Körperteile besaß. Als sie sich davon überzeugt hatte, dass ich unbeschadet nach Hause gekommen war, deutete sie auf Leonardo.

„Was will er hier?", fragte sie verärgert.

Ich gab ihr einen Kuss auf die Wange.

„Er hier ist mein Gast, Giorgia. Und was Gastfreundschaft betrifft, sind wir Sorrentinos doch absolut vorbildlich, nicht wahr?".

Sie ließ den Blick an Leonardo hinabwandern, der sie mit einem unerschütterlichen jungenhaften Grinsen bedachte. Doch auch das konnte Giorgia nicht erweichen. Ihre Miene blieb versteinert.

Meiner Meinung nach ging sie etwas zu hart mit Leonardo ins Gericht. Der arme Kerl hatte weder ihr noch mir etwas getan. Aber Giorgia hatte jeden, der den Nachnamen Leone trug, zu ihrem persönlichen Feind erklärt. Und so leicht würde man sie nicht vom Gegenteil überzeugen können. Da nutzte auch Leonardos umwerfendes und ansteckendes Lächeln nichts.

„Giorgia, dürfen wir dann bitte reinkommen? Wir haben Hunger und haben einiges an Arbeit vor uns. Wenn du uns also bitte entschuldigen würdest?“, sagte ich so ruhig, wie möglich und schob mich dabei gleichzeitig an ihr vorbei.

Als Leonardo sich in Bewegung setzte, um ebenfalls das Haus zu betreten, weigerte sie sich zunächst, ihm aus dem Weg zu gehen. So standen die beiden also dort ganz nah beieinander und duellierten sich mit Blicken.

„Giorgia“, rief ich erneut und drückte beruhigend den Arm meiner Cousine.

„Also gut“, gab diese sich geschlagen und machte den Weg frei.

Ich sah, wie Leonardo ihr freudig zuzwinkerte, als er das Haus betrat und wunderte mich abermals, wie Leonardo selbst in solch verfahrenen Situationen, wie der, in der wir uns befanden, immer so gelassen und fröhlich bleiben konnte.

Ich schaute rasch im Kühlschrank des Restaurants nach, ob irgendwelche Reste vom Vortag als spätes Mittagessen dienen konnten, doch Giorgia, die mir in die Küche gefolgt war, scheuchte mich energisch weg.

„Setzt ihr beiden euch raus in den Garten. Ich mache euch etwas zu essen.“

Ich umarmte sie.

„Danke, du bist die Beste.“

Leonardo stand breit grinsend an den Türrahmen der Küchentür gelehnt und fragte nun neckend, „Wollen wir die Teller dann vielleicht tauschen, Carlotta? Meiner ist mit Sicherheit vergiftet.“

Giorgia drehte sich mit funkelnden Augen zu ihm um.

„Das habe ich gehört.“

Leonardo hielt sich theatralisch die Hand vor den Mund und beeilte sich, Giorgias feindseligem Blick zu entkommen.

Auf dem Weg nach draußen flüsterte er mir mit einem wissenden Lächeln zu, „ich glaube, deine Cousine steht voll auf mich.“

Wider Erwarten musste ich laut lachen. Ich lachte so sehr, dass mir die Tränen kamen und ich mir meinen Bauch vor lauter Lachen halten musste.

„Genauso wird es sein", ich boxte ihm spielerisch in die Seite.

Dann traten wir nach draußen in den Garten und der altbekannte Duft von reifen Zitronen, Orangen und Oliven, vermischt mit salziger Meeresluft und würzigen Pinien umgab uns. Die Sonne war heute wirklich in außergewöhnlich guter Form und hatte die Luft ordentlich aufgeheizt. Wir suchten uns den Tisch unter den Bäumen aus, deren üppiges Blätterdach den meisten Schutz vor der Sonne bot und setzten uns einander gegenüber.

„Also", begann ich, „wie funktioniert so etwas? Ich habe ehrlich gesagt noch nie eine Strategie entwerfen müssen, um einen Killer zu enttarnen. Deshalb muss ich zugeben, dass ich leicht überfordert bin."

Eine gute Portion schwarzer Humor half mir dabei, meine Ängste in den Hintergrund zu rücken. Welchen Gefahren ich mich hier möglicherweise aussetzte, wollte ich mir gar nicht genauer überlegen. Viel lieber redete ich mir ein, dass das hier alles nur ein irrsinniges Spiel war. Und siehe da, es funktionierte tatsächlich. Naja, ein wenig zumindest.

Ich öffnete meine Handtasche und kramte ein Notizbuch, sowie einen Stift hervor. Leonardo lehnte sich zurück und streckte seine Beine unter dem Tisch aus.

„Lass uns zunächst die ganze Geschichte rekonstruieren und unser beider Wissen zusammentragen. Fangen wir mit den Tagen vor der Razzia am Hafen von Catania an. Erzähl mir alles, was du weißt, alles, was du aufgeschnappt und mitbekommen hast. Lass nichts aus, auch wenn es dir noch so unbedeutend erscheint. Erzähl mir, wer alles davon wusste, wer sich zu welcher Zeit wo aufgehalten hat, telefoniert hat, sich mit anderen getroffen hat, einfach alles."

Ich rollte den Kopf im Nacken und dachte nach.

„Ehrlich gesagt glaube ich nicht, dass uns mein Wissen viel weiterhelfen wird, aber einen Versuch ist es wert."

Also begann ich, Leonardo alles zu berichten, was mir zu den Tagen vor der Razzia, dem Tag der Razzia und dem Tag danach in den Sinn kam. Er tat das Gleiche und während wir uns angeregt unterhielten, machte ich eifrig Notizen. Wir waren so in unsere Unterhaltung vertieft, dass wir Giorgia, die mit einem Tablett voller Köstlichkeiten auf uns zukam, nicht bemerkten.

„Die zentrale Frage ist nach wie vor, wer hat ein Motiv? Wer hatte oder hat einen Grund, meinen Großvater umzubringen?".

Zu spät realisierte ich, dass Giorgia an unseren Tisch getreten war, und die letzten Worte unweigerlich mitangehört haben musste.

„Versucht ihr etwa, den Täter des Anschlags zu ermitteln oder was?", sagte sie belustigt, während sie das Tablett auf dem Tisch abstellte.

Doch als niemand von uns etwas erwiderte und wir es vermieden, sie anzusehen, war jegliche Belustigung aus ihrer Stimme verschwunden.

„Sag mal spinnt ihr? Ich weiß nicht, wem von euch beiden ich zuerst den Hals umdrehen soll. Dir", sie zeigte auf mich, „weil du dich auf so etwas Gefährliches und Unberechenbares einlässt oder dir", nun zeigte sie auf Leonardo, „weil du sie allen Ernstes in eure Mafia Geschäfte mitreinziehest! Wo das endet, haben wir ja gesehen."

Giorgia knallte die Teller regelrecht auf den Tisch, sodass die herrliche duftenden, mit Butter und Salbei beträufelten Ravioli, fast ins Gras fielen.

„Du kennst den Hintergrund nicht, Giorgia. Es ist nicht alles so Schwarz oder Weiß, wie du dir das vorstellst."

Das klang härter als beabsichtigt, verfehlte seine Wirkung jedoch nicht. Giorgia setzte sich neben mich und schob wortlos einen der Teller zu mir herüber. Dann reichte sie mir den mit Zitronen verzierten Keramik Krug, indem sich kaltes Wasser mit Zitronen- und Orangenscheiben befand. Genau die richtige Erfrischung an diesem heißen Sommertag.

„Esst und seid still", wies sie uns an.

Sie war eindeutig beleidigt.

Leonardo und ich aßen schweigend die von Hand befüllte Pasta, die sie uns zubereitete hatte. Niemand sagte ein Wort. Wären da nicht die Blätter der beiden Olivenbäume, unter denen wir saßen, die ab und zu raschelten, wenn ein Lüftchen sie berührte, hätte man eine Stecknadel zu Boden fallen hören können.

Nachdem Leonardo und ich aufgegessen hatten, drehte ich mich zu Giorgia um und sah sie abwartend an. Was nun? Wollte sie hier sitzen bleiben und uns weiter schweigend zu verstehen geben, dass sie sauer war? Dafür hatten wir einfach keine Zeit. Ich holte gerade Luft, um ihr das zu verstehen zu geben, als sie mir zuvorkam.

„Ihr glaubt nicht, dass es die Russen waren, oder?“.

Perplex sah ich sie an.

„Wie kommst du darauf?“.

Sie streckte ihre Hände aus und betrachtete aufmerksam ihre Fingernägel.

„Ich habe da so meine Quellen.“

Leonardo gluckste vergnügt.

„Du hast deine Quellen? Das ist ja interessant. Und was sagen deine Quellen?“.

Giorgia funkelte ihn böse an.

„Soweit ich das von eurer Unterhaltung beurteilen kann, sagen eure Quellen euch rein gar nichts, oder? Was, wenn ich mehr wüsste, als ihr?“.

Leonardo und ich tauschten einen interessierten, aber gleichzeitig recht ungläubigen Blick.

„Dann würde ich dich bitten, es uns zu sagen“, erwiderte ich.

Giorgia nickte.

„Gut. Aber nur unter einer Bedingung.“

Leonardo gluckste erneut.

„Man erkennt ganz klar, dass ihr beiden aus ein und derselben Familie stammt.“

Giorgia blickte ihn genervt an.

„Ich kann es auch für mich behalten.“

Ich gab Leonardo zu verstehen, dass er sich zurückhalten sollte und wandte mich erneut meiner Cousine zu.

„Was ist deine Bedingung?".

In einem Ton, der keinen Widerstand duldete sagte sie, „Ich will dabei sein."

Entgeistert schaute ich sie an.

„Wobei dabei sein?".

„Bei euren Nachforschungen. Einer muss ja auf dich aufpassen. Und wie ich dir schon so oft sagte, in Italien herrschen andere Gesetze als in Deutschland. Wenn du bei diesem Unsinn also mitmachen willst, dann werde ich dich nicht davon abhalten können. Aber wenigstens werde ich auf dich aufpassen. Denn ihm", sie nickte abschätzig in Richtung Leonardo, „vertraue ich nicht deine Sicherheit an."

Leonardo ließ den Kopf in den Nacken fallen und begann schallend zu lachen.

„Ich glaube es nicht. Ich glaube es einfach nicht."

Giorgia ließ sich davon nicht beeindrucken.

„Also, haben wir einen Deal?".

Leonardo rückte seinen Stuhl etwas nach links, sodass er Giorgia genau gegenübersaß.

„Lass erst mal deine Infos rüberwachsen, Prinzessin. Dann sehen wir, was sie wert sind."

Giorgia reckte trotzig ihr Kinn.

„Dann würde ich ja meine Karten ausspielen, bevor ich einen Deal habe. Hältst du mich für dumm?".

Leonardos Augen blitzten vergnügt.

„Nein. Ich halte dich für Vieles, aber nicht für dumm."

Die beiden lieferten sich ein erneutes Blicke Duell und wieder war ich es, die es beendete. Ich musste zugeben, dass mich die Kabbelei zwischen den beiden etwas nervte, aber irgendwie fand ich sie auch recht amüsant.

„Ich denke, wenn meine Cousine sagt, sie weiß etwas, dann sind diese Informationen es auch wert. Also sollten wir in den Deal einwilligen."

Giorgia hob eine Augenbraue und blickte auffordernd zu Leonardo.

„Deal?".

Leonardo seufzte. „Was kann ich schon gegen zwei Frauen wie euch vorbringen? Deal.".

Kapitel 13

Wie sich herausstellte, hatte Giorgia unter ihren zahlreichen Bekannten auch einen ranghohen neapolitanischen Polizeibeamten, der V-Männer in allen möglichen Clans, Organisationen und Mafiastrukturen einsetzte und betreute. Wieso dieser Bekannte ihr solch brisante Informationen über seinen Beruf anvertrauen sollte, war mir anfangs wirklich ein Rätsel.

Doch Giorgia verdrehte angesichts meiner Zweifel nur genervt die Augen und erklärte mir zum bestimmt hundertsten Mal seit meiner Ankunft in Italien, dass die Dinge in Italien, vor allem in Süditalien, etwas anders liefen als in Deutschland. Anscheinend sah man es hier nicht so eng, was die Weitergabe von solch sensiblen Berufsdetails betraf, wenn es den gewollten Effekt hatte, bzw. einen zum anvisierten Ziel brachte.

Im Falle von Giorgia, hatte der Beamte, Kommissar, Agent, wie auch immer der Titel dieses Herrn lautete, wohl geglaubt, sie mit seiner ach so wichtigen Stellung zu beeindrucken.

Wahrscheinlich hatte er gehofft, bei Giorgia Eindruck schinden zu können, indem er ihr erzählte, welche bösen Jungs er tagtäglich kontrollierte und ausspionierte.

Bei solch einem machohaften Gehabe, musste ich angewidert das Gesicht verziehen, doch ich musste zugeben, dass uns dieser Bekannte durchaus von Nutzen sein konnte.

Als Giorgia vorschlug, ihn anzurufen und sich am Abend mit ihm zum Essen zu verabreden, um ihm Details der Ermittlung zum Anschlag auf Don Mario zu entlocken, protestierte Leonardo erst lautstark. Der sonst so fröhliche und immer gut gelaunte Leonardo, wirkte auf einmal fast schon ernsthaft erbost.

Weder Giorgia, noch ich, konnten nachvollziehen, wieso er so lautstark protestierte. Denn an diesem Vorschlag war nun wirklich nichts auszusetzen.

Und gefährlich war er auch nicht. Ganz im Gegenteil, es war ein guter Ansatzpunkt.

Aber erst, als ich vorschlug, dass Leonardo und ich uns ja am Tisch neben den beiden zum Essen niederlassen könnten, und Giorgia sowie ihren Bekannten so die ganze Zeit im Auge hätten, willigte er, wenn auch widerwillig, ein.

Nun war es kurz nach 20 Uhr und wir saßen auf der Terrasse eines schicken Restaurants unweit des malerischen Ortes Positano. Von unserem Platz aus konnte ich den Steilhang sehen, in den das schmucke pastellfarbene Dorf gebaut worden war. Über uns befand sich eine Gartenkonstruktion, die die ganze Terrasse überragte und einrahmte. Wilder Wein und pinke Drillingsblumen rankten sich entlang der Konstruktion und gaben uns das Gefühl, mitten in einem herrlich duftenden Meer aus Blüten zu sitzen.

Die Sonne sank immer tiefer und die grün-goldene Kuppel von Positanos Kirche Santa Maria Assunta, glitzerte im Abendlicht.

Ich war fast schon traurig, dass ich dieses Ambiente nicht würde genießen können, da wir nicht zum Spaß hier waren. Aber wenigstens hatten wir heute Abend vielleicht die Chance, etwas Licht ins Dunkel zu bringen. Und das entschädigte Vieles.

Giorgia und ihr Begleiter Vincenzo saßen am Nebentisch und Giorgia flirtete, was das Zeug hielt. Was ich recht amüsant fand, schien Leonardo hingegen gar nicht zu gefallen.

„Jetzt starr die beiden doch nicht immer so an“, zischte ich ihm so unauffällig wie möglich zu.

„Ich starre doch gar nicht“, erwiderte der.

„Doch, das tust du. Dieser Typ verdient sein Geld damit, dass ihm sowas auffällt. Also verhalte dich gefälligst unauffälliger, wenn du nicht willst, dass wir auffliegen.“

Nicht ohne den beiden einen letzten verärgerten Blick zuzuwerfen, zwang sich Leonardo dazu, wegzusehen. Wenn ich es nicht besser wüsste, würde ich glatt behaupten, er sei in meine Cousine verschossen. Aber wie sollte das möglich sein, wo sie ihn doch immer so schlecht behandelte?

Nach einer Weile wurde es schwieriger, dem Gespräch von Vincenzo und Giorgia am Nachbartisch zu folgen. Sie redeten nun mit gedämpfter Stimme, was mich vermuten ließ, dass Giorgia endlich das Thema anschnitt, das uns wirklich interessierte.

Doch so sehr ich mich auch anstrengte, ich konnte einfach nicht verstehen, worüber sie sprachen. Leonardo ging es nicht anders, was ich seiner düsteren Miene entnehmen konnte. Uns blieb also nichts anderes übrig, als Giorgia zu vertrauen, dass sie das Ding schon schaukeln würde und uns später dann Bericht erstattete. Nach einer Weile verschwand Giorgia in Richtung Toilette und ich folgte ihr unauffällig in gebührendem Abstand.

Wir vergewisserten uns, dass außer uns niemand anderes anwesend war, dann flüsterte Giorgia, „wir gehen gleich noch etwas ins *„La Luna“* trinken. Wenn ihr mitkommt, wäre das zu auffällig. Vincenzo ist nicht dumm. Lass mich mal unauffällig weiterbohren. Ich melde mich dann später bei euch.“

Ich nickte.

Zusammen mit einem ranghohen Polizeibeamten würde ihr sicher nichts passieren. Wir konnten sie also getrost ziehen lassen und zurück nach Ravello fahren.

Um nach Capri zurückzukehren, war es mittlerweile zu spät. Kein Boot würde um diese Uhrzeit mehr fahren und mit dem Helikopter zurückzufliegen, würde dafür sorgen, dass Matteo auf uns aufmerksam wurde und entweder die falschen Schlüsse zog oder unangenehme Fragen stellte.

„Hast du schon irgendetwas herausfinden können?“, flüsterte ich zurück.

Doch in diesem Moment öffnete sich die Toilettentür und eine weitere Frau betrat den Raum.

Wenn Giorgia noch längere Zeit wegblieb, würde Vincenzo sich sicher fragen, wo sie so lange blieb. Also bedeutete ich ihr mit einer Handbewegung, sich auf den Weg zu machen. Leonardo und ich würden uns eben gedulden müssen, bis sie aus dem *„La Luna“* zurückkehrte.

Als Leonardo und ich uns – ohne Giorgia – auf den Heimweg machten, meckerte er nahezu den ganzen Rückweg. So ein Verhalten kannte ich gar nicht von ihm. Normalerweise war er nie schlecht gelaunt. Aber sein pausenloses Meckern führte dazu, dass ich den alten sonnengelben Fiat 500 in eine Parkbucht lenkte, stoppte und ihn mit verschränkten Armen ansah.

„Nun spucks schon aus."

Er sah mich überrascht an.

„Was denn?".

Ich rollte mit den Augen.

„Na der Grund für deine schlechte Laune. Das ist ja nicht zum Aushalten."

Leonardo starrte aus dem Fenster.

„Es ist nichts."

Diese Antwort kaufte ich ihm absolut nicht ab. Also zog ich an seinem Ärmel und zwang ihn, mich anzusehen.

„Du hast dich heute Abend total auffällig benommen. Was, wenn Vincenzo Wind bekommen hätte? Dann wäre unsere einzige verlässliche Quelle auf Nimmerwiedersehen weg gewesen. Und du weißt, was das für mich bedeutet. Wenn wir nicht herausfinden, was hier gespielt wird, dann werde ich Matteo womöglich für immer verlieren. Also was zum Teufel ist dein Problem, dass du dich so kindisch verhältst und du mutwillig in Kauf nimmst, dass Matteo Elena heiratet?".

Er sah mich erschrocken an. Er hatte wohl soeben registriert, wie dumm und töricht sein Verhalten der vergangenen Stunden gewesen war. Wie ein räudiger Hund ließ er den Kopf hängen.

„Mir hat nicht gefallen, dass dieser Kerl sich so an deine Cousine rangeschmissen hat."

Er fuhr sich mit der Hand durch die Haare, genauso wie Matteo es tat, wenn er nervös oder ihm etwas unangenehm war.

„Ich glaube, ich mag Giorgia. Sehr sogar."

Ich ließ meinen Kopf gegen das Lenkrad sinken. Das durfte doch nicht wahr sein. Mein Partner in Crime ließ sich von Liebeskummer dazu verleiten, fast unsere geheime Operation auffliegen zu lassen.

Das war vielleicht ein klein wenig übertrieben, aber er hatte mit seinem eifersüchtigen Verhalten wirklich keinen sehr produktiven Beitrag zur Aufklärung geleistet.

„Das war dumm von mir. Tut mir leid."

Ich winkte ab.

„Giorgia kann das Beste, aber auch das Schlechteste in einem Menschen hervorbringen. Ich verstehe schon. Du bist es gewohnt, dass die Mädels bei deinem Surferlook und deinem frechen Grinsen dahinschmelzen. Bei Giorgia hingegen beißt du auf Granit. Das kann schon mal am Ego kratzen."

Leonardo zwinkerte mir zu.

„Danke für die Psychoanalyse."

Ich boxte ihn in die Seite.

„Ich mache dir einen Sonderpreis, keine Angst. Können wir uns darauf einigen, uns auf die eigentliche Mission zu konzentrieren und alles andere auf später zu vertagen? Giorgia wird dich auch noch hassen, nachdem wir mein Glück gerettet haben oder eben nicht."

Leonardo grinste.

„Danke für deine aufmunternden Worte."

Kapitel 14

Leonardo und ich saßen in einem Schnellboot, dass in wilden Sprüngen über die Wellen rauschte. Unweit vor uns lag die Insel Capri in der Morgensonne. Durch die Sonneneinstrahlung wirkte das Meer türkisblau und erinnerte mehr an die Karibik, als an das Mittelmeer. Die Bäume und Sträucher, die sich an den Hängen der Insel reihten, leuchteten in einem kräftigen, hellen grün. Ab und an entdeckte ich eine Ziege, die friedlich am Hang graste.

Als wir näherkamen, fielen mir die Unmengen an Zitronenbäumen ins Auge, die so voller Früchte hingen, dass sich ihre Äste unter der Last bogen und fast schon den Boden berührten.

Ich lächelte selig. Ja, so war er, der Sommer auf Capri. Genauso schön, wie man sich ihn vorstellte.

Wir waren sehr früh aufgebrochen, da auf Leonardo ein Tag voller Termine wartete und auch ich Matteo keinen Grund geben wollte, zu fragen, wo ich mich während meiner Arbeitszeit herumgetrieben hatte.

Da Giorgia in Ravello ihre eigene Wohnung hatte, hatten wir sie gestern Abend nicht mehr angetroffen. Leonardo war sehr bemüht, sich seinen Unmut darüber nicht anmerken zu lassen, aber man sah ihm an, dass es ihn beschäftigte. Noch immer fiel es mir schwer zu glauben, dass sich der immerzu gut gelaunte Sunnyboy mit dem tausend Watt Lächeln in meine kesse Cousine verguckt hatte, die ihn leider zu ihrem Feind erklärt hatte. Aber vielleicht würde sie ja noch einsehen, dass nicht alle, die den Nachnamen Leone trugen, ihren Hass verdient hatten.

Wir fuhren in den Hafen ein und obwohl das Boot bereits an dem kleinen Sandstrand angelegt hatte, musste ich einen Moment sitzen bleiben, um diesen Anblick auf mich wirken zu lassen. So früh war ich normalerweise nie hier am Hafen.

Die bunten Häuschen der Strandpromenade strahlten hell in der Morgensonne. In den alten, bunt bemalten Holzboten saßen die Fischer zusammen und unterhielten sich über ihren heutigen Fang. Ihre Haut war sonnengeküsst und ihr Lächeln war ansteckend. Am Strand wurden bereits die Liegen und Sonnenschirme aufgestellt. Bald würden die ersten Touristen eintreffen.

Ich zog die Schuhe aus und stieg aus dem Boot. Das Wasser umspielte meine Knöchel. Es war noch erfrischend kühl heute Morgen und glasklar. Um meine Füße schwammen einige winzig kleine Fische, die ebenfalls noch die Ruhe vor dem Sturm zu genießen schienen.

Wir gingen den Strand entlang zur Promenade, wo bereits der Wagen auf uns wartete, der uns zum Anwesen der Familie Leone bringen würde.

***** Matteo *****

Sie hatte gestern Nacht nicht hier geschlafen. Ich hatte weder Leonardo noch sie nach Hause kommen gehört und auch als ich zu später Stunde in ihrem Zimmer nachsah, war das Bett unberührt gewesen. Selbst als ich heute Morgen in aller Frühe aufgestanden war, hatte sich daran nichts geändert.

Ich hatte immer wieder auf mein Handy gesehen, doch sie hatte sich nicht abgemeldet. Zunächst machte ich mir Sorgen. Mein Großvater war in Neapel niedergeschossen worden und sie hatte ihn ausgerechnet in Neapel im Krankenhaus besucht. Ich wusste nicht, ob der oder die Täter das Krankenhaus beschatteten. Um ehrlich zu sein, war das gut möglich. Deshalb war mir fast das Herz in die Hose gerutscht, als ich sie dort angetroffen hatte.

Wenn sie sie bisher nicht auf ihrer Abschussliste hatten, so war es äußerst wahrscheinlich, dass sie nun zumindest Fragen hatten und Nachforschungen zu Carlotta anstellten. Dabei wusste ich noch nicht einmal wer „*sie*“ waren.

Als ob ich nicht schon genug Probleme und Sorgen hätte.

Meine Angst um Carlotta wurde nur noch von der grenzenlosen Wut auf Leonardo übertroffen. Er hätte es besser wissen müssen! Carlotta kannte sich in den Gefilden der Mafia nicht aus. Aber Leonardo, auch wenn er sich so weit es ging davon fernhielt, war darin aufgewachsen. Er hätte sich dem Risiko und der Gefahr bewusst sein müssen. Stattdessen hatte er Carlotta geradewegs zum Tor der Hölle geführt.

Ich ballte meine Hände zu Fäusten. Wenn er nicht mein Cousin wäre, hätte ich ihn für ein solch törichtes Verhalten zur Rechenschaft gezogen. Und zwar auf meine Art und Weise. Auch wenn ich das in diesem Fall nicht tun konnte, hieß das nicht, dass ich mit ihm nicht eine ernsthafte Unterhaltung führen musste.

Und ich musste ab jetzt zu jeder Zeit Augen auf Carlotta haben. Zumindest bis die Sache ausgestanden war.

Diese Anweisung war das Erste gewesen, das ich noch vor dem Verlassen des Krankenhauses getätigt hatte. Ich hatte meine Leute auf Carlotta angesetzt und so herausgefunden, dass sie nach dem Krankenhausbesuch zu ihren Großeltern gefahren war. Doch Leonardo hatte sie nicht dort abgesetzt, wie ich eigentlich angenommen hatte. Nein, er war bei ihr geblieben. Den ganzen Tag.

Und nicht nur das.

Nachdem sie am Abend in einem vornehmen Restaurant gegessen hatten, war er mit ihr nach Hause gefahren und hatte dort übernachtet!

Ich widerstand dem Drang, mit der Faust erneut in die Wand zu schlagen. Stattdessen wanderte ich unruhig durch das Haus und sah jede gefühlte Minute mindestens fünf Mal aus dem Fenster. Ich hatte wirklich mehr als genug zu tun, aber an Konzentration war in diesem Moment nicht zu denken. Das brachte mich nur noch mehr in Rage.

Um kurz nach acht hörte ich endlich ein Auto, das in die Einfahrt fuhr. Ich wartete gar nicht erst am Fenster ab, um zu sehen, wer dort ausstieg, sondern ging energischen Schrittes in Richtung Einfahrt. Elena würde erst morgen wieder zurückkehren und sonst erwartete ich so früh keinen Besuch.

Carlotta und Leonardo waren gerade aus dem Wagen gestiegen. Mit verschränkten Armen stellte ich mich ihnen in den Weg.

„Und wo genau kommt ihr zwei jetzt her?".

Natürlich kannte ich die Antwort, aber auf ihre Erklärung war ich doch sehr gespannt.

„Wir hatten zu tun, Cousin. Und wenn du mich entschuldigst, ich will noch etwas essen, bevor mein erster Termin beginnt."

Leonardo versuchte, an mir vorbeizugehen, doch so einfach würde ich es ihm nicht machen.

„Was hattet ihr denn so Wichtiges zu tun, dass es die ganze Nacht in Anspruch genommen hat?".

Ich hatte mich bemüht, ruhig zu bleiben, doch meine Stimme bebte nun vor Zorn.

„Sachen halt, Matteo. Nicht weiter wichtig."

Ich schob meine Hände in die Hosentaschen, da ich Leonardo bei dieser Antwort sonst ganz sicher den Hals umgedreht hätte.

„Wenn meine Mitarbeiterin sich nicht bei mir abmeldet und den ganzen Arbeitstag nicht an ihren Arbeitsplatz zurückkehrt, dann möchte ich wissen, was zum Teufel wichtiger war!"

Leonardo verdrehte die Augen. Er verdrehte tatsächlich die Augen. Ich ballte meine Hände erneut zu Fäusten, doch ich wusste, dass ich ganz nah dran war, auszurasten.

„Sie ist die Mitarbeiterin der Familie Leone. Also genaugenommen auch meine Mitarbeiterin. Also hat sie gearbeitet, ganz regulär. Nur eben mit mir. Was genau ist also dein Problem?".

Ich sah zwischen den beiden hin und her.

Sie verheimlichten mir etwas. Das war offensichtlich.

Aber das würde nicht mehr lange so bleiben. Ich würde mir Leonardo nachher vornehmen.

Alleine.

Und notfalls würde ich es aus ihm rausprügeln.

Wütend drehte ich mich um und stapfte davon.

Kapitel 15

Ich rieb mir fröstelnd die Arme, obwohl es draußen bereits dreißig Grad maß und es auch in meinem Büro alles andere als kalt war. Das heute Morgen war wirklich unangenehm gewesen. Ich hatte mich richtig ertappt und schuldig gefühlt, obwohl ich eigentlich nur wenig Grund dazu hatte. Aber ich wollte mir gar nicht ausmalen, was Matteo sich womöglich alles als Anlass für unsere nächtliche Abwesenheit ausgemalt hatte.

Es war ein richtig beschissenes Gefühl, ihm nicht die Wahrheit sagen zu können. Ich wollte keine Geheimnisse vor ihm haben. Aber wenn das der einzige Weg war, um uns eine gemeinsame Zukunft zu ermöglichen, dann würde ich dieses schlechte Gewissen ertragen, das sich in Matteos Gegenwart nun jedes Mal breit machte.

Als mein Handy anfing zu klingeln, fiel ich vor Schreck fast vom Stuhl. Ich schaute auf das Display.

Giorgia.

Endlich.

Ich verdrehte innerlich die Augen. Sie war mir ja mal eine tolle Undercover Ermittlerin. Erst ließ sie es krachen und dann schlief sie sich anschließend zunächst mal so richtig aus, bevor sie sich in ihrer Zentrale meldete. Währenddessen saßen sowohl Leonardo als auch ich auf glühenden Kohlen.

Hoffentlich hatte ihr tatkräftiger Einsatz wenigstens das erwünschte Ergebnis erzielt.

„Hi“, nahm ich das Gespräch an. „Bleib eine Sekunde dran. Dann musst du nicht alles zweimal erzählen.“

Ich stand auf und eilte zu Leonardos Büro. Zum Glück war er allein. Schnell schloss ich die Tür hinter mir und stellte das Gespräch auf laut.

„Bereit“, flüsterte ich in das Telefon. Keine Ahnung, warum ich flüsterte.

„Wollt ihr zuerst die gute oder die schlechte Nachricht hören?“.

Leonardo und ich sahen einander an.

„Die Gute“, sagten wir im Chor.

„Ok. Die Russen waren es nicht.“

Leonardo reckte seine Faust in die Luft.

„Ich wusste es! Habe ich es nicht gesagt?“.

Ich legte meinen Zeigefinger auf den Mund und bedeutete ihm, still zu sein.

„Bist du sicher, Giorgia?“, fragte ich sie.

„Vincenzo ist sich sicher. Er hat einen V-Mann bei den Russen, und zwar ganz oben in der Hierarchie. Der hat ihm versichert, dass die Russen nichts damit zu tun haben. Und nicht nur das, keiner der Clans will irgendetwas damit zu tun haben. Im Gegenteil, angeblich wurde der Anschlag von den gegnerischen Banden und Clans als dumm und lebensmüde verurteilt.“

Ich massierte meine Schläfen.

„Leonardo, du kennst dich in dem Milieu besser aus als ich. Klingt das für dich glaubhaft?“.

Leonardo überlegte.

„Wie hoch oben ist dieser V-Mann?“, fragte er.

„Er hat direkt für Wladimir gearbeitet“, antwortete Giorgia.

Leonardo nickte. „Also ziemlich weit oben.“ Er stand auf. „Hat dein Vincenzo irgendwelche Zweifel an dieser Aussage?“, fragte er nun.

„Erstens ist er nicht *mein* Vincenzo. Und zweites, nein. Bisher hat sein V-Mann wohl immer zuverlässige Informationen geliefert.“

Leonardo nickte erneut.

„Gut. Das reicht mir. Du meintest, es gäbe auch eine schlechte Nachricht?“.

Gespannt beugte ich mich über das Handy, das auf dem Tisch vor uns lag.

„Vincenzo hat ebenfalls keine Idee, wer hinter dem Anschlag stecken könnte.“

Ich seufzte. Nun wussten wir also, dass die Russen es nicht gewesen waren. Aber wenn sie es nicht waren, wer hatte dann ein Motiv?

Wir bedankten uns bei Giorgia und legten auf. Ich stand auf und ging im Zimmer auf und ab.

„Es ist doch zum Verrücktwerden. Eigentlich sollte ich mich freuen, dass es die Russen nicht waren und Matteos Verdacht unbegründet ist. Denn anscheinend wissen die Russen wirklich nicht, dass Matteo der Polizei den Tipp gegeben hat, der zu Wladimirs Tod geführt hat. Aber trotzdem habe ich das Gefühl, dass wir in einer Sackgasse stecken und uns die Zeit davonläuft. Matteo wird uns diese Geschichte nicht glauben. Er wird sich nicht auf das Wort eines V-Mannes verlassen."

Leonardo erhob sich aus seinem Schreibtischstuhl und kam zu mir herüber.

„Komm mal her, Carlotta."

Er breitete seine Arme aus und gab mir eine feste Umarmung, in dem Versuch, mir etwas von meiner Angst und Nervosität zu nehmen.

In diesem Moment wurde die Bürotür geöffnet.

***** Matteo *****

Ich umklammerte den Türknauf so fest, dass es mich nicht wundern würde, wenn er in meiner Hand in tausend Teile zerbarst. Vor mir standen Carlotta und Leonardo in inniger Umarmung. Das war nun wirklich mehr als eindeutig.

Wenn ich geglaubt hatte, dass Carlotta ihre Drohung nicht wahr machen würde, jeglichen privaten und intimen Umgang mit mir zu beenden, falls ich ihr nicht die Wahrheit sagte, so stand vor mir nun der lebendige Beweis dafür, dass sie es doch getan hatte.

Diese Erkenntnis traf mich hart.

Doch noch härter traf es mich, dass sie anscheinend nicht einmal 48 Stunden benötigte, um sich anderweitig zu trösten. Obwohl ich meiner Meinung nach eine ausgezeichnete Menschenkenntnis besaß, so hatte ich das hier nicht kommen sehen.

Dass Leonardo kein Kind von Traurigkeit war, das wusste ich. Aber dass er sich an Carlotta ranmachen würde und diese dann auch noch darauf einging, das schockierte mich zutiefst. Und mich schockierte so schnell gar nichts. Es war etwas, was der Beruf mit sich brachte.

„Ich wollte nicht stören“, sagte ich mit eisiger Stimme.

Carlotta zuckte zusammen und befreite sich eilig aus der Umarmung. Doch dafür war es jetzt auch zu spät. Man konnte das Offensichtliche nicht leugnen. Zwischen den beiden lief etwas.

Eigentlich war ich gekommen, um Leonardo den Kopf zu waschen, dass er Carlotta gestern einer solch enormen Gefahr ausgesetzt hatte und wollte ihn darüber in Kenntnis setzen, dass sie ab jetzt unter meinem persönlichen Schutz stand. Aber so, wie ich diese Szene hier vor mir sah, behielt ich das lieber für mich.

Wenn Leonardo wusste, dass ich Carlotta überwachte, wenn auch nur zu ihrem eigenen Schutz, würde er womöglich einen Weg finden, auch dies zu unterwandern. Womöglich würde er ihr davon erzählen, und sie würde sich vehement gegen diese Schutzmaßnamen wehren.

Wahrscheinlich würde sie behaupten, ich wolle sie kontrollieren.

Und das war nicht der Fall.

Naja, vielleicht ein ganz klein wenig.

Leonardo kam freundlich lächelnd auf mich zu. Er war die Unschuld in Person.

„Du störst doch nie. Wie kann ich behilflich sein? Carlotta wollte gerade gehen, nicht war, Carlotta?“.

Carlotta nickte und sah nervös zu Boden. Ohne ein weiteres Wort verließ sie den Raum und ich war mit Leonardo allein.

Schnell ließ ich mir ein belangloses Thema einfallen und er kaufte es mir ab. Dennoch hatte ich das ungute Gefühl, dass hier etwas ganz und gar nicht stimmte. Ich würde dem Ganzen schon noch auf die Spur kommen. Matteo Leone konnte man nicht hintergehen. Da musste man schon früher aufstehen.

Wenn es mir vorhin gefröstelt hatte, so glühte ich jetzt förmlich, als ich in mein Büro zurückging. Das war ja nicht zum Aushalten. Wenn Matteo vorher einen irrsinnigen Verdacht gehegt hatte, was Leonardo und mich betraf, so hatten wir ihm jetzt eine phänomenale Show geliefert, um das zu bestätigen.

Er dachte sicher, zwischen Leonardo und mir würde etwas laufen. Obwohl das natürlich absoluter Schwachsinn war, konnte ich es nachvollziehen. Erst stellte ich Matteo ein Ultimatum, welches er verstreichen ließ, dann verbrachte ich die darauffolgende Nacht zusammen mit einem anderen Mann, mit dem er mich dann auch noch wenige Stunden später in einer Umarmung erwischte.

Ich würde an seiner Stelle wohl genauso denken.

Bestürzt setzte ich mich hinter meinen Schreibtisch und hielt mir die Augen zu. Aber das änderte auch nichts. Kurze Zeit später trat Leonardo ein.

„Ich weiß genau, was du jetzt denkst. Aber es ist gut, Carlotta. Es ist das Beste, was uns passieren konnte."

Ich starrte ihn entgeistert an. „Bitte?".

Leonardo nahm mir gegenüber Platz und lächelte mich schief an.

„Sieh mal, er denkt ganz offensichtlich, dass du und ich etwas miteinander haben. Das ist gut. Denn wenn wir beide dann unsere Köpfe zusammenstecken und hier früh und spät zusammen ein- und ausgehen, dann wird er denken, wir tun das, weil wir miteinander ins Bett gehen und nicht, weil wir etwas Gefährlichem auf der Spur sind."

Aha. Ja, das machte durchaus Sinn. Trotzdem…

„Ich will ihm nicht wehtun, Leonardo."

Er wackelte mit den Augenbrauen und sein Grinsen wurde noch eine Spur breiter.

„Nach alledem, was er sich in den letzten Wochen geliefert hat, macht dich das zu einem echten Gutmenschen. Wenn du mich fragst, dann kannst du ihn ruhig mal ein paar Tage quälen."

Ich schüttelte amüsiert den Kopf.

„Du bist echt ein komischer Vogel."

Er zwinkerte mir zu.

„Ich weiß. Deshalb stehen ja auch alle Frauen auf mich."

„Außer Giorgia", erwiderte ich.

„Abwarten!" Er grinste nun noch eine Spur breiter. Doch dann wurde er ernst. „Ich habe für heute Abend ein Treffen arrangiert, weil ich wissen will, ob es bei der geheimen Polizeioperation, bei der Wladimir getötet wurde, womöglich eine undichte Stelle gibt."

Ich zog die Stirn kraus und sah ihn fragend an.

„Ich dachte, wir glauben dem V-Mann, dass es die Russen nicht waren und dass sie von der Sache nichts wissen. Wieso willst du dann wissen, ob es irgendwo ein Leck gibt? Denkst du nun doch, dass die Russen dahinterstecken?".

Bevor er antwortete, drehte er sich in seinem Stuhl zur Tür, um sich zu vergewissern, dass Matteo nicht erneut in den Raum platzte.

„Ich bin nach wie vor davon überzeugt, dass sie nichts damit zu tun haben. Aber vielleicht gibt uns die Information, wer alles von dieser Operation wusste, einen Anhaltspunkt, bei dem wir ansetzen können."

Ich stand auf und ging im Raum auf und ab. Das half mir beim Überlegen.

„Du denkst, dass jemand es so aussehen lassen wollte, als wären es die Russen gewesen? Jemand, der über Matteos Rolle bei der Razzia Bescheid wusste?".

Leonardo nickte.

„Genau das denke ich. Jemand, der ein Motiv, die Mittel und die Gelegenheit dazu hatte. Und davon gibt es nicht viele Menschen, glaub mir."

Das war durchaus eine berechtigte These und gleichzeitig auch der einzige Strohhalm, an den wir uns gerade klammern konnten.

„Wann und wo triffst du dich mit der Person?".

„Heute um Mitternacht, unter den Torbögen der Villa San Michele. Willst du mitkommen?".

Kapitel 16

Er war kurz nach 23 Uhr, als ich mich leise aus meinem Zimmer schlich. Doch weit kam ich leider nicht. Gerade als ich die Treppen hinunterging, kam mir Matteo entgegen. Er blieb eine Stufe unter mir stehen und überragte mich dennoch um einige Zentimeter.

„Du gehst nochmal weg?".

Er sah an mir hinab und bemerkte deswegen auch die kleine Umhängetasche, die darauf hindeutete, dass ich es mir nicht auf der Terrasse gemütlich machen wollte.

„Ja", antwortete ich mit einem entschuldigenden Lächeln und wollte an ihm vorbeischlüpfen.

Doch er hielt mich fest.

„Matteo, ich muss wirklich los."

Er sah mich grimmig an. Das würde jetzt nicht leicht werden. Ich rief mir ins Gedächtnis, wie sehr er mir mit seiner Verlobung wehgetan hatte und versuchte zu verdrängen, aus welchen Gründen er es getan hatte. Das gab mir die nötige Kraft, für die nächsten Worte.

„Leonardo und ich haben heute Nacht noch Pläne."

Das war nicht gelogen. Aber wie Matteo diese Worte interpretierte, sah ich an seinem Gesichtsausdruck, obgleich sein Pokerface nur für wenige Sekunden verrutschte. Doch das war lange genug. Der grimmige, kalte Blick wich einem Ausdruck von Melancholie und Trauer.

Ja, das kannte ich nur zu gut. So war es mir die letzten Wochen auch ergangen. Aber da musste er jetzt durch. Ich strich ihm sanft mit der Hand über die markante Blitznarbe, die sich durch seine rechte Augenbraue zog. Dann ging ich an ihm vorbei in Richtung Einfahrt.

Dieses Mal hielt er mich nicht auf.

Leonardo und ich fuhren durch die Nacht hinauf zur Villa San Michele, die hoch über Capri thronte. Keiner sprach ein Wort. Wir hingen beide unseren Gedanken nach und fragten uns, ob uns das nächtliche Treffen weiterhelfen würde. Denn falls nicht, gingen uns langsam die Optionen aus.

Diesen sorgevollen Gedanken versuchte ich jedoch für den Moment zur Seite zu schieben. Vor uns tauchte nun endlich die imposante Villa auf. Wir parkten den Wagen unauffällig in einigem Abstand und schlichen uns dann auf das Gelände.

Ich hatte das ungute Gefühl, dass wir verfolgt wurden. Aber vielleicht gingen mit mir als Amateur Ermittlerin auch einfach die Nerven durch. Ich schlich schließlich nicht jeden Tag um Mitternacht in absoluter Dunkelheit umher, um irgendwelche anonymen, top geheimen Quellen zu treffen.

Im Schatten der massiven, mit wildem Wein bewachsenen Torbögen, wartete bereits ein Mann mit Kapuzenpullover und schwarzer Baseball Cap. Andererseits, da es stockdunkel war, sahen eigentlich alle Farben Schwarz aus.

Der Mann nickte uns zu und übergab Leonardo unauffällig einen kleinen Umschlag.

„Das ist die Liste aller Leute, die von der Razzia wussten. Die Leute, die wissen, dass der Tipp von deinem Cousin kam, habe ich dir markiert."

Leonardo öffnete den Umschlag und sah hinein.

„Es ist ein extrem kleiner Kreis. Die Operation hat unter strengster Geheimhaltung stattgefunden."

Leonardo schloss den Umschlag wieder, dann steckte er ihn sich in sein Jackett.

„Können Sie sich vorstellen, dass einer dieser Leute bestechlich ist und sich hat kaufen lassen?".

Der Mann musterte mich interessiert.

„Ich habe die Finanzen aller Beamten, die an der Vorbereitung oder Durchführung dieses Einsatzes beteiligt waren, überprüft und nichts gefunden, was darauf hindeutet."

Das konnte jedoch auch schlicht und einfach bedeuten, dass der oder die Maulwürfe das Bestechungsgeld lediglich zu gut versteckt hatten, um gefunden zu werden.

Der Mann schien zu merken, dass mich seine Antwort nicht wirklich zufrieden stellte.

„Nichts auf ihren Bankkonten, keine Offshore Konten, keine signifikanten Anschaffungen in den letzten drei Jahren, keine größeren Schulden, keinerlei Auffälligkeiten bei vorherigen Operationen. Dieses Team ist wirklich über jeden Zweifel erhaben."

Wenn das so war, dann würden uns die Dokumente, die der Mann Leonardo gegeben hatte, kein Stück weiterbringen. Schon wieder eine Sackgasse. Das durfte doch nicht wahr sein. Das Schicksal hatte sich wirklich gegen mich verschworen.

Ich dachte angestrengt nach. Ich war eine angesehene Strategin und Analystin. Ich verdiente sehr viel Geld damit, Dinge zu planen und zu analysieren. Zwar waren das normalerweise Wertpapier- und Immobilienstrategien, aber wer sagte, dass das Grundprinzip einer Strategie bei einer verdeckten Ermittlung nicht dasselbe oder bisweilen ähnlich war?

„Erklären Sie mir, wie ich mir so eine Operation vorstellen muss. Wer initiiert sie, wer plant sie, wer genehmigt sie, wer weiß davon?".

Der Mann sah sich unauffällig über die Schulter, um sich zu vergewissern, dass wir noch immer allein waren.

„Normalerweise gibt es für jede Art von Delikt eine spezielle Abteilung, die sich darum kümmert. Sie bekommen einen Tipp, bereiten die Operation im engen Kreis vor und schlagen dann zu. Wie groß oder klein dieser Kreis ist, hängt von der jeweiligen Operation ab. Den Befehl hat der Dezernatsleiter. Jeder Bezirk hat dabei sein eigenes Dezernat."

Das Wort, dass mich an seiner Ausführung am meisten interessierte, war das Allererste.

„Wieso sagten Sie ‚normalerweise'? War es in diesem Fall nicht so?".

Der Mann schaute sich erneut über die Schulter. Entweder war er nervös oder einfach nur extrem vorsichtig. Keines von beidem konnte ich ihm verübeln. Aber ich wollte jetzt Antworten!

„Nein, dieses Mal war es anders. Die Operation war viel größer. Viel gefährlicher und brisanter. Die besten Leute verschiedener Dezernatsbezirke haben sich gemeinsam darauf vorbereitet. Der Leiter dieses Spezialeinsatzkommandos musste dem Innenminister Bericht erstatten. Dieser wiederum hat die Aktion und die dafür notwendigen Mittel genehmigt."

Aha. Das war interessant.

„Sie werden doch wohl nicht denken, dass der Innenminister da mit drinsteckt?"

Ich schüttelte den Kopf.

„Nein, das tue ich nicht. Aber es erweitert den Kreis der Mitwisser…".

Bevor ich weiterreden konnte, hörten wir hinter uns das Knacken von Ästen. Als ich mich wieder zu dem Mann umdrehte, war er verschwunden. Na toll. Ich schaute zu Leonardo.

„In solchen Fällen wünschte ich, ich würde auf Matteo hören und eine Waffe tragen", murmelte der.

Waffe? Wieso Waffe? Panik ergriff mich.

Instinktiv zog ich ihn hinter einen großen Pfeiler. Wir duckten uns und warteten ab. Angespannt hörte ich in die Dunkelheit hinein.

„Was machen wir denn jetzt?", zischte ich ihm zu.

„Warten", zischte er zurück.

Also warteten wir. Mein Herzschlag war so laut, dass ich Angst hatte, er würde uns verraten. Aber es tat sich nichts. Nichts bewegte sich.

Auch nicht, als wir vorsichtig und mit einem großen Umweg im Schatten der Bäume zum Auto zurückschlichen. Dennoch wurde ich das ungute Gefühl nicht los, dass wir nicht alleine waren.

Mein Herzschlag beruhigte sich erst wieder, als wir auf das Anwesen der Familie fuhren. Niemand würde es wagen, einen Fuß über die Schwelle dieser Villa zu setzen. Sie war gesichert wie Fort Knox. Leonardo parkte den Wagen, doch wir stiegen nicht sofort aus.

„Was denkst du?“, fragte ich Leonardo.

„Ich vertraue meiner Quelle. Aber ich werde trotzdem jede einzelne Person auf dieser Liste noch einmal überprüfen lassen. Dann sehen wir weiter.“

Ich griff nach dem Türöffner und wollte aussteigen, überlegte es mir dann jedoch anders.

„Denkst du, dass jemand im Innenministerium bestechlich ist?“.

Leonardo schnaubte verächtlich.

„Jemand? Frag mich lieber, wer es nicht ist.“

Ich sank in meinen Sitz zurück.

„Also wäre es möglich, dass jemand im Stab des Innenministers damit zu tun hat?“.

Leonardo zuckte mit den Schultern.

„Möglich ist grundsätzlich alles. Aber es wird nicht einfach sein, in Erfahrung zu bringen, wen der Innenminister eingeweiht hat und noch schwieriger wird es sein, jemandem aus dem Innenministerium irgendetwas nachzuweisen.“

Ich seufzte.

„Also gut. Dann überprüfst du noch einmal die Personen auf dieser Liste. Wenn die Überprüfung nichts ergibt, widmen wir uns dem Innenministerium.“

Leonardo und ich stiegen aus und verabschiedeten uns voneinander. Es war ein langer, emotionsgeladener Tag gewesen und ich wollte einfach nur noch ins Bett und diesem ganzen Irrsinn für ein paar Stunden in das Land der Träume entfliehen.

Kapitel 17

Sie schlief tief und fest und sah dabei so friedlich aus, wie ein Engel. Ich widerstand dem Drang, sie aufzuwecken und sie zu fragen, was zum Teufel sie mitten in der Nacht auf dem Gelände der Villa San Michele gemacht hatte.

Meine Männer waren ihr und Leonardo unauffällig gefolgt, konnten sich ihnen aber nicht allzu sehr nähern, ohne ihre Tarnung zu gefährden. Deshalb wusste ich lediglich, dass die beiden das Auto in sicherem Abstand zur Villa geparkt hatten und sich dann wie zwei Diebe ganz vorsichtig auf das Gelände geschlichen hatten, um sich dort mit jemandem zu treffen, der ihnen irgendetwas übergeben hatte.

Ich wusste weder, wer dieser jemand war, noch was er Leonardo zugesteckt hatte. Und vor allem wusste ich nicht, was Carlotta mit alledem zu tun hatte.

Es gefiel mir ganz und gar nicht, dass sie sich nachts heimlich herumtrieb und mit finsteren Gestalten traf. Das war gefährlich und leichtsinnig.

Aber wenigstens wusste ich jetzt, dass hinter ihrer Geheimniskrämerei wohl doch keine Affäre mit Leonardo steckte. Meine Männer hatten mir nämlich ebenfalls berichtet, dass Leonardo und Carlotta am Vortag nicht alleine zu dem Essen in Positano aufgebrochen waren, sondern Carlottas Cousine ebenfalls mit von der Partie gewesen war. Nur war diese dann anschließend mit einem Mann verschwunden, den meine Leute als ranghohen Ermittler identifiziert hatten.

Eigentlich sollte ich bei dem Wissen, dass Carlotta und Leonardo nichts miteinander hatten, erleichtert sein.

Und irgendwo war ich das auch.

Nur hatte ich keine Zeit, dieses Gefühl zu genießen, denn es wurde von einem noch beunruhigenderen Gefühl der Angst um Carlotta übertrumpft.

Irgendetwas war hier im Busch und ich konnte mir sehr gut vorstellen, dass der Besuch bei meinem Großvater im Krankenhaus den Anstoß dazu gegeben hatte. Was es auch war, ich wollte es schleunigst herausfinden.

Doch das musste bis morgen warten. Heute Nacht wollte ich mich einfach nur davon überzeugen, dass Carlotta in Sicherheit war. Sie dabei beobachten zu können, wie sie selig schlief, war ein netter Nebeneffekt.

***** Carlotta *****

Draußen war es noch dunkel, doch die Vögel zwitscherten so laut, dass ich von ihrem Gesang geweckt wurde. Ich öffnete die Augen und wollte gerade auf dem Wecker, der sich auf meinem Nachttisch befand, nach der Uhrzeit sehen, als mein Blick auf halbem Wege im Sessel hängen blieb.

Dort saß niemand anderes als Matteo.

Er schlief.

Im Sitzen.

Matteo trug zerschlissene schwarze Jeans, schwere Motorradboots und ein schwarzes T-Shirt. Sein Bartschatten unterstrich diesen verwegenen Look.

Ich sog den Badboy Anblick gierig in mich auf. Doch was tat er hier? Und wieso schlief er auf dem Sessel? Ich genoss diesen faszinierenden Augenblick noch etwas länger, bevor ich leise die Bettdecke zurückschlug und aufstand.

Mein Impuls sagte mir, ihn wach zu küssen und ihn zu mir ins warme Bett zu ziehen. Doch damit würde ich meine Tarnung auffliegen lassen und höchstwahrscheinlich die Chance auf eine gemeinsame Zukunft aufs Spiel setzen.

Deshalb riss ich mich schweren Herzens von seinem Anblick los und schlich zur Garderobe, wo ich mir meinen langen japanischen Kimono überwarf.

Dann tapste ich barfuß die Treppen hinunter und öffnete die Tür nach draußen.

Warme Luft strömte mir entgegen. Und das, obwohl die Sonne noch nicht einmal aufgegangen war. Wenn ich mich nicht täuschte, dann musste es kurz nach fünf Uhr morgens sein, denn der dunkle Nachthimmel löste sich ganz langsam auf und am Horizont wurde es bereits hell.

Rechts vor mir lag der Weinberg der Familie. Kurzentschlossen entschied ich mich dazu, mir die Wandlung von der Nacht zum Tag von der Bank an den Steilklippen aus anzusehen und marschierte entschlossen los in Richtung Weinberg. Ich bahnte mir meinen Weg durch die Weinreben, was sich ohne Schuhe gar nicht mal so leicht gestaltete.

Kurze Zeit später erblickte ich die Bank vor mir, die einen einmaligen Blick auf das vor ihr liegende, weite Meer gab. Ich ließ mich darauf nieder und sah auf das Meer, das ruhig und dunkel vor mir lag.

Da die Sonne über dem Meer unterging, würde sie leider nicht dort aufgehen. Dennoch genoss ich den Anblick des immer heller werdenden Horizontes und des Wassers, dessen Farbe sich langsam von Schwarz zu einem kräftigen Blau wandelte.

Über dem Meer kreisten Vögel auf der Suche nach ihrem Frühstück. Es war nahezu windstill. Nur das monotone Rauschen des Meeres war zu hören, welches zum Entspannen und Kraft tanken einlud.

Ich schloss die Augen und ließ mich darauf ein.

***** Matteo *****

Als ich aufgewacht war, hatte ich nicht nur verärgert feststellen müssen, dass ich in ihrem Zimmer eingeschlafen war. Nein, als wäre das nicht genug, hatte sie mich auch noch dabei erwischt. Denn als ich die Augen aufschlug, war das Bett leer.

Ich streckte mich und versuchte meine Knochen zu sortieren, die von diesen Stunden auf dem Sessel nicht sehr begeistert waren. Dann machte ich mich auf die Suche nach ihr. Es war an der Zeit, die Karten auf den Tisch zu legen, was ihre Heimlichtuerei betraf. Doch ich fand sie weder im Bad, noch in der Küche. In ihrem Büro war sie nicht und auch auf der Terrasse traf ich sie nicht an. Ich überlegte, ob sie womöglich joggen war, doch dann fiel mein Blick auf den Weinberg und ein anderer Gedanke kam mir in den Sinn.

Zielstrebig ging ich auf den Hang zu und hatte nach wenigen Minuten den versteckten Platz erreicht, an dem ich sie neulich hatte sitzen sehen.

Mein Gefühl hatte mich nicht getäuscht. Sie saß vor mir auf der alten Holzbank und hatte das Gesicht dem Meer zugewandt, über dem es dämmerte und langsam hell wurde. Ich hielt inne. Irgendetwas sagte mir, dass ich diese Idylle nicht mit einem Streit zerstören sollte. Dies hier war fast schon ein heiliger Ort für meine Großeltern gewesen. Es wäre nicht richtig, ihn mit einem Streit zu entweihen.

Also setzte ich mich stattdessen schweigend neben Carlotta auf die Bank. Ich sah sie nicht an, sondern sah geradewegs auf das ruhige Meer, das sich vor uns auftat und auf den Horizont, an dem hellblaue, goldene und orangene Streifen harmonisch ineinander übergingen und einen neuen Tag einläuteten. So saßen wir eine Weile schweigend nebeneinander und teilten im stillen Einverständnis diesen friedlichen Moment.

Die Aussage des amerikanischen Schriftstellers Henry David Thoreau kam mir in den Sinn, als sich die Sommersonne schließlich am Morgenhimmel zeigte, und die dunkle Nacht sich somit endgültig verabschiedete. *„Ein neues Leben kann man nicht beginnen, aber täglich einen neuen Tag“*, hatte dieser gesagt. Noch nie hatte ich diesen Satz für passender befunden, als in diesem Moment.

Ich drehte mich zu Carlotta um und legte den Arm über die Rückenlehne der Bank. Als sie bemerkte, dass ich sie ansah, wandte auch sie ihren Blick vom Meer ab und blickte mir in die Augen.

„Wir müssen reden.“

Sie zog misstrauisch die Augenbrauen zusammen.

„Und worüber?“.

„Zum Beispiel darüber, dass du dich mitten in der Nacht auf dem Grundstück der Villa San Michele herumtreibst und dich dort mit irgendwelchen finsteren Gestalten triffst.“

Sie zuckte ertappt zusammen, doch dann verdunkelte sich ihr Blick augenblicklich wie die Wolken eines aufziehenden Gewitters.

„Du spionierst mir nach?“.

Ihr Ton war vorwurfsvoll, was mich wütend machte. Wenn hier jemand einen Grund hatte, vorwurfsvoll zu klingen, dann war ich das.

„Ich spioniere dir nicht nach, ich schütze dich. Und das kann ich nur, wenn ich dich im Auge habe.“

Sie funkelte mich böse an.

„Wieso?“.

„Wieso was?“, fragte ich sie irritiert.

„Wieso willst du mich schützen? Was mit mir ist, kann dir doch egal sein.“

Ihre Worte trafen mich, aber noch mehr erzürnten sie mich.

„Du bist mir alles andere als egal. Und das weißt du!“

Sie schüttelte energisch den Kopf.

„Nein, Matteo. Das weiß ich nicht! Du heiratest eine andere Frau! Du hast uns für sie aufgegeben. Du hast dich für eine Zukunft mit ihr entschieden. Entschuldige also bitte, wenn mir da der Gedanke kommt, dass ich dir rein gar nichts bedeute!“

Sie hatte sich immer mehr in Rage geredet und ihre Stimme hatte einen sehr schneidenden Tonfall angenommen. Sie kochte vor Wut. Ich konnte es ihr nicht verübeln. Doch dieses Feuer in ihr verriet mir, wie sehr sie mich trotz allem, was geschehen war, wollte.

Und ich wollte sie.

Nichts könnte daran etwas ändern.

Sie so wild zu sehen, rief ein unbändiges Verlangen in mir hervor, dem ich nicht widerstehen konnte. Ich beugte mich vor und bevor sie realisierte, was geschah, hatte ich sie bereits geküsst.

Es war ein flüchtiger, fast schon keuscher Kuss. So schnell wie er begonnen hatte, war er auch schon wieder vorbei. Ich zwang mich unter größter Kraftanstrengung, mich zurückzuhalten.

Ihre Augen funkelten wütend. Dann stand sie ruckartig auf und machte sich auf in Richtung Haus. Ich seufzte und folgte ihr in einigem Abstand.

Als sie schon fast am Ende des Weinbergs angelangt war, machte sie plötzlich auf dem Absatz kehrt und kam auf mich zugestürmt. Sie krallte ihre Hände in mein Haar, zog meinen Kopf energisch zu sich hinab und gab mir einen ungestümen, wilden Kuss. Ich umfasste ihre Hüften, um sie sicher aufzufangen, und presste sie dann hoffungsvoll an mich, bevor ich tief mit der Zunge in sie eindrang.

Der Kuss wurde mit jeder Sekunde, die verstrich, stürmischer. Ihre Hände wanderten rastlos an meinem Körper auf und ab, bevor sie sie unter mein T-Shirt gleiten ließ, und lustvoll über meinen Rücken strich.

Gott, tat das gut. Ihr Kuss fühlte sich an, wie eine lang ersehnte Erlösung.

Ich stöhnte ergeben und schloss genüsslich die Augen, während ich ihren Po mit einer Hand umfasste, und gegen meinen steinharten Schritt drückte. Gleich würde ich mich nicht mehr unter Kontrolle haben und sie hier mitten im Weinberg nehmen. Scheiß auf die Spuren, die sie auf meinem Körper hinterlassen würde und scheiß auf das Risiko, erwischt zu werden.

Ich würde lieber sterben, als mir die Gelegenheit entgehen zu lassen, dieser Frau ganz nah zu sein.

Doch in diesem Moment ließ sie ohne Vorwarnung von mir ab und atmete schwer. Sie stemmte die Hände in die Hüften und fixierte mich mit ihren wütend funkelnden Augen.

Gott, sie war so heiß. Ihre Lippen waren verdächtig geschwollen, und ich konnte nur noch daran denken, was ich mit diesen vollen Lippen gerne anstellen würde und wo ich sie spüren wollte. Angestrengt biss ich die Zähne zusammen, um mich nicht augenblicklich auf sie zu stürzen.

„Nur dass du es weißt, ich bin hier nicht diejenige, die geschützt werden muss. Ich kann sehr gut auf mich selbst aufpassen, was man von dir nicht gerade behaupten kann…".

Weiter kam sie nicht, denn ich hatte sie bereits an mich gerissen. Sie versuchte, sich mir zu entziehen, indem sie ihren Kopf von mir wegdrehte, doch das führte nur dazu, dass ich freien Zugang zu ihrem wunderschönen, filigranen Hals hatte. Genießerisch biss ich in ihren Hals und sog dabei ihren blumigen Sommerduft ein. Sie schrie auf. Doch ihre Gegenwehr ließ nach. Erneut biss ich in ihren Hals.

Sie wimmerte erregt.

„Was machst du mit mir?", flüsterte ich ihr ins Ohr.

Doch nur einen Augenblick später zerstörten immer näherkommende Stimmen diesen innigen Moment zwischen uns.

Kapitel 18

Sie war also zurück aus Los Angeles.

„Da bist du ja, mein Schatz“, zwitscherte Elena und stakste mit ihren mörderisch hohen High Heels auf Matteo zu.

Mich ignorierte sie geflissentlich.

„Willst du mir denn gar keinen Begrüßungskuss geben?“, flötete sie nun.

Matteo gab ihr lediglich einen flüchtigen Kuss auf die Wange, was sie aber nicht weiter zu stören schien.

„Ich habe dir so viel zu erzählen. Los Angeles war wie immer fantastisch, obwohl sie mir im Hotel Bel-Air zunächst nur die Junior Suite geben wollten. Kannst du dir das vorstellen?“, empörte sie sich.

Ich verdrehte genervt die Augen. Wenn Madame nicht die King Suite bekam, war das natürlich ein nationaler Notfall.

„Allein das Wort *‚Junior‘* lässt mich schon ganz aggressiv werden. Naja auf jeden Fall hat mein Vater das dann recht schnell regeln können. Zum Glück. Das wäre ja sonst eine Zumutung gewesen. Ich will es mir gar nicht ausmalen“, fuhr sie fort.

Matteo runzelte die Stirn. „Du bist mit deinem Vater nach L.A. geflogen?“.

Elena lachte ihr gekünsteltes Lachen.

„Natürlich nicht, du Dummerchen. Er hat viel in Rom zu tun. Du weißt doch, dass er im Innenministerium momentan unabkömmlich ist.“

Hinter ihr erschien nun noch eine weitere Person. Der junge Mann Anfang 20 war braun gebrannt und von Kopf bis Fuß durchtrainiert. Sein enganliegendes Muscle Shirt betonte jeden seiner Bauchmuskeln.

„Hi, geile Hütte, Mann“, sagte er mit einem breiten amerikanischen Akzent und hielt Matteo die Faust hin.

Bei Matteos Blick musste ich mich schwer zusammenreißen, um nicht laut loszulachen. Der junge Mann ließ seine Faust schnell wieder sinken.

„Und Sie sind?", fragte Matteo sichtlich genervt.

„Das ist Dylan. Ich habe ihn in L.A. auf einer Party kennengelernt. Dylan ist Personal Trainer. Er hat sogar schon Kyla Silva und Lauren White trainiert."

Als Matteo sie verständnislos ansah, rollte sie mit den Augen.

„Das sind zwei super angesagte Topmodels, Matteo. Jeder, der in der Modewelt etwas auf sich hält, kennt sie. Auf jeden Fall hat Dylan sie für ihre richtig großen Shows fit gemacht. Und da dachte ich mir, mit den Referenzen kann er sicher auch mich für unsere Hochzeit in Form bringen." Sie strahlte euphorisch. „Na, was sagst du?".

„Wenn es dich glücklich macht, Elena, dann habe ich nichts dagegen."

Sie klatschte in die Hände und quietsche vergnügt.

„Na dann ist das ja geklärt! Komm ich zeig dir das Haus, Dylan. Und dann lass uns direkt loslegen."

Sie griff nach seiner Hand und zog ihn hinter sich in Richtung Villa.

„Tja, ich sollte mich dann auch mal fertig machen", sagte ich mehr zu mir selbst, als zu Matteo.

Ich hatte die Szene etwas abseits beobachtet und wusste nicht recht, was ich davon halten sollte. Irgendetwas an dem Gespräch störte mich und ließ mir keine Ruhe. Aber ich wusste nicht, was es war.

Noch nicht.

„Du hast meine Frage, was du mitten in der Nacht auf dem Gelände der Villa San Michele machst, noch nicht beantwortet, Carlotta."

Matteo hatte sich mir unbemerkt genähert, als ich in Gedanken noch einmal das Gespräch zwischen ihm und Elena durchgegangen war.

„Hmm?", stellte ich mich dumm, um Zeit zu schinden.

Wie sollte ich aus dieser Nummer jetzt rauskommen? Aber zumindest dieses eine Mal war das Schicksal auf meiner Seite. Just in dem Moment, als Matteo zu einer Antwort ansetzen wollte, klingelte sein Telefon und ich nutzte diesen Augenblick, um mich klammheimlich aus dem Staub zu machen. Puh, das war ja gerade nochmal gut gegangen.

Eine Stunde später saß ich in meinem Büro und versuchte, mich auf die Arbeit zu konzentrieren. Das war leichter gesagt als getan. Gerade als ich die Gedanken an Elenas Rückkehr und die Begegnung mit ihr erfolgreich beiseitegeschoben hatte, und es endlich schaffte, dass die Zahlen auf dem Dokument vor mir, die ich minutenlang angestarrt hatte, ohne sie überhaupt wahrzunehmen, endlich einen Sinn ergaben, wurde meine Bürotür mit Schwung aufgerissen. Ich sah auf und erstarrte.

Elena war nun wirklich die Letzte, mit der ich gerechnet hatte. Aber auch nachdem ich mir unauffällig in den Oberschenkel gekniffen hatte, war sie noch da. Sie war also keine Einbildung. Kein hässlicher Streich meines Verstands. Aber was wollte sie von mir? Hatte sie herausgefunden, was ich für Matteo empfand? Dass da etwas zwischen uns gelaufen war und in gewisser Hinsicht immer noch lief?

Ich bemühte mich, mir meine Unbehaglichkeit nicht ansehen zu lassen und versuchte, so gelassen wie möglich zu bleiben.

„Elena, bitte setzen Sie sich doch."

Ich wies mit der Hand auf den Stuhl gegenüber von meinem Schreibtisch und schenkte ihr ein professionelles, distanziertes Lächeln.

Sie musterte mich argwöhnisch und bewegte sich keinen Zentimeter. Gesagt hatte sie auch noch nichts.

Na schön. Dann sollte sie halt dort stehen bleiben und Wurzeln schlagen.

„Ich verstehe ja immer noch nicht, was Matteo an Ihnen findet, dass er eine kleine Kellnerin einstellt, aber ich dachte mir, da Sie für ihn arbeiten, arbeiten Sie ja gewissermaßen auch für mich. Schließlich wird mir all das hier bald gehören."

Aha. Diese Frau hatte rein gar nichts verstanden. Weder was mich betraf, noch ihre Ansprüche hinsichtlich der Besitztümer der Familie Leone. Aber meine Aufgabe war es nicht, ihr das zu erklären. Dafür war mir ehrlich gesagt meine Zeit zu schade. Also schwieg ich. Wahrscheinlich war ihr nicht einmal bewusst, wie verletzend und arrogant ihre Aussagen auf ihre Mitmenschen wirkten. Oder sie wusste es und es war ihr egal. Wie auch immer, ich würde mich von ihr nicht aus der Ruhe bringen lassen. Ich faltete die Hände im Schoß und lächelte unbeirrt weiter.

„Wie kann ich Ihnen denn weiterhelfen, Signora Elena?".

Erst jetzt sah ich, dass sie eine Mappe in der Hand hielt. Sie kam auf mich zu und warf die Mappe achtlos vor mich auf den Tisch.

„Da Sie ja mit dem Servieren von Essen vertraut sind, will ich, dass Sie mir bei der Vorbereitung für die Hochzeit helfen. Stellen Sie mir Vorschläge zusammen, was das Essen betrifft und die dazu passenden Getränke. Bekommen Sie das hin?".

Sie sah mich abschätzend an, so, als hegte sie erhebliche Zweifel.

Ich starrte ungläubig von der Mappe auf Elena und zurück zu der Mappe. Was für eine Ironie des Schicksals. Ich sollte ihr helfen, die Hochzeit vorzubereiten, die ich unbedingt verhindern wollte? Na wunderbar.

„Wenn ich von Menü Vorschlägen spreche, dann meine ich Vorschläge, die dem sozialen Status von mir und Matteo gerecht werden. Ich weiß ja nicht, was man in Ihren Kreisen so isst, aber bitte verschonen Sie mich mit ordinären Empfehlungen des gemeinen Volkes."

Ich glaube, mir war gerade meine Kinnlade aufgeklappt und zu Boden gefallen. Hörte diese Frau sich eigentlich selbst reden?

„Weiß Signor Leone, dass ich Ihnen bei den Vorbereitungen der Hochzeit helfen soll?".

Sie verschränkte trotzig die Arme vor der Brust und zog eine hässliche Schnute.

„Natürlich. Er unterstützt jede meiner Entscheidungen."

Also nein. Das hatte ich mir schon gedacht.

„Und nun zerbrechen Sie sich mal nicht ihren Kopf über Dinge, die Sie nichts angehen und fangen Sie lieber an zu arbeiten. Heute Mittag will ich Ihre Vorschläge sehen."

Heute Mittag? Ernsthaft? Erwartete Sie etwa, dass ich alles stehen und liegen ließ, um ihren Wünschen nachzukommen? Warum überraschte mich das nicht?

In diesem Moment klingelte ihr Handy und ihr Gesicht erhellte sich augenblicklich.

„Hallo Dylan, Babe", flötete sie in das Telefon. „Ich bin schon so gut wie auf dem Weg zu dir. Das Personal ist ein wenig schwer von Begriff und hat mich aufgehalten. Du weißt ja, wie diese Leute sind."

Sie lachte gekünstelt und legte auf.

„Ich muss jetzt wirklich zum Pool. Dylan wartet bereits auf mich. Hach, das ist alles so stressig mit dieser Hochzeit."

Sie fächelte sich mit der rechten Hand Luft zu, während sie die andere Hand theatralisch auf ihr Herz legte.

Ich konnte gar nicht anders, als sie ungläubig anzustarren. Echt jetzt?

„Also dann, worauf warten Sie? Fangen Sie an!"

Mit diesen Worten stolzierte sie auf ihren 12 Zentimeter Heels aus der Tür, ohne diese jedoch hinter sich zuzuziehen.

Seufzend stand ich auf und schloss die Tür eine Spur fester als sonst.

Kapitel 19

Ich war schlecht gelaunt. Den ganzen Vormittag hatte ich damit verbracht, die Liste von Elena abzuarbeiten. Ich war mir sicher, dass Matteo nicht wusste, dass seine Verlobte sein Personal zweckentfremdete.

Aber ich war auch keine Petze.

Das Problem würde ich schneller lösen können, wenn ich das tat, was Elena von mir verlangte, als wenn ich Matteo erzählte, wie sie hinter seinem Rücken agierte.

Ich würde ihr jetzt meine Vorschläge aushändigen, und mich dann an meine eigentliche Arbeit setzen. Energisch sammelte ich die Unterlagen mit den zahlreichen *„standesgemäßen"* Vorschlägen ein, die ich für sie zusammengestellt hatte, und machte mich dann auf den Weg nach draußen, um sie aufzusuchen.

Sie meinte, dass ich sie mit Dylan am Pool antreffen würde. Also beschloss ich, dort zuerst nachzusehen. Aber dort lagen nur ihre Handtücher auf den Liegen und die leeren Cocktailgläser standen verlassen auf dem Tisch.

Ich ging etwas weiter um das Haus herum und entdeckte die beiden im Schatten der Bäume. Elena trug einen super knappen Bikini und Dylan einen dieser engen Speedos, die ich persönlich etwas lächerlich und prolohaft fand.

Elena machte gerade irgendeine Übung und Dylan korrigierte eifrig ihre Haltung. Dabei fasste er ihr beherzt an den Po und ließ seine andere Hand gemächlich an ihrem nahezu nackten Oberkörper entlanggleiten.

Das war ja mal ein Training mit einem ganz besonderen Touch. Aber Elena schien es zu gefallen.

Nun hatte sie sich vorne über gebeugt und reckte ihren Po in die Höhe. Dylan stellte sich hinter sie, sodass ihr Po rein zufällig gegen sein bestes Stück rieb.

Ich schüttelte angewidert den Kopf. Die beiden würde ich bei ihrem intensiven „*Nahkörper*" Training jetzt sicher nicht stören. Das wäre mehr als peinlich. Also machte ich mich auf den Weg zurück ins Haus, um weiterzuarbeiten.

Als ich an dem Weinberg vorbeikam, beschloss ich, noch einen kurzen Abstecher zu der Bank an den Klippen zu machen. Aber bereits nach wenigen Minuten merkte ich, dass dieser magische Platz heute machtlos gegen meine innere Rastlosigkeit war. Seufzend machte ich mich auf den Rückweg.

Ich hatte das Ende des Weinbergs fast erreicht, als ich mir unbekannte Stimmen vernahm. Instinktiv duckte ich mich hinter eine Reihe von dichten Weinreben.

„Ein prächtiges Anwesen. Sie haben nicht übertrieben, Cesare."

Cesare? Wie in *Cesare Medici*?

„Die Menschen würden ein Vermögen zahlen, um hier ein paar ungestörte Tage verbringen zu dürfen. Diese Aussicht ist nahezu unbezahlbar. Wenn wir mit den Arbeiten noch dieses Jahr beginnen, kann das Hotel pünktlich zum Sommerbeginn nächstes Jahr öffnen."

Welches Hotel denn? Wovon sprach dieser Mann?

Vorsichtig lugte ich über die Weinreben. Dort standen Cesare Medici, den ich von einigen Fotos aus diversen Hochglanz Magazinen kannte, und ein weiterer, mir unbekannter Mann Anfang sechzig.

„Das wird sich einrichten lassen."

Der andere Mann schaute bewundernd umher, und ich duckte mich gerade noch rechtzeitig.

„Wie haben Sie den alten Leone davon überzeugen können, zu verkaufen, Cesare? Mein Angebot lehnt der alte Sturkopf seit Jahren kategorisch ab."

Cesare schnaubte verächtlich.

„Er ist ein alter Mann. Seine Tage sind gezählt. Und wenn er nicht mehr ist, dann wird Matteo der neue Kopf der Leone Familie."

„Und Matteo wird Ihre Tochter heiraten." Der Mann gluckste vergnügt. „Sie sind wirklich ein gerissener Hund, Cesare. Aber noch ist der Alte putzmunter, wie man hört. Selbst diesen Anschlag auf ihn hat er einfach so weggesteckt. Wie wollen Sie garantieren, dass wir bis zum Ende des Jahres die Rechte an diesem Kasten haben? Solange er noch lebt, wird er nicht verkaufen."

Die Richtung, in die dieses Gespräch ging, gefiel mir ganz und gar nicht. Gänsehaut hatte sich auf meinen Armen ausgebreitet und die Haare standen mir zu Berge.

„Lassen Sie das mal meine Sorge sein. Ich kümmere mich schon um dieses Problem."

Der andere Mann hatte sich eine Zigarette angezündet.

„Das will ich für Sie hoffen, Cesare. Ihnen steht das Wasser bis zum Hals. Das ist Ihre einzige Möglichkeit, die Dinge geradezurücken, bevor Ihnen alles um die Ohren fliegt. Also verarschen Sie mich nicht und sorgen Sie dafür, dass hier alles reibungslos läuft."

Mit diesen Worten verabschiedete sich der andere Mann und Cesare Medici blieb allein zurück.

Scheiße.

Ich duckte mich noch tiefer. Mein Herz raste. Hoffentlich würde er nicht in die Weinberge gehen. Dann würde er mich sofort entdecken. Ich lauschte angestrengt. Stille. Fast dachte ich, Cesare Medici sei ebenfalls gegangen, doch ich hatte keine sich entfernenden Schritte vernommen. Deshalb blieb ich regungslos sitzen und wartete ab. Auf einmal hörte ich wieder seine gedämpfte Stimme.

„Ich bin's. Wie sieht's aus?".

Anscheinend sprach er mit jemandem am Telefon.

„Das ist mir egal. Der Alte muss weg. Findet einen Weg. Wozu bezahle ich euch diese irrsinnigen Summen? Ganz sicher nicht für eure Ausreden. Ihr müsst an ihn rankommen, bevor er nach Capri zurückkehrt. Mir läuft die Zeit davon. Das Ganze sollte schon seit Wochen erledigt sein, verdammt!"

Ich presste mir meine Hände vor den Mund, um einen Schrei zu unterdrücken.

„Muss ich euch sagen, wie ihr eure Arbeit zu machen habt? Besteccht eine der Schwestern oder Ärzte, vergiftet ihm das Essen, metzelt dieses ganze Zimmer nieder. Es ist mir egal, solange es nur schnell geht."

Ich traute mich kaum zu atmen. Gänsehaut hatte sich auf meinem ganzen Körper ausgebreitet.

„Den Russen könnt ihr es nicht mehr stecken. Der Zug ist abgefahren. Wenn ihr das tut, wissen sie, dass wir es ihnen in die Schuhe schieben wollten. Dann sind wir alle tot!"

Cesare beendete leise fluchend das Gespräch. In diesem Moment hörte ich eine mir bekannte Stimme.

„Daddy…", ertönte die schrille Stimme von Elena. „Was machst du denn hier?".

Oh nein. Die hatte mir jetzt gerade noch gefehlt.

„Hallo mein Schatz. Ich wollte nur mal vorbeischauen. Aber jetzt muss ich leider zurück nach Rom. Willst du mit mir mitfliegen?".

Ich traute mich nicht, mich zu bewegen. Also lauschte ich angestrengt ihren Worten.

„Aber Daddy, du hast mich noch gar nicht gefragt, wie es in Los Angeles war. Es war wieder sooo toll! Und ich habe sogar einen Personal Trainer mitgebracht, der mich für die Hochzeit mit Matteo fitmachen wird. Stell dir vor, Dylan hat schon richtig berühmte Topmodels trainiert!"

Nun hörte ich, wie sich eine weitere Person näherte.

„Das ist Dylan, Daddy."

Die drei hielten noch ein Weile Smalltalk und als Cesare Medici sich endlich verabschiedete, und die drei in Richtung Einfahrt verschwunden waren, hatte ich mich gerade aus meiner Schockstarre befreit und wollte mich ins Haus flüchten, um Leonardo diese unglaublichen Neuigkeiten zu erzählen, als ich schon wieder Stimmen vernahm.

Das war doch wirklich wie verhext heute.

Also ließ ich mich schnell auf den mit Gras bewachsenen Boden fallen und kauerte mich zwischen zwei große Reben, die mich recht gut abschirmten.

„Wir sollten uns an die nächste Trainingseinheit machen, Süße."

Elena kicherte.

„Wo muss ich denn deiner Meinung nach noch an Gewicht verlieren?".

Ich lugte vorsichtig zwischen den Zweigen der Reben hindurch.

„Hier vielleicht?“.

Sie hatte Dylans Hand genommen, und sie unter ihr Bikini Oberteil geschoben. Dylan umfasste ihre Brust und begann fast schon zu sabbern.

„Oder hier?“.

Nun nahm sie seine andere Hand und schob sie in ihr Bikini Höschen.

„Du machst mich so geil, Süße“, krächzte Dylan.

In seiner engen Speedo Hose hatte sich eine unübersehbare Beule abgezeichnet.

„Komm mit“, kicherte Elena.

Oh nein! Sie kamen in meine Richtung!

Hektisch suchte ich nach einem Versteck, aber es gab keins. Also kauerte ich mich zwischen die Reben und betete, dass sie mich nicht entdecken würden. Ängstlich hielt ich die Luft an, als die beiden den Weinberg nur wenige Meter neben mir betraten.

Doch ich hatte Glück.

Die beiden waren so vertieft ineinander, dass sie mich nicht bemerkten. Eine Reihe vor mir hörte ich nun das hektische Atmen der Beiden. Dann landete Elenas knappes Bikini Oberteil auf den Weinreben vor mir.

Ich hielt mir die Hände vor die Augen. Würde ich tatsächlich mitanhören müssen, wie die beiden es hier miteinander trieben? Da sie nur eine Reihe entfernt waren, konnte ich es nicht riskieren, aufzustehen, und das Weite zu suchen. Bei meinem Glück würden sie mich entweder sehen, oder aber ich würde auf irgendetwas treten, was ein Geräusch verursachte und mich so verriet.

Also saß ich in meinem Versteck und wurde unweigerlich Zeugin von etwas, das ich wirklich nicht mitansehen und auch nicht mitanhören wollte.

Ein schmatzendes rhythmisches Geräusch drang zu mir herüber, gefolgt von Dylans ersticktem Stöhnen.

„Oh Süße, deine Blow Jobs sind Weltklasse“, stöhnte er nun.

Blow Jobs? Plural? Also war das hier nicht der erste Blow Job, den sie ihm gab? Ich hatte mir sowas schon fast gedacht, als ich die beiden vorhin bei ihrem *„Training"* beobachtet hatte, aber irgendwie hatte ich mir nicht vorstellen können, dass Elena Matteo tatsächlich betrügen würde.

Ich meine, wir sprachen hier schließlich von Matteo. Der Mann war heißer als das Feuer in der Hölle. Außerdem wollte sie ihn schließlich heiraten.

Wieso zum Teufel hinterging sie ihn mit einem Personal Trainer, der gerade mal Anfang zwanzig war und definitiv nicht ihrem sozialen Status entsprach, der ihr ja anscheinend so wichtig war.

„Oh ja, Dylan, genauso", quiekte sie jetzt.

Anscheinend hatten sie jetzt die Rollen getauscht.

„Dein Typ weiß gar nicht, was er verpasst, dass er dich seit eurer Verlobung nicht mehr fickt, Süße. Deine Pussy ist so heiß", grunzte nun Dylan.

Ich hielt mir die Ohren zu. Ich wollte das alles nicht hören! Am liebsten hätte ich laut geschrien!

Aber wenigstens wusste ich jetzt, dass Matteo nicht mit Elena schlief. Ich spürte, wie sich eine wahnsinnige Erleichterung in mir breit machte. Obwohl ich diesen Gedanken immer verdrängt und vertrieben hatte, so wurde mir bei dem Gedanken, dass Matteo und Elena intim miteinander wurden, jedes Mal ganz schlecht.

Ich wollte diesen Mann nicht teilen. Ich wollte ihn ganz für mich allein haben. Bis an mein Lebensende und falls man da verhandeln konnte, auch darüber hinaus.

Hoffnung keimte in mir auf, dass es ihm vielleicht genauso ging, wenn er Elena anscheinend nicht nur seelisch, sondern auch körperlich auf Distanz hielt.

Die nächsten zwanzig Minuten vergingen quälend langsam. Elena und Dylan nahmen ihr körpernahes Training wirklich ernst und ließen es sich nicht nehmen, die schweißtreibenden Übungen ganze drei Mal zu absolvieren, bevor sie schließlich übereinkamen, dass sie sich nach dieser Anstrengung nun eine Abkühlung im Pool verdient hatten und es an der Zeit war, dort ihren Teint aufzufrischen.

Wie durch ein Wunder bemerkten sie mich auch beim Verlassen des Weinbergs nicht. Womöglich lag das daran, dass Dylan selbst nach drei Runden noch immer an Elenas Brüsten herumfummelte und sie ihn kichernd gewähren ließ.

Kapitel 20

Nachdem ich ein paar Minuten abgewartet und sich nichts mehr gerührt hatte, wagte ich es endlich, durchzuatmen und aufzustehen. Meine Beine waren eingeschlafen und tausend kleine Nadelstiche piksten mich bei dem Versuch, sie wieder aufzuwecken.

Ich klopfte die Blätter und den Staub von meiner Kleidung ab und eilte dann ohne Umwege in das Büro von Leonardo. Dort angekommen, wartete ich mit klopfendem Herzen darauf, dass er mich hineinrief. Hoffentlich war er da. Und hoffentlich war er allein.

Endlich ertönte das vertraute Rufen und ich eilte hinein.

„Alles in Ordnung, Carlotta?“, er sah mich fragend an. „Du siehst so aus, als hättest du einen Geist gesehen.“

Ich lachte bitter auf.

„Nicht nur einen. Ich habe eine ganze Horde böser Geister gesehen.“

Leonardo zog seine Augenbrauen besorgt zusammen.

„Erzähl mir alles.“

Die folgenden Minuten erzählte ich ihm, was sich in der vergangenen Stunde zugetragen hatte und überschlug mich dabei fast.

Ich wusste gar nicht, wo ich anfangen sollte.

Also entschloss ich mich dazu, ihm alles der Reihe nach zu berichten.

Ich erzählte ihm, wie Elena in mein Büro kam, um mich in ihre Hochzeitsvorbereitungen einzuspannen. Davon, wie ich sie und Dylan beobachtet und kurze Zeit später dann in flagranti erwischt hatte. Und natürlich erzählte ich ihm auch von Cesare Medici, seinen Plänen, das Familienanwesen in ein Luxushotel umzuwandeln und seinen eindeutigen Aussagen, bezüglich dem Ableben von Don Mario.

Ich war mir sicher, dass er den Mordanschlag in Auftrag gegeben hatte. Es gab daran keinen Zweifel mehr.

Während ich gezwungen war, Elena und Dylan beim Sex zuzuhören, hatte ich mich versucht abzulenken, und war in Gedanken noch einmal das Gespräch zwischen Cesare und dem anderen Mann durchgegangen. Ich versuchte mich an jedes einzelne Wort, an jede einzelne Aussage, zu erinnern und dann auf einmal war es mir wie Schuppen von den Augen gefallen. Den ganzen Tag hatte ich gerätselt, was mich an dem Gespräch zwischen Matteo und Elena am Morgen gestört hatte. Irgendetwas an diesem Gespräch hatte mich nicht losgelassen. In diesem Moment, als ich da im Gras saß und krampfhaft versuchte, mich nicht auf die eindeutigen Geräusche ein paar Meter neben mir zu konzentrieren, fand auch das letzte Puzzleteil seinen Platz.

Elena hatte gesagt, dass ihr Vater nicht mit ihr nach Los Angeles gereist war, weil er im Innenministerium unabkömmlich war.

Innenministerium!

Genau dieses Wort war es, welches dafür gesorgt hatte, dass das Gespräch von heute Morgen mich nicht mehr losließ. Cesare Medici agierte in den höchsten Ebenen des Innenministeriums. Er musste irgendwie von dieser Rauschgift Razzia in Catania Wind bekommen haben und hatte seine große Chance gewittert. Indem er den Angriff auf Don Mario verüben ließ, hatte er nicht nur dafür gesorgt, dass Matteo sich unendlich schuldig fühlte und glaubte, dieser Angriff sei ein Racheakt der Russen. Er hatte es auch geschafft, Matteo einzureden, dass er ihm helfen könne, die Machtposition der Familie zu stärken und ihre Sicherheit zu garantieren, indem er aus Rom alle politischen und wirtschaftlichen Entscheidungen zu Matteos Gunsten lenkte.

Alles, was Matteo dafür tun musste war, seine Tochter Elena zu heiraten.

Cesare wollte, dass Matteo die Geschäfte der Familie Leone komplett übernahm. Er dachte wohl, dass er und seine Tochter so Matteo und dessen Vermögen kontrollieren und manipulieren könnten.

Das einzige Hindernis an der ganzen Sache war Don Mario.

Als Cesare von Matteos Involvierung bei der Razzia gehört hatte, dachte er wohl, er hätte den Jackpot geknackt.

„Er hat Don Marios Tod angeordnet. Und dann hat er es so aussehen lassen, als steckten die Russen hinter dieser Attacke. Es sollte wie ein Racheakt an Matteo aussehen. Jeder in Kampanien und darüber hinaus weiß, wie wichtig Matteo seine Familie ist. Er würde alles für sie tun. Und genau das hat sich Cesare zum Nutzen gemacht. Als Matteo sich nach dem, wenn auch missglückten Angriff auf Don Mario, schwach, angreifbar und schuldig fühlte, ist Cesare als der Retter in der Not aufgetaucht und hat ihm angeboten dafür zu sorgen, das alte Machtgleichgewicht wiederherzustellen. Cesare zieht hinter den Kulissen in Rom die Fäden. Kein Gesetz wird verabschiedet, ohne, dass er dafür ist. Reglungen, die ihm missfallen, schaffen es nicht einmal bis zur Abstimmung. Matteo weiß das. Jeder weiß das. Cesare hat Matteo also angeboten, diese Macht zu seinem Vorteil zu nutzen. Im Gegenzug sollte Matteo Elena ehelichen."

Ich lehnte mich im Stuhl zurück. Mir war bewusst, wie verrückt ich klingen musste. Aber es war die Wahrheit. Genauso musste es gewesen sein. Und hätte ich nicht zufällig das Gespräch zwischen dem anderen Mann und Cesare Medici mitangehört, so hätten wir es womöglich niemals herausgefunden.

Denn eines musste man ihm lassen: sein Plan war gerissen. Und fast wäre er sogar aufgegangen. Aber eben nur fast.

„Ich denke, ich muss dir nicht sagen, wie verrückt das klingt, Carlotta. Welchen Grund sollte Cesare Medici haben, einen Auftragsmord an meinem Großvater anzuordnen? Wie du schon sagtest: er ist reich und mächtig."

Ich schüttelte den Kopf.

„Mächtig, ja. Reich nicht mehr, befürchte ich. Und genau da haben wir sein Motiv. Wenn ich die Unterhaltung richtig gedeutet habe, dann hat er Schulden. Und der Verkauf der Villa Leone mit samt den Geschäften, die er sich in der Zukunft von Matteo erhofft, scheint diese Schulden, oder zumindest einen Teil davon, zu tilgen. Wenn du mich fragst, ist das nur der

Anfang. Er weiß, dass er Don Mario nicht beeinflussen kann, weder was den Verkauf der Familienvilla, noch was sonstige Geschäftsentscheidungen betrifft. Bei Matteo rechnet er sich anscheinend wegen dessen Schuld- und Pflichtgefühlen, bessere Chancen aus. Deswegen will er Don Mario aus dem Weg räumen."

Leonardo raufte sich die Haare.

„Das klingt total abgedreht, Carlotta. Aber es gibt keinen Grund, warum ich dir nicht glauben sollte, wenn du dir wirklich sicher bist. Allerdings bezweifele ich, dass Matteo uns diese wilden Theorien abkaufen wird. Deswegen sollten wir unsere Vermutung zunächst für uns behalten."

Ich biss mir auf die Unterlippe.

„Du willst die Wahrheit vor ihm verheimlichen?", fragte ich ihn angespannt.

„Ich will unsere Karten erst auf den Tisch legen, wenn wir Beweise für unsere Behauptungen haben. Wir beschuldigen einen der mächtigsten Männer einer der bedeutendsten Familien Italiens, einen Mord in Auftrag gegeben und einen hinterhältigen Komplott geschmiedet zu haben. Ohne Beweise wird man uns für irre und gefährlich erklären und uns auf Nimmerwiedersehen wegsperren."

Ich stand auf und begann, im Raum auf und ab zu gehen.

„Du hast recht. Matteo ist so von Schuldgefühlen geplagt, dass wir bei dem Versuch, ihn von unserer These zu überzeugen, wohl gegen eine Mauer laufen würden. Trotzdem ist mir nicht wohl dabei, ihm so etwas zu verschweigen."

Leonardo stand auf und trat ans Fenster.

„Mir geht es genauso, Carlotta. Aber willst du das Risiko wirklich eingehen? Mit all den möglichen Konsequenzen?".

Ich setzte mich hin, nur um Sekunden später wieder aufzustehen.

„Nein, du hast recht. Lass uns einen Plan machen, wie wir an diese Beweise kommen und sobald wir sie haben, erzählen wir sofort alles Matteo."

Leonardo drehte sich zu mir um und nickte.

„Einverstanden. Hast du einen Plan?".

Ich ging auf ihn zu und legte meine Hand auf seinen Arm.

„Ja, den habe ich. Aber er wird dir nicht gefallen."

***** Matteo *****

Als ich an die Tür ihres Büros klopfte, blieb es drinnen still. Ich öffnete die Tür und trat ein. Das Büro war leer. Meine Armbanduhr verriet mir, dass ich in wenigen Stunden losmusste. Vorher wollte ich jedoch unbedingt noch mit ihr reden. So, wie die Situation zwischen uns beiden war, mit all den unausgesprochenen Worten und Gefühlen, konnte es nicht bleiben.

Es war nicht zu übersehen, wie sehr es sie mitnahm, wie sehr es ihr zu schaffen machte. Und mir ging es nicht anders. Auch wenn ich meinen Entschluss, so sehr wie ich ihn hasste, nicht ändern konnte, so wollte ich Carlotta wenigstens sagen, dass sie mir nicht egal war und nie egal sein würde.

Die Wahrheit über meine Beweggründe konnte ich ihr nicht sagen. Daran hatte sich nichts geändert.

Würde sie erfahren, warum ich zugestimmt hatte, Elena zu ehelichen, würde sie es nicht einfach so hinnehmen, sondern selbst dagegen vorgehen und sich somit unweigerlich in Gefahr begeben. Das konnte ich nicht zulassen, egal wie oft ich mir den Kopf darüber zerbrach und nach einer Möglichkeit suchte, ihr doch die komplette Wahrheit zu sagen.

Es ging einfach nicht.

Erneut schaute ich auf meine Armbanduhr. Noch immer war sie nicht zurückgekehrt. Ich verließ ihr Büro und steuerte zielstrebig auf das Büro von Leonardo zu.

Als ich gerade anklopfen wollte, hörte ich von der anderen Seite gedämpfte Stimmen. Ich ließ meine Hand sinken und verweilte vor der Tür.

„Du hattest recht, Carlotta. Er ist tatsächlich in großen finanziellen Schwierigkeiten. Er hat sich im ganz großen Stil im Ausland verspekuliert und jetzt steht ihm das Wasser bis zum Hals."

Von wem redete Leonardo denn da? Wer hatte sich verspekuliert?

In diesem Augenblick klingelte mein Handy und der Klingelton durchbrach die Stille wie ein lauter Donnergroll. Mit einem Mal wurde es still in Leonardos Büro. Mist. Verärgert drückte ich das Gespräch weg und trat ein.

„Matteo, welch eine Überraschung. Waren wir verabredet?".

Mein Cousin kam um seinen Schreibtisch gewandert und klopfte mir kumpelhaft auf die Schulter. Ich sah ihn finster an. Diese Show konnte er sich wirklich sparen.

„Ich bin hier, um mich zu verabschieden. Ich fliege heute Abend nach Südamerika und werde erst in einer Woche wieder zurückkehren. Während der Reise werde ich wenig bis gar nicht erreichbar sein. Deswegen möchte ich noch einige Sachen mit euch bereden. Getrennt."

Carlottas Gesichtsausdruck überraschte mich. Ich hatte eigentlich gehofft, so etwas wie Bedauern darin zu entdecken. Aber anscheinend war sie nicht traurig darüber, dass ich für einige Tage viele tausend Kilometer weit weg sein würde, um eine dringliche Angelegenheit zu klären.

Im Gegenteil.

Ich glaubte gar, Erleichterung in ihren Augen zu erkennen. Das verletzte mich zutiefst. Aber vielleicht hatte ich dank meines Verhaltens auch genau das verdient.

***** Carlotta *****

Mein Herz schlug mir immer noch bis zum Hals, als ich zum wiederholten Male an diesem Tag zurück in mein Büro ging.

Nachdem ich Leonardos Büro vor ein paar Stunden verlassen hatte, versprach der, sich sofort an die Arbeit zu machen und herauszufinden, ob Cesare Medici tatsächlich in finanziellen Schwierigkeiten steckte.

Das auf legalem Wege herauszufinden, war bei einem solch mächtigen Mann schier unmöglich. Deshalb hatte Leonardo zu illegalen Mafia Methoden greifen müssen, um diese Informationen schnell und zuverlässig auszugraben.

Ich wusste, dass ihm das zuwider war. Im Gegensatz zu Matteo war er nicht stolz darauf, Teil einer Mafia Familie zu sein.

Er hielt sich weitestgehend von allem fern, was nicht legal und rechtschaffend war. Nur war das nicht immer möglich.

Und in diesem Fall war ich sehr dankbar dafür.

Denn bereits drei Stunden nach unserem Gespräch hatte er mich wieder zu sich gerufen, um mir mitzuteilen, dass Cesare Medici tatsächlich in großen finanziellen Schwierigkeiten steckte.

Es bestand nun kein Zweifel mehr daran, dass meine Version der Geschichte stimmte.

Er hatte ein Motiv.

Er hatte es getan.

Er steckte hinter dieser Sache!

Fast hätte uns jedoch Matteo erwischt.

Nicht auszudenken, was passiert wäre, wenn er noch länger unbemerkt hinter dieser Tür gestanden hätte.

Umso erleichterter war ich, als er verkündete, er würde für ein paar Tage nach Südamerika fliegen. Diese Reise war kurzfristig und kam scheinbar aus dem Nichts, doch sie spielte uns voll in die Karten. Denn der einzige Haken an meinem Plan war Matteo gewesen. Ich wusste nicht, wie wir den Plan, Cesare zu entlarven, in die Tat umsetzen konnten, ohne dass Matteo davon Wind bekam.

Die Aussicht, dass er nun für ein paar Tage verschwinden würde, war die Lösung all unserer Probleme.

Wir würden die Sache durchziehen können, ohne dass er uns dazwischenfunkte und etwas Dummes anstellte. Und wenn er aus Südamerika zurückkam, dann würde alles vorbei sein. Dann wäre Cesare Medici entweder überführt, oder aber Leonardo und ich im Knast.

Ein kalter Schauer lief mir über den Rücken.

Ich hatte Angst.

Aber Angst hatten selbst die mutigsten Krieger.

***** Matteo *****

Es dämmerte bereits, als ich das Büro von Carlotta betrat. Die Vorbereitungen für diese kurzfristige Südamerika Reise hatten mehr Zeit in Anspruch genommen, als gedacht. Deshalb würde ich vor meiner Abreise nicht mehr die Möglichkeit haben, mit Carlotta zu reden. Dennoch konnte ich nicht einfach so fahren, ohne mich von ihr verabschiedet zu haben.

Was Elena betraf, so war ich froh, mich einige Tage nicht mit ihr herumschlagen zu müssen. Obwohl ich das vielleicht gar nicht hätte tun müssen. Sie langweilte sich schnell auf Capri und war bereits vor ein paar Stunden mit ihrem Personal Trainer in Richtung Festland aufgebrochen, um sich mit neuer Fitnesskleidung einzudecken und um anschließend an irgendeiner angesagten Party teilzunehmen.

Was Carlotta anging, so vermisste ich sie jetzt schon, obwohl ich noch nicht einmal fort war. Wie sie da so angestrengt über ihren Computer gebeugt saß, das braune Haar im goldenen Licht der Abendsonne, die durch das bodentiefe Fenster hineinschien, ließ mein Herz höherschlagen.

Sie hatte mich nicht hereinkommen hören, also verweilte ich einen Augenblick an der Tür und versuchte mir, jedes Detail von ihr einzuprägen. Schweren Herzens riss ich mich von ihrem Anblick los und trat ein. Sie bemerkte mich und blickte mich ertappt an.

Dabei hätte ich doch eigentlich derjenige sein sollen, der ertappt dreinschaut. Denn während sie gearbeitet hatte, hatte ich sie heimlich beobachtet, und nicht umgekehrt. Dennoch schien sie sichtlich nervös zu sein.

„Ich bin gekommen, um mich zu verabschieden."

Carlotta nickte.

„Das ist nett von dir. Du kommst also in genau einer Woche wieder?", fragte sie.

„Das ist richtig."

Wieder dachte ich, so etwas wie Erleichterung in Carlottas Augen zu sehen. Wut stieg in mir auf.

„Kann es sein, dass du froh bist, mich los zu sein?".

Ihr ertappter Blick bestätigte meine Vermutung. Aber wie war das möglich? Wie konnte sie mich noch am Morgen so leidenschaftlich küssen, wenn sie es am Abend kaum erwarten konnte, mich loszuwerden? Ihr Verhalten verwirrte mich zutiefst aber noch mehr verärgerte es mich.

„Eigentlich wollte ich dich fragen, ob wir nach meiner Rückkehr über alles reden können, was dich und mich betrifft, aber wenn du so froh bist, mich loszuwerden, besteht wohl kein Redebedarf mehr."

Sie blickte betroffen zu Boden und schwieg. Dann holte sie tief Luft und entgegnete, „Ich bin nicht froh. Ich denke nur, dass es für den Moment besser so ist. Und du hast Recht. Wir sollten reden, wenn du zurückkommst."

Ihre Aussagen trafen mich. Ohne ein weiteres Wort drehte ich mich um, und ging zur Tür. Sie sollte nicht sehen, wie sehr mich ihre Worte, die so distanziert und gleichgültig klangen, verletzten. Wenige Minuten später saß ich im Helikopter, der mich zum Flughafen nach Neapel bringen sollte. Und von dort ging es dann nach Südamerika.

Tausende Kilometer würden bald zwischen Carlotta und mir liegen.

Und obwohl ich die Insel noch nicht einmal verlassen hatte, hatte ich bereits jetzt das Gefühl, dass wir uns alles andere als nah waren.

Kapitel 21

„Ist er weg?“, fragte Leonardo, der gerade in mein Büro gekommen war.

Ich blickte dem Helikopter hinterher, der gerade am Horizont verschwand. Als ich ihn nicht mehr sehen konnte, drehte ich mich zu Leonardo um.

„Ja, ist er.“

Leonardo rieb sich die Hände.

„Gut, dann lass uns keine Zeit verlieren und direkt loslegen. Ich habe den Mann, mit dem Cesare Medici sich auf unserem Anwesen getroffen hat, anhand deiner Beschreibung identifizieren können. Er ist ein Immobilien- und Baulöwe, der sich auf High End Luxusobjekte mit rundum Service spezialisiert hat. Überwiegend teure Boutique Hotels, mit Preisen ab 10.000 Euro pro Nacht.“

Ich pfiff anerkennend durch die Zähne.

„Tatsächlich hat er bereits mehrmals meinen Großvater kontaktiert und versucht, ihm das Anwesen abzukaufen, doch der hat ihn nur ausgelacht.“

Ich ging auf Leonardo zu.

„Hast du mit deinem Großvater geredet?“.

Leonardo schüttelte den Kopf.

„Zu gefährlich am Telefon. Du weißt nie, wer mithört. Ich fliege morgen in aller Früh nach Neapel und bespreche es mit ihm. Dann gebe ich dir Bescheid. Bis dahin solltest du dich auf deine ersten beiden Shows gründlich vorbereiten. Wenn etwas schiefläuft, wenn sie nur ansatzweise denken, dass an deiner Story etwas nicht stimmt, dann ist es aus und vorbei, Carlotta.“

Ich schluckte. „Danke, dass du so rücksichtsvoll bist und mir versuchst, die Angst zu nehmen, Leonardo.“

Leonardo kam zu mir herüber und umfasste meinen Schultern.

„Das ist dein Plan, Carlotta. Noch kannst du einen Rückzieher machen.“

Ich schüttelte seine Hände ab.

„Nein. Wir ziehen es jetzt durch."

Gegen Mittag am nächsten Tag, erhielt ich eine Textnachricht von Leonardo.

‚Grünes Licht' stand darin.

Das war das Zeichen, dass Don Mario den Plan für gut befunden hatte, und mitspielen würde. Ich atmete tief durch und erhob mich. Zeit, in den Krieg zu ziehen. Ich wählte Elenas Handynummer, die mir Leonardo gegeben hatte und wartete mit angehaltenem Atem, bis sie abhob.

„Hallo", trällerte sie nach dem vierten Klingeln.

„Hallo Signora Elena. Hier ist Carlotta Sorrentino."

Stille.

„Entschuldigung, wer ist da?", fragte sie eine Spur zu dumm.

Sie wusste sehr wohl, wer am anderen Ende der Leitung war, aber es machte ihr offensichtlich Spaß, mir zu zeigen, dass ich zu unwichtig war, um sich an mich zu erinnern.

„Ich bin die Kellnerin, die für Ihren Verlobten arbeitet, Signora Elena."

Wenn ich ihr dabei half, mich zu demütigen, würde sie hoffentlich eher gewillt sein, das Gespräch nicht sofort abzuwürgen, sondern mir weiterhin zuzuhören.

„Ach ja richtig, die kleine Kellnerin. Ich bin sehr enttäuscht von Ihnen. Sollten Sie mir nicht bereits gestern die Menüvorschläge vorlegen? Wissen Sie, ich bin eine vielbeschäftigte Frau und habe keine Zeit, alles und jedem hinterherzulaufen."

Ich biss mir so fest auf die Unterlippe, dass ich Blut schmeckte.

Ja, diese Frau war in der Tat sehr beschäftigt. Shoppen, Party machen und Fremdvögeln beanspruchten eben sehr viel Zeit.

Ich bemühte mich, ruhig und höflich zu bleiben.

„Sie haben vollkommen recht, Signora Elena. Es tut mir furchtbar leid. Dafür gibt es natürlich keine Entschuldigung. Ich habe Ihnen zehn Menüvorschläge per E-Mail gesandt, die ich gerne jederzeit mit Ihnen bespreche, sobald Sie sich etwas Zeit für mich einrichten können. Darf ich fragen, ob Sie bereits einen Ort für Ihre Hochzeitsfeier gefunden haben?".

Sie lachte amüsiert.

„Sie Dummerchen. Für alles, was über das Kellnern hinausgeht, sind Sie wirklich nicht intelligent genug. Natürlich werden wir ganz standesgemäß auf dem Anwesen meines zukünftigen Mannes feiern. Was dachten Sie denn?".

Nun kam mein Auftritt. Und ich betete innerlich, dass ich überzeugend genug sein würde. Mein Hass auf diese Frau war allemal groß genug, um ihr diese Lüge aufzutischen.

„Oh Signora Elena, das tut mir leid. Wissen Sie es denn noch gar nicht? Don Mario fühlt sich nach dem Anschlag auf sein Leben hier in Kampanien nicht mehr sicher und wird deswegen das Familienanwesen verkaufen. Der Vertrag wird noch diese Woche unterzeichnet werden."

Elena schnaubte wütend am anderen Ende der Leitung.

„Was reden Sie denn da für eine beschissene Scheiße? Kümmern Sie sich um Ihren eigenen Kram und stecken Sie Ihre Nase nicht in Angelegenheiten, die für Ihr Spatzenhirn hundert Nummern zu groß sind."

Sie schrie diese Worte mit unverhohlenem Hass ins Telefon, sodass ich mir den Hörer vom Ohr weghalten musste.

„Natürlich, Signora Elena. Ich kann Ihren Ärger vollkommen nachvollziehen. Bitte wenden Sie sich doch an Signor Leonardo, der an der Verkaufsabwicklung maßgeblich beteiligt ist. Er kann Ihnen sicher alles erklären."

Am anderen Ende der Leitung ertönte ein monotones Piepen.

Ich schaute auf das Display des Telefons. Sie hatte aufgelegt.

Nun hieß es Abwarten.

Die Zeit verstrich quälend langsam. Ich konnte mich auf nichts anderes konzentrieren und starrte wie hypnotisiert auf mein Telefon. Da Matteo noch einige Stunden im Flieger irgendwo über dem Meer saß und in absehbarer Zeit nicht zu erreichen war, würde sie sich in ihrer Wut an Leonardo wenden, wenn alles gut ging. Der würde ihr all das, was ich gesagt hatte, bestätigen. Dann würde sie zu ihrem Daddy laufen, und ihm alles brühwarm erzählen.

Und damit begann Teil Zwei des Plans.

Die Minuten verstrichen endlos langsam und das Telefon blieb still. Ich raufte mir bestimmt zum zehnten Mal die Haare, als mein Telefon endlich vibrierte, und somit den Eingang einer Nachricht ankündigte.

‚Phase 2 kann starten', lautete die Nachricht von Leonardo.

Wir hatten uns darauf geeinigt, die Kommunikation zwischen uns so vage und kurz wie möglich zu halten, um das Risiko aufzufliegen, zu minimieren. Elena hatte den Köder also geschluckt. Das war gut. Wenn ich ihn richtig einschätzte, würde es nun nicht mehr lange dauern, bis Papa Medici sich hier blicken ließ.

Um die Mittagszeit kehrte Leonardo zurück nach Capri und berichtete mir von seinem Ausflug zu Don Mario. Anscheinend war Don Mario weniger überrascht gewesen als wir, nachdem Leonardo ihm unseren Verdacht eröffnete. Er hatte unserem Plan ohne zu zögern zugestimmt. Leonardo hatte gerade zu Ende erzählt, da ließ uns das Geräusch eines herannahenden Helikopters aufhorchen.

„Das muss er sein. Mein Handy habe ich wie vereinbart sofort nach Elenas Anruf ausgeschaltet. Also blieb ihm nichts anderes übrig, als herzukommen, um sich selbst davon zu überzeugen."

Wir stellten uns seitlich neben das Fenster, sodass man uns von draußen nicht sehen konnte und lugten vorsichtig in die Einfahrt. Tatsächlich war es Cesare Medici, der kurze Zeit später aus dem Wagen stieg, der ihn vom Landeplatz abgeholt hatte.

„Schnell, in mein Büro", zischte Leonardo.

Wir eilten durch den Korridor zu seinem Büro und taten so, als wären wir mit irgendwelchen Dokumenten beschäftigt. Kurze Zeit später klopfte es und Cesare Medici trat ein. Auf seinen Lippen lag ein falsches Lächeln. Nun wusste ich auch, von wem Elena das hatte. Wie der Vater so die Tochter.

„Cesare, mein Freund. Schön dich zu sehen." Leonardo spielte seine Rolle ganz vorzüglich.

Er kam um den Tisch herum und ging mit einem breiten Lächeln auf Cesare zu, dem er enthusiastisch die Hand schüttelte.

„Was führt dich zu uns? Hättest du was gesagt, hätte ich ein gebührendes Essen für dich zubereiten lassen."

Cesare öffnete den Knopf seines Jacketts und klopfte Leonardo mit der anderen Hand freundschaftlich auf die Schulter.

„Ach das ist doch nicht nötig. Mach dir wegen mir keine Umstände. Ich hatte gerade in der Gegend zu tun und dachte, ich komme mal vorbei und frage, wie es so geht."

Klar. Der Mann konnte lügen, das musste man neidlos anerkennen.

„Das freut uns aber. Du weißt ja, du bist hier immer willkommen. Kennst du bereits unsere Mitarbeiterin Carlotta? Sie unterstützt uns vor allem bei unserem Immobilienportfolio."

Subtil lenkte Leonardo das Gespräch in die richtige Richtung, und spielte so Cesare den Ball in die Hände, um einen einfachen und unauffälligen Übergang zu schaffen.

„Sehr erfreut, Carlotta. Das ist ja höchst interessant, dass Sie die Familie Leone in dieser Hinsicht unterstützen. Ich glaube sogar gehört zu haben, dass die Villa Leone zum Verkauf steht, wenn ich mich nicht irre?".

Leonardo wies auf einen Sessel in der Ecke des Büros. Cesare ließ sich darauf nieder und Leonardo setzte sich ihm gegenüber.

„Vielmehr als das, Cesare. Die Villa ist so gut wie verkauft. Carlotta hat einen reichen deutschen Investor gefunden, der sich sofort in die Villa verliebt hat und seinen Alterswohnsitz hierher verlegen möchte. Du weißt ja, wie sehr mein Großvater an diesem Anwesen hängt, aber seit dem

Anschlag ist der nicht mehr derselbe. Deshalb wagt er jetzt einen kompletten Neuanfang."

Cesare bemühte sich sichtlich, ruhig zu bleiben, und sich nichts anmerken zu lassen, aber ich konnte einen Anflug von Panik verspüren.

„Wieso habt ihr nichts verlauten lassen, Leonardo? Wie du weißt, habe ich sehr gute Kontakte und hätte euch problemlos einen Käufer vermitteln können, der bestimmt bereit gewesen wäre, mehr als der deutsche Investor zu zahlen. Um ehrlich zu sein, hat mich erst neulich ein Interessent angesprochen, der in dem Anwesen viel Potenzial für ein Luxus Hotel sieht."

Leonardo schlug die Beine übereinander und nickte verständnisvoll.

„Ich gebe dir vollkommen recht, Cesare. Wenn du mich fragst, hätte man für das Anwesen viel mehr Geld bekommen können. Aber mein Großvater ist auf die alten Tage sentimental geworden. Und auf Geld ist er nicht angewiesen. Er will, dass das Anwesen so erhalten bleibt, wie es ist. Und genau das hat der deutsche Investor ihm zugesichert. Einer Umwandlung in ein Hotel, hätte er niemals zugestimmt. Leider. Ich sehe das nämlich genauso wirtschaftlich wie du, Cesare. Und Matteo ebenfalls. Aber leider liegt die Entscheidung bei unserem Großvater."

Cesare faltete seine Hände, doch mir war sein leichtes Zittern nicht entgangen. Da bekam wohl jemand Angst. Das war gut. Sehr gut. Denn es bedeutete, dass er uns unsere Geschichte abkaufte.

„Den Willen der Älteren sollte man natürlich respektieren. Wie geht es deinem Großvater, Leonardo? Hat er sich gut von diesem grauenvollen Anschlag erholt?".

Leonardo nickte begeistert.

„Es geht ihm sehr gut. So gut sogar, dass er bereits übermorgen aus dem Krankenhaus entlassen wird und dann sofort den Kaufvertrag unterzeichnen will, bevor er auf unabsehbare Zeit abtauchen wird, um sich außerhalb des Krankenhauses an einem geheimen Ort in Ruhe zu erholen."

Nun war ich an der Reihe.

„Ich kann es gar nicht fassen, dass die Villa Leone schon übermorgen verkauft wird und dass Don Mario den Vertrag tatsächlich in dem Restaurant unterzeichnen will, vor dem er neulich fast gestorben wäre."

Leonardo winkte ab.

„Du weißt doch, dass wir perfekt auf alles vorbereitet sind. Der Wagen wird ihn in der Tiefgarage des Krankenhauses abholen und dann zum Hintereingang des Restaurants fahren, der komplett abgeschirmt ist. Mein Großvater wird sowohl beim Verlassen des Krankenhauses als auch beim Betreten und Verlassen des Restaurants besser geschützt sein, als der amerikanische Präsident. Und auch der Wagen selbst ist gepanzert. Keine Kugel wird hindurchdringen können. Ihm wird nichts passieren."

Ich legte mir eine Hand aufs Herz und nickte dümmlich.

„Du hast natürlich wie immer recht, Leonardo. Da müsste man den Wagen schon in die Luft jagen und das passiert ja nun wirklich nur im Film."

Leonardo pflichtete mir bei.

„Ganz genau. Der Wagen wird momentan in der Werkstatt von Aurelio Borsetti aufbereitet und wenn der Fahrer ihn dort übermorgen abholt, wird er selbst einem Kugelhagel der Extraklasse mühelos standhalten können."

Cesare Medici bemühte sich um ein Lächeln. Doch es erreichte seine Augen nicht.

„Dein Großvater kann stolz sein, dass er eine Familie hat, die so vorbildlich um seine Sicherheit bemüht ist, Leonardo. Ich will dich auch gar nicht länger aufhalten. Mein nächster Termin auf der Insel wartet bereits. Richte deinem Großvater doch bitte meine besten Wünsche aus. Ich bin sehr froh, dass es ihm wieder gut geht und hoffe, dass der Schuldige für diesen hinterhältigen Anschlag bald gefunden wird."

Ich hatte das Gefühl, mich bei so viel verlogenem Gerede übergeben zu müssen, doch ich unterdrückte den Würgereiz und bemühte mich stattdessen mit aller Kraft, mein dümmliches Lächeln zu wahren.

„Ich danke dir für deine aufrichtigen Worte, Cesare", erwiderte ihm Leonardo und begleitete ihn freundlich lächelnd zur Tür.

Kapitel 22

Als wir uns vergewissert hatten, dass Cesare Medici das Anwesen tatsächlich verlassen hatte, kramte Leonardo ein Satellitentelefon hervor.

„Ich dachte, die Dinger sind nicht mehr abhörsicher?".

Leonardo grinste.

„Dieses hier schon."

Dann wählte er und fügte augenzwinkernd hinzu, „reife Leistung, Partner. Dafür sollten sie uns einen Oscar verleihen. Jetzt wird es Zeit, für Teil 3 des Plans."

Am anderen Ende meldete sich der Mann, mit dem Leonardo und ich uns vor einigen Tagen bereits mitten in der Nacht auf dem Gelände der Villa San Michele getroffen hatten. Leonardo berichtete ihm, dass Cesare Medici den Köder geschluckt hatte und die Show beginnen konnte.

Es hatte ihn einiges an Mühe gekostet, seine Quelle von unserer These zu überzeugen. Aber nachdem dieser Mann, dessen Namen Leonardo mir nicht verraten wollte, die Finanzen von Cesare überprüft hatte, war er gewillt, uns zu glauben. Er und Leonardo waren wohl seit etlichen Jahren eng befreundet, was nicht zuletzt daran lag, dass beide einen ausgeprägten Hang zur Gerechtigkeit hatten.

Bei Leonardos Freund, der die Spezialeinheiten von Mittel- und Süditalien koordinierte, konnte ich das nachvollziehen. Bei Leonardo, dem Enkel des berüchtigten Mafia Paten Don Mario Leone, brachte mich das eher zum Schmunzeln. Aber es stimmte schon, Leonardo war eine ehrliche Haut. Und die Familie, in die man hineingeboren wurde, konnte man sich schließlich nicht aussuchen.

Ich hatte Leonardo gefragt, ob er nicht lieber die Männer seines Großvaters mit der Durchführung des Plans beauftragen wollte. Schließlich musste es ja zu etwas gut sein, zum Kopf der Mafia zu gehören.

Jedoch hatte dieser erwidert, dass die Leute sowohl Don Mario als auch Matteo unterstehen würden und er sie nicht dazu zwingen wollte, sich zwischen der Loyalität gegenüber Matteo und der Loyalität gegenüber seinem Großvater zu entscheiden. Stattdessen hatte er sich mit der Zustimmung seines Großvaters an eine unabhängige Partei gewandt.

Mit der „Quelle", wie ich den Mann jetzt nannte, hatten Leonardo und ich also einen Plan ausgearbeitet, der unser aller Leben innerhalb der nächsten 48 Stunden für immer verändern würde.

Wenn ich daran dachte, dass ich in weniger als zwei Tagen, zumindest was die offizielle Version betraf, tot sein würde, schlug mein Herz spürbar schneller.

Der darauffolgende Tag verflog gefühlt wie in Sekunden. Wir waren so mit den Vorbereitungen beschäftigt, dass der Tag an uns vorbeizog, ohne, dass wir ihn überhaupt wahrnahmen. Allen Beteiligten wurde noch einmal akribisch der Ablauf des Plans erläutert.

Der Kreis der Beteiligten war erschreckend klein.

Außer Don Mario, Leonardo, seinem Fahrer, seinem Leibwächter, meiner Wenigkeit und dem handverlesenen Kreis an Agenten von der „Quelle", wusste niemand Bescheid, welches Drama sich in den Straßen von Neapel bald abspielen würde.

Ich hatte es jedoch nicht über das Herz gebracht, es meiner Familie zu verschweigen. So sehr ich mir einredete, dass ich hart bleiben musste, konnte ich ihnen das einfach nicht antun. Also hatte Leonardo sich bereit erklärt, meine Cousine in den Plan einzuweihen und war bereits im Morgengrauen des heutigen Tages nach Ravello aufgebrochen. Leonardo bestand darauf, es selbst zu tun. Er meinte, dass ein riesengroßer Krach mit meiner Cousine, die ganz sicher lauthals versuchen würde, mir den Plan auszureden, das Letzte wäre, was ich heute brauchte. Und ich musste zugeben, dass er Recht hatte. Eigentlich war ich ganz froh, diesen Kampf nicht kämpfen zu müssen.

Doch Leonardo tat mir leid. Meine Cousine würde ihn mit ziemlicher Sicherheit in Stücke reißen. Aber darauf durfte ich mich jetzt nicht konzentrieren.

Meine Gedanken schweiften zu Matteo. Nun waren es schon fast vier Tage, die Matteo in Südamerika war. Er fehlte mir mit jedem Tag mehr. Wir hatten wie erwartet nichts von ihm gehört. Welchen Geschäften er dort nachging, wollte ich gar nicht so genau wissen.

Vielleicht waren sie harmlos, vielleicht aber auch nicht. Je weniger ich wusste, desto besser.

Wenn er in drei Tagen zurückkam, würde alles ausgestanden sein. Dann könnte ich ihm endlich alles erklären. Und wenn alles so kam, wie Leonardo und ich hofften, dann hätten Matteo und ich vielleicht auch die Chance auf eine gemeinsame Zukunft.

Dieser Gedanke gab mir Kraft und ich beschloss, mich darauf zu fokussieren, wann immer mich die Angst mit ihren langen, kalten Fingern packte.

Ich tat das für uns.

Ich tat das für Matteo.

Und ich würde alles daransetzen, dass dieser Plan aufging.

Am späten Vormittag machte auch ich mich auf in Richtung Festland. Ein Schnellboot brachte mich von Capri nach Neapel. Auch heute war wieder ein wunderschöner Sommertag, doch ich hatte keine Augen für meine Umgebung. Vor diesen spielte sich immer wieder der Ablauf der folgenden Stunden ab. Und mit jedem Kilometer, den wir der Küste näherkamen, wurde mir bewusster, was alles auf dem Spiel stand und wie gefährlich das war, worauf ich mich eingelassen hatte.

Als wir die Küste erreichten, holte mich einer der Leute der „Quelle“ in einem unauffälligen Wagen ab. Als ich einstieg, konnte ich die Frage, die mir auf der Seele brannte, nicht mehr länger zurückhalten.

„Habt ihr sie?“.

Der Mann, der ganz in schwarz gekleidet war, nickte und blickte stoisch nach vorne auf die Fahrbahn.

„Die Falle hat wie erwartet zugeschlagen. Sie sind in den frühen Morgenstunden bei Borsetti eingestiegen, um den Sprengsatz am Auto anzubringen. Wir haben sie auf frischer Tat ertappt und hochgenommen."

Ich atmete erleichtert auf. Sie hatten den Köder tatsächlich geschluckt. Nachdem wir Cesare Medici das Märchen vom Hausverkauf aufgetischt hatten, wussten wir, dass er Don Mario vor seinem Eintreffen im Restaurant, also vor der vermeintlichen Vertragsunterzeichnung, töten lassen musste.

Er wusste, dass er es nicht im Krankenhaus tun konnte.

Also musste es auf dem Weg vom Krankenhaus zum Restaurant geschehen.

Und so viele Möglichkeiten blieben ihm auf diesem Weg nicht, Don Mario zielsicher und ohne Risiko umzubringen.

Wir überlegten hin und her, ob die Attentäter es wieder mit einem Präzisionsgewehr oder aber mit einem Sprengsatz versuchen würden, obwohl ein Sprengsatz die wahrscheinlichere Variante war.

So abgefahren es klang, der Sprengsatz war meine Hoffnung gewesen. Er ließ sich, im Gegensatz zu dem vermeintlichen Scharfschützen, kontrollieren. Man hatte mir erklärt, dass die Täter den Sprengsatz am Wagen anbringen mussten, bevor er in der Tiefgarage des Krankenhauses eintraf. Denn anders als in Filmen, war es anscheinend keine Sache von einer Sekunde, die Bombe zielsicher am Auto anzubringen, sondern erforderte das richtige Maß an Feingefühl und Kontrolle. Also war es nichts, was man mal soeben im Vorbeifahren auf einem Motorrad tun konnte.

Als die „Quelle" dann jedoch hinzufügte, dass es natürlich Ausnahmen gäbe, hatte sich mein Magen krampfhaft zusammengezogen.

Nun hatte sich glücklicherweise bestätigt, dass die Täter auf Nummer Sicher gehen wollten und den Sprengsatz in der Autowerkstatt unter dem Auto angebracht hatten.

Dabei wurden sie von dem Spezialteam der „Quelle“ festgenommen und an einen geheimen Ort zum Verhör gebracht.

Damit war die Gefahr jedoch noch nicht gebannt.

Vorbei war es erst, wenn der eigentliche Täter, Cesare Medici, überführt worden war. Und dazu mussten Don Mario und ich auf dem Weg zum Restaurant wie geplant sterben.

Einige Querstraßen vor dem Krankenhaus ließ mich der Mann aussteigen und ich rief mir ein Taxi, um die letzten Meter bis zum Krankenhaus völlig unauffällig zurückzulegen. Vor dem Krankenhaus traf ich auf Leonardo, der zwar grinste, aber dessen Grinsen heute nicht so unerschütterlich wirkte, wie sonst.

„Bereit zu sterben?“, fragte er mich.

Dann gingen wir hinein.

Kapitel 23

Im Zimmer von Don Mario waren die Rollläden heruntergelassen. Don Mario, sein Leibwächter und die „Quelle", die als zweiter Leibwächter getarnt war, erwarteten uns bereits.

„Der Wagen wird in drei Minuten in die Tiefgarage fahren. Alles läuft nach Plan. Der Verkehr wird auf dem ausgewählten Straßenabschnitt ab dem Zeitpunkt, an dem wir losfahren, unauffällig umgeleitet. Wir haben ein extrem schmales Zeitfenster. Es muss also alles reibungslos ablaufen. Keine Planänderungen, keine Extrawünsche."

Wir nickten.

„Don Marios Fahrer Dino, sein Leibwächter Salvatore, Carlotta und Don Mario fahren im ersten Wagen. Leonardo, mein Mitarbeiter Emanuele und ich folgen im zweiten Wagen."

Erneut nickten alle. Der Ausstieg unter der Brücke muss innerhalb von fünf Sekunden erfolgen. Wir haben alle Gegenstände und werden sie dort strategisch zur Identifizierung platzieren. Noch Fragen?".

Die „Quelle" sah in die Runde. Als niemand etwas sagte, gab er das Zeichen zum Aufbruch. Es war das erste Mal, dass ich Don Mario seit dem Anschlag auf sein Leben auf den Beinen sah. Er wirkte erstaunlich rüstig und gefasst, als er zu mir herüberkam.

„Sie sind sehr mutig, Carlotta. Ich bin Ihnen schon jetzt sehr zu Dank verpflichtet." Er nahm meine Hand, die sichtlich zitterte. „Es wird alles gutgehen, Carlotta. Ich verspreche es Ihnen. Haben Sie keine Angst."

Ich zwang mich zu einem Lächeln.

„Natürlich wird es das, Don Mario. Nehmen Sie meinen Arm. Wir gehen zusammen zum Fahrstuhl."

Wenige Momente später erreichten wir den Fahrstuhl und fuhren in die Tiefgarage, wo die beiden Autos bereits warteten.

Dino, der Fahrer, tippte sich an seine Mütze und öffnete Don Mario und mir die Hintertür. Salvatore nahm vorne neben Dino Platz. Als alle ihre Plätz eingenommen hatten, fielen die Autotüren ins Schloss und der Höllenritt konnte beginnen.

***** Matteo *****

Als ich gestern wie jeden Tag den Professor in der Klinik angerufen hatte, um mich nach dem Zustand meines Großvaters zu erkundigen, hatte dieser mir zu meiner großen Überraschung mitgeteilt, dass mein Großvater beschlossen hatte, sich selbst zu entlassen. Und zwar schon heute.

Das war jedoch nicht alles.

Mein Großvater hatte den Professor auch angewiesen, es mir nicht zu sagen. Doch der Professor fürchtete sich wohl mehr vor meiner Reaktion, hätte er es mir verschwiegen, als vor meinem Großvater. Also war ich in die nächste Maschine nach Italien gestiegen und vor wenigen Minuten in Neapel gelandet.

Nun war ich auf dem Weg ins Krankenhaus, um meinen Großvater zur Rede zu stellen. Leonardo hatte ich seit meiner Ankunft nicht erreichen können, was mich sichtlich aufregte. Er war während meiner Abwesenheit als Notfallkontakt für meinen Großvater eingetragen. Was nutzte das, wenn er nicht erreichbar war und man sich nicht auf ihn verlassen konnte?

Der Fahrer lenkte den Wagen durch die vollen Straßen von Neapel und ich trommelte nervös mit den Fingern auf die Sitzlehne. Wieso zum Teufel entließ sich mein Großvater einfach selbst? Er wusste doch, dass die Attentäter noch immer nicht gefasst waren, und dass er nicht einfach aus diesem Krankenhaus spazieren und sein Leben unbehelligt und sorgenfrei weiterleben konnte!

Bis die Attentäter gestellt waren, schwebte er in absoluter Lebensgefahr.

Meine maßlose Sorge mischte sich mit unbändiger Angst und ich wies den Fahrer an, schneller zu fahren.

Nach endlos langen Minuten, kam endlich die Klinik in Sicht. Wir hatten sie fast erreicht. So wie der Fahrer vor der Klinik parkte, stieg ich aus und eilte zum Eingang. Als ich am Empfang vorbeikam, begrüßte mich die Dame dort erstaunt.

„Signor Leone, welch eine Überraschung. Hat Don Mario etwas vergessen?".

Verwirrt sah ich sie an.

„Ich bin hier, um ihn zu sehen. Wieso fragen Sie mich, ob er etwas vergessen hat?".

Nun war es die Empfangsdame, die verwirrt dreinschaute.

„Na weil er das Krankenhaus doch soeben verlassen hat."

Meine Gesichtszüge entglitten mir.

„Verlassen? Wie? Mit wem? Wann?".

Mein harter Ton ließ die Empfangsdame erschreckt zusammenzucken.

„Sie haben ihn gerade verpasst. Man hat mich vor nicht einmal fünf Minuten angerufen, dass er und seine Begleiter die Klinik soeben durch die Tiefgarage verlassen haben."

Die letzten Worte der Dame hörte ich kaum noch, denn ich sprintete wie ein Irrer in Richtung Ausgang. Ich hatte meinen Wagen fast erreicht, da sah ich die beiden Limousinen aus unserem Fuhrpark vorbeifahren.

Was hatte das zu bedeuten? Ich sprang in den Wagen und wies den Fahrer an, den anderen beiden Limousinen zu folgen. Doch in diesem Moment blockierte ein Bus die Fahrbahn. Somit verloren wir die anderen Fahrzeuge fast aus den Augen. Sie befanden sich nun mindestens hundert Meter vor uns und fuhren stadtauswärts.

„Nun mach schon, Lorenzo! Lass sie nicht entwischen", herrschte ich den Fahrer an.

Langsam lichtete sich der Verkehr, was es uns erlaubte, schneller zu fahren. Ich sah die Wagen vor uns, die gerade auf eine kaum befahrene Landstraße abbogen. Wir kamen immer näher. Vor uns erspähte ich eine Brücke, fast schon einen kleinen Tunnel, indem die Limousinen nun verschwanden.

Nur wenige Sekunden später hatten auch wir die Brücke so gut wie erreicht, doch der LKW, der vor uns gefahren war, bremste plötzlich scharf ab.

„Ist der verrückt geworden, dieser Vollidiot? Was macht der denn?", beschwerte sich Lorenzo lautstark.

Der Fahrer war ausgestiegen und hatte sich über seinen Vorderreifen gebeugt. Hinter uns hatte sich mittlerweile eine Schlange an Fahrzeugen gebildet, die wild hupten.

„Verdammte Scheiße!", fluchte ich. „Umfahr die Brücke. Dort drüben sollten wir vorbeikommen."

Doch soweit kamen wir nicht mehr. In diesem Augenblick begann die Erde wie bei einem Erdbeben zu vibrieren. Ein ohrenbetäubender Knall ertönte und vor uns raste ein roter Feuerball dem Himmel entgegen.

Nein! Oh mein Gott, nein!

Mein Herzschlag setzte für ein paar Sekunden aus, bevor er in zehnfachem Tempo wieder einsetzte. Adrenalin schoss durch meinen Körper.

Ich öffnete die Tür und rannte los. Aber ich hatte bereits jetzt die furchtbare Gewissheit von dem, was mich auf der anderen Seite der Brücke erwartete.

Kapitel 24

Ich schirmte meine Augen mit der Hand vor dem roten Feuerball ab, der soeben den Wagen, in dem wir noch vor weniger als dreißig Sekunden gesessen hatten, restlos verschlungen hatte. Zurück blieben nur ein Haufen Schutt und Asche. Von dem Auto war in dem wüsten Flammenmeer nichts mehr zu erkennen. Teile flogen durch die Luft und der Druck der Explosion war selbst in 150 Metern Entfernung noch deutlich spürbar.

„Carlotta, kommen Sie." Don Marios tröstende Worte holten mich aus meiner Schockstarre zurück in die brutale Realität. „Nicht hinschauen, mein Kind, nicht hinschauen. Steigen Sie ein."

Zwei Sekunden später saß ich mit Dino, Salvatore und Don Mario in einem unauffälligen Van mit abgedunkelten Schreiben, und fuhr in entgegengesetzter Richtung davon. Jetzt war ich also tatsächlich tot. Es war ein seltsames Gefühl. Ein dicker Kloß hatte sich in meinem Hals gebildet und Tränen hatten sich in meinen Augen gesammelt. Jetzt bloß nicht losheulen, ermahnte ich mich. Aber schließlich starb ich nicht jeden Tag in einem Höllenfeuer. Die Frage war nun, wie lange ich unter den Toten verweilen musste.

Einige Minuten später hatten wir den Ort erreicht, von dem aus dieser verdeckte Einsatz geleitet wurde. Mir war immer noch nicht klar, wer diese Operation eigentlich leitete, woher die Genehmigungen dafür kamen und wer die Verantwortung dafür trug. Aber Leonardo hatte nur abgewunken, als ich ihn danach gefragt hatte und gemeint, in Italien liefen die Dinge eben anders, als in Deutschland. Ja, das hatte ich nun schon so oft gehört, dass es mir förmlich aus den Ohren kam. Aber in diesem Fall gab ich mich damit zufrieden, ohne weiter nachzubohren.

Schließlich diente es in diesem Falle einem guten Zweck. Da nahm ich es mit der Einhaltung des Gesetzes ausnahmsweise mal nicht so eng.

„Wie sieht es aus?", fragte einer der Männer, der uns hergefahren hatte.

„Es ist überall in den Medien. Alle gehen davon aus, dass die Insassen des Wagens verbrannt sind. Der Chef und seine Leute haben vor Ort mit der kontrollierten Sprengung des leeren Wagens gute Arbeit geleistet. Alles sieht echt aus. Der Wagen ist wie beabsichtigt unmittelbar hinter der Brücke bei geringem Tempo explodiert. Ich würde sagen, uns bleiben maximal 48 Stunden, bis die Sache auffliegt."

Don Mario legte sein Jackett ab, krempelte sich die Hemdsärmel hoch und sah die Männer erwartungsvoll an.

„Dann lassen Sie uns keine Zeit verlieren."

Die Männer erhoben sich und verschwanden mit Don Mario durch eine der Türen. Ich wusste, was jetzt kommen würde. Don Mario würde mit seinen vermeintlichen Mördern *sprechen*. Wobei ich nicht wissen wollte, wie dieses sogenannte *Gespräch* in Wahrheit aussah. Dass er sein Jackett abgelegt hatte, sagte mir, dass es eventuell nicht für alle Beteiligten glimpflich ablaufen würde.

Wenn es stimmte, was der Mann am Computer eben gesagt hatte, bevor er mit Don Mario verschwand, dann blieben uns lediglich 48 Stunden, Cesare Medici zu überführen. Denn danach würde die Spurensicherung die Resultate ihrer am Tatort entnommenen Proben erhalten und feststellen, dass in dem Wagen keinerlei sterbliche Überreste zu finden waren. Und wenn das die Runde machte, dann wusste Cesare, dass seine Männer versagt hatten und aufgeflogen waren.

Ich drehte mich um die eigene Achse, nur um festzustellen, dass ich allein in dem Raum war. Die Männer der „Quelle" waren mit Don Mario, Dino und Salvatore verschwunden, um die Attentäter zu verhören. Das wollte ich mir nicht ansehen. Was auch immer dort drinnen geschah oder nicht geschah, sollte sich nicht in meine Erinnerung einbrennen. Wenn das hier vorbei war, wollte ich so schnell wie möglich alles vergessen. Und das würde schon schwer genug werden.

Ich setzte mich auf einen der Stühle, auf dem bis eben noch die Männer der „Quelle“ gesessen hatten und tippte auf den Computer, der zum Leben erwachte. Der Livestream einer der bekanntesten Nachrichtensender Italiens flimmerte auf dem Bildschirm.

Bilder und Videos der Explosion wurden gezeigt. Ich schaute gebannt auf das Geschehen vor mir und zuckte zusammen, als die Aufnahme einer Handy Kamera gezeigt wurde, die die Explosion aufgenommen hatte.

Das war ebenfalls das Werk der „Quelle“. Einer seiner Männer hatte sich als Passant ausgegeben, der die Explosion rein zufällig auf seiner Handykamera festgehalten und das Material den Medien zur Verfügung gestellt hatte.

Diese Aufnahmen ließen wirklich keinerlei Zweifel daran, dass diese Autobombe das Leben aller Insassen binnen Sekunden ausgelöscht haben musste.

Das Video lief weiter und ich sah, wie die Flammen wütend loderten, und alles verschlagen, was noch vom Wagen übrig war. Die „Quelle“, sein Kollege und Leonardo kamen nur Sekunden nach der Explosion auf das Wrack zu gerannt und veranstalteten eine sehr glaubwürdige Show, wie sie versuchten, noch irgendetwas bzw. irgendjemandem aus dem Wagen zu befreien.

Auch das hatte der vermeintliche Passant rein zufällig eingefangen.

Doch dann sah ich etwas auf dem Video, was mir das Blut in den Adern gefrieren ließ.

Da war noch eine andere Person, die nur wenige Momente nach Leonardo und den zwei als Leibwächtern getarnten Agenten, völlig außer sich, am Tatort eintraf, sich erschöpft auf die Knie fallen ließ und einen herzzerreißenden Schrei ausstieß, der sich für immer in mein Gedächtnis einbrennen würde.

Matteo.

***** Matteo *****

Als ich die andere Seite der Brücke erreichte, bot sich mir ein Bild des Grauens. Überall lagen Trümmerteile.

Der Wagen meines Großvaters war von der Wucht der Explosion in tausend Stücke zerrissen worden. Übrig war nur noch ein brennender Haufen aus Schutt und Asche.

Das Feuer fraß sich hungrig durch alles, was es zu fassen bekam.

Es bestand nicht die geringste Hoffnung, dass jemand diese Explosion überlebt hatte.

In meinen Ohren erklang ein lautes Piepen, dass mein Trommelfell fast zum Bersten brachte. Ich drückte meine Hände gegen meine Ohren, um dieses Piepen zu stoppen, doch mit der Erkenntnis, dass mein Großvater soeben in dieser Flammenhölle umgekommen war, wurde das Piepen immer lauter.

Ich ließ mich kraftlos auf die Knie sinken. Dann spürte ich eine Hand auf meiner Schulter.

Leonardo hatte sich über mich gebeugt. Er sagte etwas, aber ich konnte es nicht verstehen. Ich sah nur, dass sich seine Lippen bewegten, aber was er sagte, erreichte mich nicht. Meine Hände suchten verzweifelt Halt auf dem Boden, da sich alles zu drehen begann.

Doch statt des harten Asphalts, fühlte ich etwas anderes unter meiner Hand. Ich griff danach und nahm es in meine Hand, um es mir anzusehen.

Es war eine Halskette.

Mit Sonnenblumen.

Der Stich, der mein Herz traf, war heftiger, als jeder Faustschlag es je hätte sein können. Er nahm mir jegliche Luft zum Atmen und schnürte mir die Kehle zu.

Mein Kopf pochte und drohte jeden Moment zu explodieren. Diese Sonnenblumen Halskette gehörte Carlotta.

Carlotta.

Eine entsetzliche Erkenntnis traf mich.

Carlotta hatte ebenfalls in diesem Auto gesessen. Und somit war auch sie soeben vor meinen Augen getötet worden.

Ein markerschütternder Schrei vermischte sich mit dem schrillen Piepen in meinen Ohren.

Carlotta.

Mein Herz war gebrochen. Meine Seele gestorben.

Kapitel 25

Leonardo redete noch immer auf mich ein, während er mich unter größter Kraftaufwendung zu der anderen, unversehrten Limousine bugsierte. Bei ihm waren zwei Männer, die ich noch nie vorher in meinem Leben gesehen hatte. Wer zur Hölle waren diese Männer? Wieso waren sie wie unsere Leibwächter gekleidet? Wer hatte sie überprüft und eingestellt? Hatten sie etwas mit dem Anschlag zu tun? Ich riss mich von Leonardo los und stapfte zu den Männern.

„Wer verdammt nochmal seid ihr?“, schrie ich sie an.

Leonardo kam hinter mir hergelaufen.

„Matteo, bitte, so beruhige dich doch. Steig in den Wagen. Ich werde dir alles erklären.“

Aber ich dachte ja gar nicht daran. Erneut ging ich auf die Männer los, doch Leonardo stellte sich mir in den Weg. Der hatte wirklich Mut. In meiner Wut würde ich ihn mühelos mit einer Hand zerquetschen, wenn ich nicht aufpasste.

„Matteo. Du musst mir jetzt vertrauen. Lass die beiden in Ruhe und steig ein. Dann erkläre ich es dir.“

Ich sah ihn verständnislos an.

„Vertrauen? Ich soll dir vertrauen? Dir? Vertrauen? Du solltest auf Carlotta und Mario aufpassen, während ich nicht da bin und was machst du? Erlaubst Mario, sich selbst aus dem Krankenhaus zu entlassen und mit Carlotta in seinen sicheren Tod zu fahren! Du hast die beiden auf dem Gewissen! Dein Versagen hat sie getötet!“

Die Erkenntnis traf mich wie der Schlag. In einem Reflex zog ich meine Waffe aus dem Holster, entsicherte sie und richtete sie entschlossen auf Leonardo.

„Matteo, verdammte Scheiße! Hör auf damit“, rief der nun mit schriller Stimme.

Die anderen beiden Männer versuchten, nach ihren Waffen zu greifen, doch ich hielt sie davon ab.

„Eine falsche Bewegung und ich erschieße zuerst euch und dann ihn."

Einer der Männer bewegte sich ganz langsam mit erhobenen Händen auf mich zu.

„Matteo, hören Sie. Ihr Cousin hat recht. Hören Sie auf ihn und steigen Sie in diesen Wagen. Es ist anders, als Sie denken."

Aus der Ferne ertönten die zügig näherkommenden Sirenen der Polizei.

„Matteo. Letzte Chance. Wir müssen hier weg, bevor die Polizei kommt. Du kennst mich schon dein ganzes Leben. Du weißt, dass du mir vertrauen kannst."

Ich bedachte ihn mit einem vernichtenden Blick, dann senkte ich ruckartig die Waffe und drückte ab. Der Schuss landete knapp vor seinen Füßen und er zuckte erschrocken zusammen.

„Sie leben, du verdammtes Arschloch", zischte er, sodass nur ich und der andere Mann es hören konnten.

Dann setzte er sich wütend in Bewegung und steuerte zielstrebig auf das Auto zu.

„Entweder du legst mich jetzt auf der Stelle um, oder du steigst in diesen gottverdammten Scheißwagen, Matteo." Damit öffnete er die Tür und ließ sie krachend hinter sich ins Schloss fallen.

Hatte er gerade gesagt, *‚sie leben'*? Wie war das möglich?

***** Carlotta *****

Mein Herz wurde mir förmlich aus dem Leib gerissen, als ich Matteo auf dem Video sah, wie er mitten im Dreck vor dem brennenden Autowrack kniete und alle Verzweiflung aus sich rausschrie.

Er hätte das niemals sehen sollen!

Wir waren fest davon ausgegangen, dass er erst in drei Tagen aus Südamerika zurückkehren würde. Dann wäre die Sache längst ausgestanden gewesen. Natürlich bestand die Möglichkeit, dass er in den Nachrichten davon erfahren hätte, während er noch in Südamerika verweilte.

Doch das hätten wir managen können.

Das hier, was ich auf dem Bildschirm vor mir sah, war nicht mehr zu managen. Das war eine absolute Katastrophe.

Ich hatte bei meinem Schock nicht gemerkt, dass Don Mario soeben zurückgekehrt war. Unauffällig schielte ich auf seine Hände. Doch dort konnte ich keine Wunden von verpassten Schlägen entdecken.

„Sie werden es tun, Carlotta. Alles wird weiterlaufen, wie geplant", sagte er nun in einem ruhigen, beständigen Ton, so als käme er gerade von einem entspannten Treffen mit Freunden.

Ich schüttelte energisch den Kopf.

„Nein. Ich fürchte, dass bei Weitem nicht alles nach Plan läuft", antwortete ich und drehte den Bildschirm zu ihm, auf dem das Video gerade erneut gezeigt wurde.

„Matteo", entgegnete Don Mario sichtlich schockiert. „Wieso ist er hier? Ich hatte doch alle zur absoluten Geheimhaltung meiner Entlassung angewiesen."

Ich zuckte mit den Schultern.

„Irgendjemand muss geredet haben."

In diesem Moment kehrten auch die anderen Männer in den Raum zurück.

„Don Mario, wir haben ein Problem", meldete sich sofort einer der Männer der „Quelle" zu Wort.

„Ich weiß. Matteo denkt, ich saß in dem Wagen. Und demnach denkt er auch, ich und alle Insassen des Wagens seien tot."

Doch der andere Mann schüttelte nur den Kopf.

„Nein. Nicht mehr. Die Kollegen haben ihm die Wahrheit sagen müssen. Er hat die am Tatort deponierte Halskette von Signorina Sorrentino gefunden und ist vollkommen ausgerastet. Leonardo dachte, wenn er ihm die Wahrheit sagt, würde er sich beruhigen."

Don Mario lachte bitter auf.

„Sich beruhigen? Ich denke das Gegenteil ist eingetroffen, nicht wahr?“.

Die Männer sahen sich vielsagend an und nickten dann.

„Er ist außer sich vor Wut und zwingt meine Kollegen dazu, ihn hierher zu bringen. Sie werden in wenigen Minuten hier sein.“

Don Mario wandte sich mir zu.

„Carlotta, ich denke es ist besser, wenn ich Sie an einen sicheren Ort bringen lasse, bis die ganze Sache ausgestanden ist. Matteo wird sehr aufgebracht sein. Ich befürchte, dass er Dinge zu Ihnen sagen wird, die er erst bereut, wenn es zu spät ist.“

Ich schüttelte energisch den Kopf.

„Ich bleibe.“

***** Matteo *****

Obwohl ich schon oft in meinem Leben wütend war, war diese noch nie dagewesene Art von Wut eine ganz neue Erfahrung, selbst für meine Verhältnisse. Ich wusste überhaupt nicht mehr, wohin damit.

Meine Wut war grenzenlos.

Und dieses Gefühl brachte mich nahezu um den Verstand. Ich hatte meinen Ohren nicht getraut, als Leonardo mir im Wagen erzählt hatte, dass die Explosion inszeniert und Teil eines größeren Plans gewesen war. Teil eines Plans, der den Auftragsmord an meinem Großvater aufklären sollte. Teil eines brandgefährlichen Plans, in den ich nicht eingeweiht worden war. Ich. Der Mann, der ausgewählt worden war, die Leone Familie nach dem Ableben meines Großvaters weiterzuführen.

Man hatte mein Vertrauen missbraucht, mich hintergangen, mich ausgeschlossen, betrogen, für dumm verkauft, hinters Licht geführt, vorgeführt.

Nein, nicht ‚*Man*‘ war das gewesen. Meine eigene Familie und die Frau, an die ich mein Herz verloren hatte.

Die Menschen, die mir am meisten bedeuteten, hatten mir das angetan.

Ich schloss die Augen. Meine Hände zitterten vor Wut. Dann endlich hielt der Wagen, den wir gegen die Limousine auf einem verlassenen Hinterhof eingetauscht hatten, vor einem unauffälligen Gebäudekomplex. Ich stieg aus und warf die Tür hinter mir ins Schloss. Geradewegs marschierte ich auf den Eingang zu, ohne auf irgendjemanden zu warten, oder zu hören.

Ich nahm immer zwei Treppenstufen auf einmal und hämmerte energisch gegen die Eingangstür der Wohnung. Wenige Sekunden später wurde sie von meinem Großvater, Don Mario, geöffnet. Obwohl ich wusste, dass der Anschlag nur inszeniert worden war, um Cesare im Glauben zu lassen, die von ihm angeheuerten Killer hätten meinen Großvater tatsächlich getötet, erfüllte mich dieser Anblick mit Erleichterung.

Doch das würde ich niemals zugeben.

Die Wut und Enttäuschung, die ich verspürte, konnten auch die Freude darüber, dass weder Carlotta, noch mein Großvater und auch nicht Dino und Salvatore, bei dem Bombenanschlag ums Leben gekommen waren, kaum vermindern.

„Bevor du etwas tust oder sagst, dass du nicht mehr zurücknehmen kannst, lass es mich dir erklären, mein Junge", sagte nun mein Großvater und versperrte mir den Weg nach drinnen. „Bevor du hereinkommst, musst du dich beruhigen."

Ich schnaubte und ballte die Hände zu Fäusten.

„Ich *bin* ruhig."

Mein Großvater ließ mich resigniert hinein. Mittlerweile waren auch Leonardo und die anderen beiden Männer eingetroffen.

Auf einem Stuhl in der Ecke saß Carlotta und lächelte mich unsicher an.

Wie war es möglich, dass ihr Lächeln noch immer dieses wohlige Kribbeln in mir auslöste? Selbst jetzt, nach allem, was sie getan hatte, wollte ich nichts mehr, als sie in den Arm zu nehmen, um sie nie mehr loszulassen.

Mein kleiner zerbrechlicher Schmetterling. Noch vor einer halben Stunde dachte ich, sie wäre tot und ich hätte sie für immer verloren. Bei dem Gedanken schossen mir Tränen in die Augen und ich wandte mich schnell ab, um meine Gefühle, die mich zu übermannen drohten, nicht preiszugeben.

Ich entschuldigte mich kurz angebunden, und suchte das Bad auf, um mich zu fangen. Als ich mich über dem Waschbecken abstützte und versuchte, mein Chaos an Emotionen unter Kontrolle zu bringen, spürte ich zwei Arme, die sich von hinten um mich schlossen und mich in eine warme, sanfte Umarmung zogen.

„Ich liebe dich", flüsterte Carlotta. „Bitte hasse mich nicht, Matteo."

Ich schloss die Augen. Sie liebte mich? Diese Worte waren wie Balsam auf meiner geschundenen, gebrochenen Seele. Doch wenn sie mich tatsächlich liebte, wieso hatte sie mir dann all das angetan? Meine verletzten Gefühle kämpften miteinander. Die eine Seite von mir genoss die zarte Umarmung von meinem wunderschönen Schmetterling. Die andere Seite von mir konnte ihre Berührung jedoch nicht ertragen. Sie ließ mich schwach, machtlos und willenlos erscheinen. Und das war ich nicht. Ich war stark und mächtig.

Entschlossen löste ich ihre Arme von mir und entgegnete ihr frostig, „du solltest jetzt gehen, Carlotta."

Hinter mir hörte ich ein leises Schluchzen.

„Aber ich…", setzte sie an.

„Nein. Schluss jetzt. Du hast wahrhaftig schon genug angerichtet. Ich will von dir nichts mehr sehen und hören."

Sie wollte widersprechen, und ein Teil von mir wollte, dass sie das tat. Wollte, dass sie sich nicht vertreiben ließ. Dieser dunkle Teil von mir wollte sie für ihr Verhalten bestrafen. Wollte sie hier auf dieser Ablage schnell und heftig nehmen. Sie hart und brutal benutzen. Ihr zeigen, wie es sich anfühlte, belogen, hintergangen und vorgeführt zu werden.

Doch ich brachte es nicht über mich. Meine Gefühle für diese Frau waren stärker, als jede Form des Hasses es jemals sein würde. Dennoch konnte ich ihr das, was sie getan hatte, nicht verzeihen.

„Geh jetzt", fuhr ich sie mit einer Stimme an, die keinen Widerstand duldete.

Bevor sie etwas einwenden konnte, wurde die Tür erneut geöffnet und eine weitere Person trat ein.

„Bist du soweit, Matteo?", fragte mich Leonardo kühl.

Ich spritzte mir kaltes Wasser ins Gesicht. Dann drehte ich mich um, und folgte Leonardo, ohne Carlotta eines Blickes zu würdigen.

Kapitel 26

Zwei lange Tage später, die ich als Totgeglaubte in irgendeinem geheimen Versteck verbringen musste, bis die Sache ausgestanden war, wurde ich endlich wieder in die Freiheit entlassen.

Eigentlich wollte ich als Erstes nach Ravello zu meiner Familie fahren. Zwar hatte ich darauf bestanden, dass meine engste Familie vorab über den inszenierten Anschlag informiert wurde, dennoch war ich überzeugt davon, dass sie sich große Sorgen gemacht hatten.

Das Gute war, dass in den Nachrichten nur der Name von Don Mario aufgetaucht war. Neben ihm war zwar von weiteren Todesopfern die Rede, doch diese wurden in den 36 Stunden, die das Team der „Quelle" zur Aufklärung gebraucht hatte, nicht namentlich genannt.

Somit mussten meine Eltern, Allegra und Mia nie erfahren, was sich in den letzten Tagen zugetragen hatte. Nachdem Matteo wider aller Erwarten aufgetaucht war, hatte er darauf bestanden, miteinbezogen zu werden und vielmehr hatte er verfügt, dass ich umgehend an einen sicheren Ort gebracht wurde, und bis zum Abschluss der Operation dort unter strenger Aufsicht verweilen musste.

Niemand hatte sich getraut, ihm zu widersprechen. Selbst Don Mario nicht.

Er hatte mich zur Seite genommen und mir erklärt, dass es das Klügste wäre, wenn ich den Rest nun ihnen überlassen würde, ohne dass Matteo durch ständige Sorge um meine Sicherheit abgelenkt werden würde. Also hatte ich zugestimmt und brav abgewartet, bis alles ausgestanden war.

Die beiden Attentäter hatten den ihnen angebotenen Deal angenommen. Sie hatten eingewilligt, sich verkabeln zu lassen und so Cesare Medici bei der Geldübergabe, der Entlohnung für den von ihnen durchgeführten Mordanschlag, als Auftraggeber zu entlarven.

Im Gegenzug gab man ihnen zehn Stunden Zeit, um sich nach der Geldübergabe ins Ausland abzusetzen, mit der Bedingung, dass sie nie wieder nach Italien zurückkehren würden.

Das Geld, stattliche 250.000 Euro, mussten sie jedoch abtreten, als Schmerzensgeld für Don Mario.

Eigentlich hätte ich gedacht, dass so jemand wie Cesare Medici mit Bitcoins oder etwas ähnlich Anonymen zahlte und niemals das Risiko eingehen würde, die von ihm beauftragten Killer persönlich zu treffen. Aber wieder einmal wurde ich eines Besseren belehrt. In Italien herrschten eben andere Spielregeln.

Da die ganze Operation, wie schon vermutet, nicht hundertprozentig legal abgelaufen war, konnten die Familie Leone und das Team der „Quelle" die brisanten Video- und Tonbandaufnahmen jedoch nicht vor Gericht verwenden. Stattdessen spielten sie die Aufnahmen ausgewählten unabhängigen Medienhäusern in Italien zu.

Die Sensation war perfekt.

Binnen eines Tages hatte sich die Nachricht nicht nur in ganz Italien, sondern weltweit wie ein Lauffeuer verbreitet. Die Aufnahmen wurden von Experten als echt eingestuft und ließen keinen Zweifel an der Schuld von Cesare.

Im Gegensatz zu den beiden Auftragskillern, wusste Cesare Medici nicht im Geringsten, was ihm blühte. Er erwachte am nächsten Morgen von dem Stimmengewirr einer wildgewordenen Horde Reporter vor seiner Tür und wurde nur wenige Stunden später verhaftet.

Seine politischen Freunde hatten ihn auf Grund des enormen medialen Drucks fallengelassen. Als bekannt wurde, dass er finanziell am Ende war, waren auch seine reichen Anwaltsfreunde auf einmal nicht mehr für ihn erreichbar.

Elena war nach Bekanntwerden des Skandals untergetaucht. Hoffentlich würde ich sie nie wiedersehen müssen, auch wenn sie mir ein klein wenig leidtat.

Aber eben nur ein klein wenig.

Nun war also alles ausgestanden.

So richtig hatte ich das noch nicht realisiert.

Das lag vielleicht auch daran, dass ich nicht wusste, ob ich durch mein Handeln der letzten Woche, Matteo nun endlich wiedergewonnen oder für immer verloren hatte. Dieser Gedanke fraß mich innerlich auf und ließ mir keine Ruhe.

Deshalb hatte ich den Fahrer gebeten, mich statt nach Ravello, zum Hafen von Neapel zu bringen. Von dort nahm ich ein Schnellboot nach Capri.

Ich musste mit Matteo sprechen, bevor es zu spät war.

***** Matteo *****

Seitdem alles ausgestanden war, hatte ich mich in meinem Büro verschanzt und war für niemanden zu erreichen. Ich zweifelte an allem und jedem und war kurz davor, verrückt zu werden.

Wie hatte ich mich von sämtlichen Menschen in meinem Umfeld so täuschen lassen können? Da war Cesare, der mich über Wochen blind an der Nase herumgeführt hatte. Meine eigene Familie, die mich hintergangen und ausgeschlossen hatte. Und die Frau, die ich liebte, steckte bis zum Hals mit drin.

Ich fühlte mich von allen Seiten betrogen, hintergangen und vorgeführt. Es schmerzte und es kratzte auch an meinem Ego.

Sehr sogar.

Denn dass all das sich direkt vor meiner Nase abspielen konnte, ohne, dass ich etwas davon gemerkt hatte, ließ mich mein Urteilsvermögen in Frage stellen.

Wie sollte ich die Geschäfte der Familie nach dem Ableben meines Großvaters weiterführen, wenn ich eine Gefahr selbst dann nicht erkannte, wenn sie genau vor mir war.

Vielleicht sollte ich meine Sachen packen und auf irgendeine einsame Insel abhauen, wo ich all das vergessen konnte und für nichts und niemanden verantwortlich war.

Ich schlug mit der Faust auf den Tisch und widerstand der Versuchung, alles vom Tisch zu fegen, was darauf lag.

Ich war so unglaublich wütend. Und enttäuscht. Dabei wog die Enttäuschung vielleicht sogar schwerer als die Wut. Ich wusste nicht, wie ich je darüber hinwegkommen sollte, was geschehen war.

Wütend stand ich auf und sah aus dem Fenster. Aber auch der atemberaubende Ausblick konnte meine Laune nicht heben.

Ein zaghaftes Klopfen an der Tür riss mich aus meinen Gedanken.

„Nein", rief ich mit eisiger Stimme.

Trotz meiner eindeutigen Ansage vernahm ich, wie die Tür langsam geöffnet wurde. Genervt fuhr ich herum.

„Ich sagte, nein. Ist das so schwer zu…", das letzte Wort blieb mir im Halse stecken. Denn vor mir stand niemand anderes, als Carlotta.

„Hi", sagte sie mit einem zaghaften Lächeln.

Ich erwiderte nichts. Denn wir hatten uns nichts mehr zu sagen. Zwar schien mein Herz ganz und gar nicht dieser Meinung zu sein und auch mein Körper schrie förmlich danach, Carlotta zu berühren, doch mein Verstand sprach eine klare Sprache.

„Ich dachte, du hättest vielleicht Zeit, um mit mir über das zu reden, was in den vergangenen Tagen passiert ist."

Ich schnaubte.

„Nein. Ich habe keine Zeit. Nicht jetzt und nicht irgendwann. Und schon gar nicht für dich."

Sie zuckte erschrocken zusammen und sah mich mit großen Augen flehend an.

„Bitte, Matteo. Ich kann dir alles erklären…".

Ich hob meine Hand, um ihr zu signalisieren, nicht weiterzusprechen.

„Ich will keine Erklärungen, Carlotta. Ich weiß alles, was ich wissen muss."

Ihre Augen verdunkelten sich bei meinen Worten und ich sah Wut darin aufflammen.

„Du weißt nichts, Matteo. Gar nichts. Und nach allem, was ich für dich – was ich für uns – getan habe, willst du mir nicht einmal die Chance geben, es dir zu erklären?".

Ihre Augen blitzten bei diesen Worten und ihre Wut brachte mich nur noch mehr in Rage. Wie konnte sie sich erdreisten, wütend zu sein? Wenn hier jemand einen Grund hatte und vor allem das Recht besaß, wütend zu sein, dann war ich das und ganz sicher nicht sie. Ich machte einen Schritt auf sie zu und mein Blick bohrte sich in den ihren.

„Was du für mich getan hast? Du hast mich belogen, hintergangen, betrogen. Du hast mein Vertrauen missbraucht. Du hast mich vorgeführt, um nicht zu sagen, verarscht, Carlotta. Das hast du getan. Du willst darüber reden, wie du mich verarscht hast? Bitte! Dann rede!"

Wir standen uns gegenüber und funkelten uns an. Wenn Blicke töten könnten, dann würden wir jetzt wohl beide auf der Stelle tot umfallen.

„Du machst es dir verdammt einfach, Matteo", zischte sie aufgebracht. „Das war's also? Das mit uns? Vorbei? Einfach so?".

„Es war in dem Moment vorbei, indem du beschlossen hast, mich auszuschließen und zu hintergehen", erwiderte ich mit zorniger Stimme.

„Ach, sieh an! *Ich* habe *dich* ausgeschlossen und hintergangen? Das sagt ja genau der Richtige! Wer hat denn aus der verdammten Zeitung erfahren müssen, dass du dich mit diesem Miststück verlobt hast, ohne mir auch nur ein Sterbenswort davon zu sagen? Und wer wollte denn nicht mit der Sprache für die Beweggründe dieser Verlobung rausrücken?".

„Das ist etwas ganz anderes, Carlotta."

Sie schnaubte verächtlich. „Nein. Ist es *nicht*. Kein bisschen. Du hast mir keine andere Wahl gelassen, Matteo. Hätte ich nicht getan, was ich nun mal getan habe, dann hättest du in ein paar Monaten diese Schlange geheiratet und wärst geradewegs in dein Unglück gelaufen."

Ich stemmte zornig die Hände in die Hüften. Jetzt reichte es aber!

„Du hättest mir etwas von eurem Verdacht sagen können. Du hättest mich einweihen können!"

Sie reckte trotzig ihr Kinn.

„Du hättest uns doch nie geglaubt! Du hättest uns allenfalls für verrückt erklärt und uns untersagt, unserem Verdacht weiter nachzugehen!“

Mittlerweile hatten wir beide unsere Stimmen deutlich erhoben, sodass man uns sicher auch außerhalb dieses Büros einwandfrei hören konnte.

„Es ist wirklich beeindruckend, was du von mir denkst, Carlotta. Hältst du mich wirklich für so dumm und naiv?“.

Sie schüttelte vehement den Kopf.

„Nein. Ganz und gar nicht. Aber du bist gefangen und getrieben, Matteo. Das Pflichtgefühl, deine Familie zu schützen und weiterzuführen hat deine Sicht auf das Offensichtliche getrübt. Und nicht nur das! Es raubt dir den Blick auf all das Schöne im Leben. Glück, Liebe, Geborgenheit. All das willst du nicht zulassen, weil du Angst hast, dass es dich bei deiner Aufgabe hindert. Deine Aufgabe, die du dir selbst auferlegt hast, Matteo!“

Sie hatte ihre Hand auf meinen Arm gelegt, doch ich schüttelte sie ab.

„Was redest du da bloß, Carlotta…“.

Sie legte erneut die Hand auf meinen Arm.

„Du weißt, dass ich recht habe. Vielleicht ist es dir nicht bewusst. Noch nicht.“

Energisch schritt ich zur Tür und öffnete sie.

„Du solltest jetzt gehen, Carlotta. Deine Dienste sind hier nicht mehr von Nöten. Natürlich ist der Schutz deiner Familie dennoch gewährleistet, auch in Zukunft. Sieh es als mein Abschiedsgeschenk.“

Ich hasste mich für diese harten Worte. Ich hasste mich dafür, dass sich ihre Augen nun mit Tränen füllten. Ich hasste mich dafür, dass ich ihr wehtun musste.

Aber ich konnte es einfach nicht ertragen, mit dieser Schmach zu leben.

Und ihr Anblick erinnerte mich jedes Mal von Neuem, dass ich den vermeintlichen Mörder meines Großvaters fast zu meinem Schwiegervater gemacht und das trojanische Pferd so endgültig in mein Haus gelassen hätte, um unser aller Leben zu zerstören.

Kapitel 27

Als ich aus Matteos Büro gestürmt war, hatte Leonardo bereits im Flur auf mich gewartet. Unsere hitzige Unterhaltung hatte man wohl bis nach draußen gehört.

Leonardo versuchte, mich in den Arm zu nehmen, aber ich winkte nur ab und lief weiter. Er rief mir irgendetwas hinterher, aber ich blendete es aus. Ich wollte nur noch weg von hier. Mir wuchs alles über den Kopf. Zum wiederholten Male in den vergangenen Wochen.

Nur dieses Mal war es anders. Schlimmer.

Ich war müde.

Wirklich müde.

Womöglich hatte ich den Punkt erreicht, an dem meine Kraft endgültig erschöpft war.

Ich eilte nach draußen, wo der Fahrer, der mich hergebracht hatte, noch immer beim Wagen stand und ihn polierte.

„Fahren Sie mich bitte zur Anlegestelle“, wies ich ihn an.

„Natürlich Signorina Sorrentino“, erwiderte dieser und tat wie ihm geheißen.

Erst als ich einige Zeit später in die sonnengelbe kleine Knutschkugel von Giorgia stieg, atmete ich auf. Sie sagte nichts, sondern sah mich nur schweigend von der Seite an. Und ich war ihr sehr dankbar dafür. Denn ich hatte jetzt weder die Lust, noch die Kraft, mich auf eine Diskussion oder einen Streit mit ihr einzulassen.

Alles, was ich wollte, war, mich in meinem Zimmer zu verkriechen und meine Wunden zu lecken. Und dann musste ich überlegen, wie es weiter gehen sollte.

Gegen Abend kam Giorgia in mein Zimmer und setzte sich zu mir aufs Bett.

„Wie geht es dir?“, fragte sie mich fürsorglich.

„Es geht schon“, antwortete ich ihr und versuchte, meine Mundwinkel zu einem Lächeln zu animieren.

„Weißt du, eigentlich wollte ich dir die Hölle heiß machen für diese waghalsige Harakiri Aktion. Du hast dich in riesengroße Gefahr gebracht, Carlotta. Ich hoffe, das weißt du.“

Ich schlug die Bettdecke ein wenig zurück und sah sie an.

„Und uneigentlich?“.

Giorgia seufzte.

„Uneigentlich hätte ich es wohl ganz genauso gemacht, wie du.“ Sie umarmte mich. „Ich bin froh, dass dir nichts passiert ist.“

„Ich auch“, erwiderte ich und drückte sie noch ein wenig fester an mich.

„Was willst du jetzt tun?“, fragte mich Giorgia.

„Ich werde wohl nach Hause fliegen. Etwas Abstand tut mir sicher gut.“

Giorgia sah mich mitleidig an.

„Du willst aufgeben?“.

„Ich habe alles versucht, Giorgia. Er will mich nicht mehr sehen. Und glaube mir, er war mehr als deutlich.“

Giorgia schüttelte den Kopf.

„Ich kann nicht glauben, dass ich das jetzt sage und mich tatsächlich für diesen Typ ausspreche, aber meinst du nicht, dass er seine Meinung ändert, wenn du ihm noch ein wenig Zeit gibst?“.

Ich zuckte mit den Schultern.

„Du hättest ihn sehen sollen. Er war…*so wütend*.“ Meine Stimme brach und die Tränen kullerten meine Wangen hinab.

Giorgia umarmte mich fester.

„Du hast das Potenzial, Leute wütend zu machen, Carlotta. Glaub mir, ich weiß, wovon ich rede. Muss in der Familie liegen.“ Sie zuckte etwas hilflos mit den Schultern.

Ihre Aussage brachte mich zum Lachen, und ich wischte mir die Tränen weg.

Dann stand ich auf und ging an den Schreibtisch zu meinem Laptop, um nach passenden Flügen zu suchen. Es war an der Zeit, nach München zurückzukehren.

***** Matteo *****

Ich hatte die Tür von meinem Büro noch nicht wieder geschlossen, als Leonardo schon hineingestürmt kam und sich grimmig vor mir aufbaute.

„Du bist so ein Vollidiot, Matteo! Was hast du zu ihr gesagt?".

Ich schlug mit einem lauten Knall die Tür zu.

„Dasselbe, dass ich dir jetzt auch sage: hau ab! Lass mich in Ruhe!"

Leonardo ballte die Hände zu Fäusten und kam langsam auf mich zu. Seine Wangen waren gerötet vor Wut.

„Du kapierst es nicht, oder? Du kapierst es einfach nicht! Selbst wenn das Glück genau vor deinen Füßen liegt, trittst du es lieber mit Füßen, anstatt es an dich zu nehmen."

Ich machte einen Schritt auf ihn zu.

„Was willst du mir mit deinen lächerlichen Metaphern sagen?".

Leonardo gab ein entzürntes Knurren von sich.

„Dass du soeben die Frau vertrieben hast, die dich bedingungslos liebt und alles für dich tun würde. Diese Frau hat sich für dich in Lebensgefahr begeben, Matteo. Sie würde alles für dich opfern und was machst du? Du jagst sie vom Hof, wie ein Stück Dreck!"

Bei dem Wort ‚Lebensgefahr' sah ich endgültig rot. Ich stürzte mich mit einem lauten Schrei auf Leonardo und verpasste ihm einen Schlag ins Gesicht. Dieser wehrte sich blitzschnell und schlug zurück, doch ich konnte seinem Schlag ausweichen.

„*Du* verdammtes Arschloch hast sie in Lebensgefahr gebracht", brachte ich schwer atmend hervor und verpasste ihm einen weiteren Fausthieb.

„Sie wollte dir helfen, Mann! Du weißt, dass niemand sie davon hätte abbringen können! Sie hat das Gespräch zwischen Cesare und Giuliano mitangehört. Sie *wollte* das so!"

Wir kämpften hart und rissen einander unsanft zu Boden.

„Du hast mich belogen, mich betrogen! Meine eigene *Familie*!"

Leonardo atmete schwer unter mir. Er war mir deutlich unterlegen.

„Würdest du deinen beschissenen Stolz nur für eine Sekunde vergessen, dann wüsstest du, dass du es dir verdammt einfach machst!" Leonardo wand sich unter mir und ich hatte Mühe, ihn in Schach zu halten.

„Aufhören, sofort!", donnerte es von der Tür her zu uns herüber.

Wir waren so in unseren Kampf vertieft, dass wir nicht gehört hatten, wie die Tür sich geöffnet hatte.

„Matteo, Leonardo, auseinander! Ich sage es nicht noch einmal!" Mein Großvater stand in der Tür und blickte uns erzürnt an. „Seid ihr verrückt geworden? Wieso prügelt ihr euch wie zwei kleine Jungs und schreit das ganze Haus zusammen?".

Er sah von einem zum anderen.

„Matteo hat Carlotta aus dem Haus gejagt! Er hat ihr gesagt, dass sie verschwinden soll. Für immer."

Mein Großvater sah mich mit ernster Miene an. Mein linkes Auge pochte. Leonardo hatte doch tatsächlich einen guten Treffer landen können.

„Stimmt das, Matteo?".

„Ja sicher stimmt es." Ich erhob mich erbost. „Was denn sonst, nach allem, was sie sich geleistet hat."

Dann fügte ich wutschnaubend hinzu, „nach allem, was ihr alle", ich zeigte mit dem Finger auf meinen Großvater und auf Leonardo, „euch geleistet habt. Und jetzt entschuldigt mich. Ich habe zu tun."

Ich ging in das angrenzende Bad, um nach meinem Auge zu sehen und es zu kühlen.

Als ich zurückkam, waren die beiden verschwunden.

An Arbeit war den Rest des Tages nicht mehr zu denken. Ich ging in Gedanken immer wieder die Geschehnisse der letzten Wochen durch. Es war doch unfassbar, wie sich das Leben innerhalb von nicht einmal einem Monat so drastisch verändern konnte.

Ich sah aus dem Fenster und blickte hinaus auf das Meer, dass in der Abendsonne einen fast schon rötlichen Glanz angenommen hatte. Vielleicht würde mir ein Spaziergang an der frischen Luft guttun. Schließlich hatte ich mich seit der Rückkehr nach Capri nur in meinem Büro verbarrikadiert. Ich verließ das Haus und durchstreifte den Garten, ohne ein wirkliches Ziel zu haben.

Das Anwesen war weitläufig und so konnte ich eine Weile umherwandern, ohne darüber nachzudenken, wo ich hinging oder hinwollte. Irgendwann stand ich am Steilhang, unter mir die Klippen und die Wellen, die sich an ihnen brachen.

Unweit von mir stand die alte Bank meiner Großeltern. Und zum ersten Mal seit dem Tod meiner Großmutter, sah ich meinen Großvater wieder dort sitzen. Er hatte sich gemütlich auf der Bank niedergelassen und blickte wehmütig hinaus auf das weite Meer.

„Setz dich zu mir, Matteo“, sagte er, ohne seinen Blick vom Meer abzuwenden.

Wie hatte er mich bemerken können? Mein Großvater war wirklich erstaunlich. Es zeigte einmal mehr, dass ihm einfach nichts entging. Ich zögerte, doch dann ging ich zu der Bank hinüber und ließ mich darauf nieder. Eine Weile sagte niemand etwas. Wir saßen einfach nur nebeneinander und sahen in stillem Einverständnis auf das abendliche Meer.

„Ich habe die Abende mit deiner Großmutter hier immer sehr genossen.“ Melancholie vermischte sich in seiner Stimme mit Traurigkeit. „Leider ist sie viel zu früh von uns gegangen. Wie gerne hätte ich noch mehr Zeit mit ihr verbracht.“

Ich hatte meinen Großvater in all den Jahren, außer in der Gegenwart meiner Großmutter, nie emotional erlebt. Was meine Großmutter ihm bedeutete, merkte man daran, wie aufmerksam und voller Liebe er sie stets behandelt hatte.

Sie war die Einzige, bei der er weich wurde. Doch über Gefühle wurde bei uns nie gesprochen. Auch nach dem Tod meiner Großmutter, hatte mein Großvater nie darüber sprechen wollen. Stattdessen hatte er sich in die Arbeit gestürzt.

Geschäft und Familie waren bei uns eins. Man konnte es nicht voneinander trennen. Im Geschäft zu versagen, bedeutete die Familie zu enttäuschen. Mehr noch, es bedeutete, die Familie zu gefährden.

„Weißt du Matteo, wir können uns so ziemlich alles kaufen, was uns gefällt. Das Geld öffnet uns Tür und Tor. Doch es gibt etwas, dass man selbst mit allem Geld der Welt nicht kaufen kann."

Er machte eine Pause, bevor er weitersprach.

„Zeit. Lebenszeit, mein Junge. Ich würde all meine Besitztümer dafür hergeben, noch mehr Zeit mit deiner Großmutter verbringen zu dürfen. Wie gerne würde ich noch einmal ihr Lächeln sehen, ihren Duft einatmen, ihre geschmeidige Haut spüren. Aber das kann ich nicht, Matteo. Das werde ich nie wieder können. Nicht, so lange ich lebe. Und wer weiß schon, was nach dem Tod passiert."

Ich traute mich nicht, ihn anzusehen, weil ich nicht wusste, ob es ihm recht war, wenn man ihn so sah.

„Weißt du, dass deine Großmutter damals, vor 55 Jahren, fast einen anderen Mann geheiratet hätte?".

Ich schüttelte den Kopf.

Das hatte ich nicht gewusst.

„Ich war damals ein junger stolzer Mann. Der älteste Sohn der Leone Familie und somit auserkoren, die Familie fortzuführen. Alle Verantwortung lastete auf mir und ich bildete mir ein, dass ich keine Ablenkung gebrauchen könne, sondern mich ganz auf das Geschäft konzentrieren musste. Also sagte ich zu deiner Großmutter, mit der ich damals ausging, dass ich sie nicht mehr länger sehen könne, da ich Verantwortung für meine Familie übernehmen müsse. Doch sie ließ nicht locker. Sie wollte es einfach nicht akzeptieren. Ich wies sie ab. Immer und immer wieder."

Ein Ausdruck von unbändiger Liebe lag auf seinem Gesicht, als er weitersprach.

„Deine Großmutter war wunderschön. Sie hatte das bezauberndste Lächeln in ganz Italien. Die Männer liefen ihr in Scharen hinterher. Doch davon wollte sie nichts wissen. Sie wollte mich."

Mein Großvater lachte leise, dann wurde er ernst.

„Irgendwann jedoch zwangen ihre Eltern sie dazu, sich mit einem anderen Mann zu verloben. Ich sagte mir zunächst, dass es so besser sei. Doch mit jedem Tag wurde dieser Gedanke unerträglicher für mich. Ich konnte mir ein Leben ohne sie nicht vorstellen. Und da verstand ich es endlich."

Er sprach nicht weiter und ich konnte nicht anders, als meinen Kopf zu ihm zu drehen.

„Was hast du verstanden?".

Mein Großvater sah mich vielsagend an und legte seine Hand auf meine.

„Die wahre Bedeutung von Familie. Familie ist nicht der Name Leone. Nicht das Geschäft und die Macht. Deine Großmutter war meine Familie. Sie war das, was das Leben lebenswert machte. Sie war es, wofür es sich lohnte aufzustehen, die Geschäfte weiterzuführen und erfolgreich zu sein. Sie war keine Ablenkung. Sie war mein Antrieb. Meine Zuflucht. Meine Quelle der Kraft. Mein größter Schatz. Ohne sie hätte ich das Vermächtnis der Leone niemals so erfolgreich fortführen können. Sie war alles, was der Begriff Familie verkörpert und noch mehr."

Ich wusste nicht, was ich sagen sollte. Seine Worte berührten etwas ganz tief in mir und meine steinerne Fassade begann zu bröckeln.

„Warum erzählst du mir das?", fragte ich ihn, auch wenn ich so eine Ahnung hatte.

„Du bist mir sehr ähnlich, Matteo. Deshalb habe ich dich als meinen Nachfolger ausgewählt. Nur dachte ich, dass du schlauer wärst, als ich. Doch nun muss ich mitansehen, wie du genau denselben Fehler machst, wie ich vor über fünfzig Jahren."

Ich ließ den Kopf in den Nacken fallen und rieb mir das Gesicht.

„Du sprichst von Carlotta und mir."

Er bejahte.

„Sie ist die Liebe deines Lebens, Matteo. Und ihr geht es ganz genauso. Sie hat wie eine Löwin um dich gekämpft. Sie hat ohne zu Zögern ihr eigenes Leben in Gefahr gebracht, um *dich* zu schützen…“.

„Sie hat mich hintergangen und belogen“, unterbrach ich ihn. „Ihr alle habt das getan.“

Mein Großvater ließ meine Hand los und blickte erneut auf das Meer.

„Wenn du das wirklich glaubst, dann hast du diese Frau nicht verdient.“

Ich erwiderte nichts, sondern dachte über seine Worte nach. Mein Großvater war mein Leben lang mein Vorbild gewesen. Seine Weisheit hatte mich schon als Kind schwer beeindruckt.

Und auch dieses Mal, selbst wenn ich es nicht zugeben wollte, bewirkten seine Worte etwas in mir.

„Du hast selbst mir nicht geglaubt, als ich dir gesagt habe, dass an der Geschichte mit den Russen etwas nicht stimmt. Du warst so von Schuld- und Pflichtgefühlen besessen, dass du dich um jeden Preis ans Kreuz nageln lassen wolltest, um dafür zu büßen. Wenn du ehrlich zu dir bist, dann weißt du, dass du uns niemals zugehört hättest.“

Ich rieb mir müde die Augen. Das Gespräch ging mir sichtlich nahe.

„Und du weißt auch, dass wir dich niemals böswillig hintergehen oder gar belügen würden. Du hast getan, was du für richtig hältst. Und ich habe getan, was ich für richtig halte. Wenn du einen Schuldigen für deine Wut suchst, dann bin ich es. Es ist meine Schuld, dass ich so lange zugesehen habe, wie dich der Druck der Verantwortung auffrisst und dazu verleitet hat, dein eigenes Glück aufzugeben. Als du vor 12 Jahren unbedingt nach New York gehen wolltest, um dein Studium dort weiterzuführen, habe ich dich nicht aufgehalten, obwohl ich wusste, dass du vor deinen Gefühlen davonläufst. Ich habe mir gesagt, dass du genauso wie ich auch, selbst zu der Erkenntnis gelangen musst, dass die Liebe über allem steht und dich nicht schwächer, sondern schier unbesiegbar macht.“

Ich lachte bitter.

„Dafür ist es jetzt wohl zu spät."

Mein Großvater lächelte mich aufmunternd an.

„Zu spät ist es erst, wenn die andere Person nicht mehr am Leben ist. Denn das bedeutet, dass du die wertvolle und viel zu kurze Lebenszeit mit falschem Stolz und nutzloser Sturheit verschwendet hast. Das Leben hat dir eine zweite Chance geschenkt, indem es Carlotta erneut zu dir geführt hat. Mach nicht denselben Fehler, wie vor 12 Jahren. Laufe nicht wieder weg, sondern halte sie fest und lass sie nie wieder los."

Mein Großvater erhob sich und klopfte mir aufmunternd auf die Schulter.

„Es ist dein Leben, mein Junge. Du entscheidest, wie du es verbringen willst. Mein Leben wäre ohne deine Großmutter nicht halb so vollkommen und einzigartig gewesen."

Mit diesen Worten verschwand er und ich blieb allein auf der Bank zurück.

Kapitel 28

Mein Großvater schnallte meinen Koffer auf den alten Fiat 500, während meine Großmutter traurig danebenstand.

„Nicht traurig sein, Nonna. Wir sehen uns sicher bald wieder."

Sie nickte und zog mich in eine feste Umarmung. Ich umarmte auch meinen Großvater, der es nun endlich geschafft hatte, den Koffer auf dem kleinen Auto zu verstauen. Dann warf ich einen letzten wehmutigen Blick auf das *„Il Sorrentino"* und stieg zu Giorgia in den Wagen. Im Gegensatz zu der Fahrt vom Flughafen Neapel nach Ravello, verlief die Fahrt zurück zum Flughafen deutlich stiller.

Ich sah aus dem Autofenster, wie die sommerliche Landschaft Kampaniens an uns vorbeizog, und wurde mit jeder Minute trauriger, dieses wunderschöne Fleckchen Erde nun zurücklassen zu müssen.

Die Fahrt zum Flughafen verging wie im Fluge und bevor ich mich versah, fuhren wir auch schon auf den Parkplatz vor dem Terminal. Giorgia und ich hievten den Koffer auf den Boden und gingen gemeinsam zum Eingang.

„Ich hatte so gehofft, dass du hierbleibst", seufzte sie resigniert.

„Ich weiß", flüsterte ich und zog sie zum Abschied in eine Umarmung.

„Danke, Giorgia. Für alles."

Sie machte sich von mir los.

„Schon gut. Kein Grund, jetzt sentimental zu werden."

Da war sie wieder, der kleine Drache.

Ich lächelte.

„Natürlich nicht. Also dann…".

Wir standen beide einen Moment unschlüssig da. Dann nahm ich meinen Koffer, winkte ihr noch einmal zu und ging in Richtung Check-in Schalter.

***** Matteo *****

Ich hatte gestern noch lange auf der Bank gesessen. Erst als der Mond längst aufgegangen war, und die Sterne am schwarzen Nachthimmel hell leuchteten, war ich aus meiner Trance erwacht. Die Worte meines Großvaters hatten mich innehalten lassen. Sie hatten dazu geführt, dass ich die Dinge aus einer anderen Perspektive, aus einem anderen Blickwinkel heraus, betrachtete.

Vielleicht war ich zu hart gewesen. Mit mir selbst, aber auch den Menschen gegenüber, die ich liebte.

Mein verschlossenes und destruktives Verhalten hatte dazu geführt, dass ich ihnen keine andere Wahl gelassen hatte, als sich in einem verzweifelten Versuch, mich vor meinem Unglück zu retten, zu verbünden. Ich war selbst schuld, dass es so gekommen war.

Mein Großvater und auch Carlotta hatten recht.

Womöglich hätte ich ihnen nicht geglaubt, wenn sie mir von ihrem Verdacht erzählt hätten. Und nicht nur das. Ich hätte womöglich jeglichen Versuch, ihren Verdacht zu erhärten, unterbunden.

Ich war all die Jahre so verbohrt und so besessen gewesen, von dem Gedanken, meine Familie zu schützen und fortzuführen, dass dabei alles Andere auf der Strecke geblieben war. Ich hatte mir eingeredet, dass Gefühle eine Gefahr darstellten, weil sie schwach und angreifbar machten. Dabei hatte ich nicht verstanden, dass sie auch eine unbändige Kraft und einen unbeugsamen Willen hervorrufen konnten.

Die Angst vor Gefühlen war das, was einen wirklich schwächte. Und die Kraft, die es erforderte, sich gegen Gefühle zu wehren, war das, was ablenkte. Nicht die Gefühle selbst.

In den Momenten, die ich mit Carlotta verbracht hatte, hatte ich mich so lebendig, glücklich und mächtig gefühlt, wie nie zuvor in meinem Leben. Sie verliehen mir die Kraft, den Mut und den Willen, jeden Tag von Neuem eine bessere Version von mir selbst zu sein.

Ohne sie war ich nichts. Sie war mein Lebenselixier.

Vor 12 Jahren war ich vor meinen Gefühlen davongelaufen in dem Glauben, dass sie mir nur im Weg stehen würden. Heute wusste ich es besser. Und wenn es etwas gab, worauf ich jetzt noch wütend war, dann darauf, dass ich 12 Jahre gebraucht hatte, um das zu verstehen. 12 Jahre, die ich mit der Frau, die ich über alles liebte, hätte verbringen können. 12 Jahre, die mir niemand je wieder zurückgeben würde. 12 Jahre wertvolle Zeit mit ihr, die ich für immer verloren hatte.

Dieser Gedanke schmerzte.

Jedoch konnte ich an der Vergangenheit mit all ihren verpassten Chancen und Gelegenheiten nichts mehr ändern.

Sich wegen der Vergangenheit zu zerfleischen führte nur dazu, dass man auch die Zukunft zerstörte.

Doch im Gegensatz zu der Vergangenheit, war die Zukunft etwas, das man ändern konnte. Man konnte seine Zukunft selbst in die Hand nehmen.

Und genau das hatte ich jetzt vor, als ich in das Schnellboot stieg, dass mich nach Amalfi bringen würde.

***** Carlotta *****

Mit jedem Schritt, den ich mich in der Schlange stehend, dem Schalter näherte, kamen mir mehr Zweifel an meiner Entscheidung. War es ein bewusster Entschluss von mir, zurück nach München in mein altes Leben zu gehen, oder lief ich in Wahrheit vor etwas davon?

Wenn ich ehrlich zu mir war, dann hatte das Wort „Leben“ eine ganz neue Bedeutung bekommen, seitdem ich nach Italien gekommen war.

Und das hatte nicht nur damit zu tun, dass ich hier wieder dem Mann meiner Träume begegnet war und eine aufregende Zeit mit ihm verbracht hatte.

Nein, es war mehr als das. Ich war mehr als das.

Es war dieses Fleckchen Erde, dass mir jeden Tag von neuem ein Lächeln ins Gesicht zauberte.

Es war meine Familie, die mir ein Gefühl von Wärme, Geborgenheit und Zuversicht vermittelte, auch wenn sie mich oftmals tierisch nervte.

Es war die Kultur, die Mentalität der Italiener, alles nicht so eng zu nehmen, sich nicht aufzuregen und es langsam angehen zu lassen.

All das hatte dazu geführt, dass ich das Gefühl hatte, mein Leben endlich zu leben, und nicht nur als Hamster im Hamsterrad meine Runden lief.

Wollte ich all das tatsächlich wieder hergeben? Wollte ich zurück in mein altes Leben? Würde ich in München schneller über meinen Liebeskummer hinwegkommen, als hier? Oder machte ich mir nur etwas vor? War meine Abreise womöglich nur die Flucht vor dem, was passiert war?

Ich überlegte fieberhaft hin und her.

Der Schalter rückte immer näher. Nun waren nur noch drei Personen vor mir.

Ein Spruch von Albert Einstein fiel mir ein.

„Mehr als die Vergangenheit, interessiert mich die Zukunft. Denn in ihr gedenke ich zu leben."

Was geschehen war, konnte ich nicht mehr ändern. Die Vergangenheit war geschrieben und so unfair das manchmal erscheinen mochte, so war die Vergangenheit doch ein wichtiger Wegweiser für die Zukunft. Und die Zukunft war im Gegensatz zu der Vergangenheit ein leeres Blatt Papier, dass darauf wartete, beschrieben zu werden. Was man darauf schrieb, musste man jedoch selbst entscheiden.

„Guten Tag. Ihren Ausweis bitte", ertönte unerwartet die Stimme der Dame am Schalter.

Ich sah mich um. Die Leute vor mir waren verschwunden.

Sie meinte mich.

Ich sah auf den Reisepass in meiner Hand und ein weiteres Zitat fiel mir ein, dieses Mal jedoch von Charlie Chaplin.

„An den Scheidewegen des Lebens stehen keine Wegweiser."

Das hier war eindeutig so ein Scheideweg ohne Wegweiser.

Ich sah zu der Frau am Schalter, die mir auffordernd ihre Hand hinhielt.

„Signora?“, fragte sie nun etwas genervt.

Ich schloss die Augen. Fliegen oder nicht fliegen? Fliegen oder nicht fliegen? Mist!

„Letzter Aufruf für den Direktbus nach Ravello. Bitte begeben Sie sich unverzüglich zu Ausgang B4“, ertönte just in diesem Moment eine Stimme aus dem Lautsprecher des Flughafengebäudes.

Direktbus nach Ravello? Das war unmöglich. So einen Bus gab es nicht. Meine Fantasie spielte mir einen Streich. Aber als die Ansage noch einmal laut und deutlich wiederholt wurde, gab es keinen Zweifel mehr daran.

Ich hatte mich nicht verhört.

Der Wegweiser, schoss es mir in den Kopf. Das musste der Wegweiser sein!

Ohne noch einmal zu überlegen, rannte ich los.

„Es tut mir leid, ich habe mich wohl falsch angestellt“, rief ich der verdutzten Frau entschuldigend über die Schulter zu, während ich hastig zum Ausgang eilte, und mich nach der Tür mit der Aufschrift B4 umsah.

***** Matteo *****

Noch ein paar Kurven, dann hatte ich es endlich geschafft. Wild hupend versuchte ich, den Verkehr anzuschieben. Aber wie so oft, waren die Straßen verstopft.

Ein hellblauer Piaggio Ape, eines dieser verfluchten Dreirädchen, dessen Erfindungsgrund mir bis heute ein Rätsel war, zog mit seinen zwanzig km/h Höchstgeschwindigkeit eine lange Schlange an Autos hinter sich her. Und das Überholen war auf dieser engen Straße einfach unmöglich.

Aber hupen konnte man.

Und wir Italiener liebten es, zu hupen.

Fünf Minuten später parkte ich endlich vor dem Haus von Carlottas Großeltern und sprang aus dem Wagen. Als ich hineinstürmte, fasste sich Carlottas Großmutter vor Schreck ans Herz.

„Entschuldigen Sie, Signora Sorrentino. Ich wollte Sie nicht erschrecken. Kann ich mit Carlotta sprechen? Ist sie da?“, kam ich gleich zum Punkt.

Nun war auch Carlottas Großvater aus der Küche zu uns gestoßen. Beide waren elegant gekleidet. So, als wären sie auf dem Sprung zu einer Feier. Er und Carlottas Großmutter tauschten einen vielsagenden Blick.

Ich trommelte ungeduldig mit den Fingern gegen meinen Oberschenkel. So schwer war meine Frage doch nun wirklich nicht zu beantworten.

„Sie ist nicht da“, erklang in diesem Moment die Antwort von Carlottas Großmutter.

„In Ordnung. Wenn es Ihnen nichts ausmacht, dann warte ich hier, bis sie wiederkommt.“

Ich würde mich ganz sicher nicht von ihnen abwimmeln lassen. Ob sie mir nun die Wahrheit sagten oder nicht, früher oder später würde Carlotta hier auftauchen. Und ich würde hier sitzen und auf diesen Moment warten. Auch wenn es Stunden dauerte.

„Ich fürchte, da müssen Sie lange warten, Signore Leone“, erwiderte nun Carlottas Großvater.

„Das macht nichts. Ich warte gerne.“

Die beiden sahen sich erneut mit einem Blick an, der mich ein wenig nervös werden ließ. Was wussten sie, was ich nicht wusste?

„Sie verstehen nicht, Signor Leone. Carlotta wird nicht wiederkommen. Sie ist abgereist.“

Meine Gesichtszüge entglitten mir und meine Hoffnung, Carlottas Herz zurückgewinnen zu können, verpuffte wie heiße Luft.

„Abgereist?“, wiederholte ich mehr für mich als für sie.

„Ihre Cousine hat sie vor gut einer Stunde zum Flughafen gefahren. Sie nimmt den ersten Flug nach München.“

„Wann geht der Flug?“, fragte ich und kramte hektisch nach meinem Handy.

„Die genaue Uhrzeit wissen wir nicht. Nur, dass es der erste Flug des Tages nach München ist.“

Die letzten Worte hörte ich nur noch aus einiger Entfernung, denn ich war bereits auf dem Weg nach draußen. Auf meinem Handy sah ich, dass der Flug in neunzig Minuten abhob.

Das würde verdammt knapp werden, aber ich würde es schaffen.

***** Carlotta *****

Der Bus fuhr gemächlich die Straßen entlang. Ich saß am Fenster und hatte das Gefühl, das Richtige getan zu haben.

Als ich in den Bus gestiegen war, dachte ich noch, ich sei komplett verrückt geworden. Aber je näher wir Ravello kamen, desto mehr erfüllte es mich mit Freude.

Ja, mein Leben war in gewisser Weise ein Scherbenhaufen. Ich hatte zum ersten Mal in meinem Leben keinen Job und somit auch kein Einkommen. Aber das würde sich schon finden. Fürs Erste könnte ich bei meinen Großeltern im Restaurant aushelfen. Danach, am Ende des Sommers, konnte ich mir immer noch überlegen, ob ich permanent hierbleiben wollte oder wieder zurück nach München ging.

Bis dahin hörte dann vielleicht auch der Schmerz auf, den ich jedes Mal empfand, wenn ich an Matteo dachte.

Matteo.

Was er wohl gerade tat? Wie es ihm wohl ging? Ich vermisste ihn schrecklich und lehnte mich bei dem Gedanken an ihn im Sitz zurück.

Im nächsten Moment spürte ich einen dumpfen Schlag am Kopf.

Autsch!

Der Bus hatte eine Vollbremsung gemacht und ich war mit dem Kopf an den Sitz vor mir geknallt. Der Busfahrer fluchte und ich lugte an ihm vorbei auf die Straße, was die Vollbremsung verursacht hatte.

Aus den Augenwinkeln sah ich noch einen schwarzen Ferrari, der wie ein Blitz an dem Bus vorbeischoss. Er war so schnell, dass er im nächsten Moment schon wieder verschwunden war und man nur noch das Röhren des aufgebrachten Motors vernahm.

„Was ist passiert?“, fragte ich den Busfahrer.

„Dieser Vollidiot! Hat drei Autos auf einmal überholt und wäre fast mit uns zusammengestoßen! Wieso hat der es so eilig? Mamma mia, che idiota.“

Der Busfahrer schüttelte verärgert den Kopf und murmelte auch noch zehn Minuten später leise fluchend Beleidigungen vor sich hin.

Ja, der italienische Fahrstil war bisweilen recht stürmisch. Da stimmte ich ihm zu.

***** Matteo *****

Ich hatte es tatsächlich geschafft. Ich hatte das Rennen gegen die Zeit gewonnen. Doch meine Freude war nur von kurzer Dauer. Denn wie die Dame am Schalter mir erklärte, war der Flug nicht nur restlos ausgebucht, sondern sogar überbucht. Keine Chance, noch ein Ticket zu bekommen, egal zu welchem Preis.

Ich suchte den gesamten Eingangsbereich vor der Sicherheitskontrolle nach Carlotta ab, doch ich konnte sie nirgendwo finden.

Da der Flug in etwas mehr als dreißig Minuten abhob, war sie womöglich längst am Gate.

Mir war danach, laut loszuschreien. So viel Pech musste man erst mal haben.

Doch ich dachte nicht daran, aufzugeben.

Der nächste Flug nach München würde erst am Nachmittag gehen. So lange wollte ich nicht warten. Deshalb rief ich einen meiner Mitarbeiter an, der dafür sorgte, dass ein Jet mich umgehend nach München fliegen würde.

Mit Geld konnte man sich zwar nicht alles kaufen, aber es erleichterte doch Vieles im Leben.

Keine Stunde später hob der Jet ab in Richtung München. Ich lehnte mich in meinem Sitz zurück, und erlaubte mir das erste Mal, seit ich Capri verlassen hatte, mich ein wenig zu entspannen. Ich schloss die Augen und überlegte mir, was ich Carlotta sagen wollte. Wenn ich mir die Worte zurechtlegte, würde es mir vielleicht leichter fallen, über meine Gefühle zu sprechen.

Als wir in München landeten, war ich guter Dinge, dass ich sie überzeugen konnte, uns noch eine Chance zu geben.

Mein Mitarbeiter hatte ihre Münchner Adresse in Erfahrung gebracht, und ich rief mir ein Taxi, dass mich zu ihrer Wohnung bringe sollte.

Doch als ich dort ankam und klingelte, antwortete niemand. Vielleicht war sie noch nicht eingetroffen? Aber ein Blick auf mein Handy verriet mir, dass ihr Flug pünktlich gelandet war.

Gut, dann würde ich eben warten.

Ich setzte mich auf die Treppe vor ihrer Wohnung und behielt die Straße aufmerksam im Auge.

Doch sie kam nicht. Nicht nach einer Stunde und auch nicht nach zwei. War sie womöglich zu ihren Eltern, statt in ihre Wohnung gefahren? Oder zu einer Freundin?

Nach einer weiteren Stunde beschloss ich, mir in der Nähe ein Zimmer für die Nacht zu nehmen. Ich wollte sie nicht anrufen, und so riskieren, dass sie mich womöglich nicht empfing. Der Überraschungseffekt sollte mir die Sache schließlich erleichtern.

Am späten Nachmittag kehrte ich noch einmal zu ihrer Wohnung zurück. Aber noch immer antwortete niemand.

Am späten Abend wiederholte sich das Spiel. Immer noch antwortete niemand auf mein Klingeln und auch die Wohnung lag komplett im Dunkeln. Es brannte kein einziges Licht.

Seltsam.

Wirklich seltsam.

Resigniert zuckte ich mit den Schultern. Dann würde ich es eben Morgen noch einmal versuchen.

Doch auch am nächsten Tag hatte ich kein Glück.

Mein Mut schwand zusehends.

Am späten Vormittag rief mich Leonardo an und drängte mich zur Rückkehr. Mein Großvater wollte am morgigen Tag ein Fest zu Ehren des Lebens geben. Er nahm seine vollständige Genesung als Anlass, seine engsten Freunde und Familienmitglieder einzuladen, um mit ihm auf das Leben anzustoßen.

La Dolce Vita.

Da durfte ich natürlich nicht fehlen.

Bis dahin gab es jedoch noch einiges zu tun, bei dem meine Hilfe gefragt war. Also warf ich seufzend noch einen letzten Blick auf die scheinbar leere Wohnung und machte mich auf den Weg zurück nach Capri.

Kapitel 29

„Il Sorrentino, Buongiorno, Carlotta am Apparat. Wie kann ich helfen?“.

Am anderen Ende der Leitung raschelte es, so als wäre das Telefon auf den Boden gefallen und gerade wieder aufgehoben worden.

„Carlotta?“, ertönte nun die verblüffte Stimme von Leonardo.

„Ja, so heiße ich. Wieso bist du so erstaunt, mich zu hören?“, fragte ich Leonardo amüsiert.

„Na weil ich dachte, du bist abgereist?“.

„Das war ich auch. Naja, so gut wie. Dann habe ich es mir in letzter Sekunde anders überlegt. Aber woher weißt du denn davon?“, fragte ich verwundert.

„Ich weiß es von Matteo“, erwiderte Leonardo.

„Von Matteo? Wieso denn von Matteo? Ich habe ihm nichts von meiner Abreise erzählt.“

Schweigen.

„Leonardo?“.

Er räusperte sich.

„Er wollte mit dir reden, aber als er bei euch ankam, sagten deine Großeltern, du seist abgereist. Deshalb ist er zum Flughafen gefahren. Aber als er dich dort nicht gefunden hat, ist er nach München geflogen. Tja, und so wie ich mir das denke, sitzt er nun vor deiner Haustür und wartet darauf, dass du ihn hereinlässt.“

Mir fiel die Kinnlade runter. Ich sah wohl gerade aus, wie ein Fisch auf dem Trockenen, der verzweifelt nach Luft schnappt.

„Du willst mich wohl veralbern.“

Leonardo gluckste vergnügt.

„Ich würde mir wohl auch nicht glauben, da hast du recht. Aber nein, ich sage die Wahrheit.“

Er fing an zu lachen. Richtig laut zu lachen.

„Nein ist das komisch! Jetzt bist du in Italien und er ist in Deutschland. Dass ich das noch erlebe."

Nach gefühlten fünf Minuten hatte er sich wieder etwas gefangen.

„Aber sag mal, haben deine Großeltern dir denn gar nichts gesagt?".

Ich schüttelte den Kopf.

„Sie sind nicht da. Sie kommen erst Morgen wieder. Meine Großcousine hat gestern geheiratet. Deshalb habe ich sie seit meiner Rückkehr gestern Mittag noch nicht gesehen."

Er lachte erneut.

„Na da hat das Leben ja mal eine erstklassige Komödie geschrieben."

Ich verdrehte die Augen. Mich verwirrte das alles eher, als dass es mich amüsierte.

„Aber warum ich eigentlich anrufe." Noch immer hatte er Mühe, sich zu beruhigen und musste auf Grund seiner Lachanfälle immer wieder aufhören zu reden.

„Mein Großvater gibt Morgen spontan ein Fest. Er möchte das Leben feiern. Für ihn ist dieser Sommer so etwas, wie eine Wiedergeburt, da er dem Tod im wahrsten Sinne des Wortes von der Schippe gesprungen ist. Er wollte, dass ich deine Großeltern zu dem Fest einlade und ich, naja, ehrlich gesagt hatte ich gehofft, dass deine Cousine auch kommen würde."

Ich grinste. Da hatte jemand immer noch nicht genug eingesteckt. Respekt.

„Hast du noch immer nicht genug von dem Drachen?", stichelte ich.

„Ich liebe Drachen. Vor allem, wenn sie Feuer speien. Denn das macht sie in meinen Augen richtig heiß."

Ich lachte laut auf.

„Na dann pass mal auf, dass du dich daran nicht verbrennst."

Die letzten Wochen hatten Leonardo und mich wirklich zusammengeschweißt. Er war zu einem meiner besten Freunde geworden, die ich schätzte und denen ich vertraute. Und genau darauf baute er nun.

„Sag mal, Carlotta, meine Chancen darauf, dass Giorgia zu dem Fest kommt, stünden sicher viel besser, wenn du auch kommen würdest. Also nach allem, was wir gemeinsam durchgestanden haben, würdest du deinen alten Kumpel Leonardo doch nicht hängen lassen, oder?".

Netter Versuch.

„Wird Matteo auch da sein?".

Leonardo wirkte amüsiert.

„Willst du das denn?".

Ich schwieg. Wollte ich das? Eigentlich war ich überzeugt gewesen, dass er mich ein für alle Mal aus seinem Leben verbannt hatte. Dass er nun in München vor meiner Haustür saß, um mit mir zu reden, ließ Hoffnung aufflammen. Die Frage war nur, ob ich mein Herz noch einmal der Gefahr aussetzen wollte, gebrochen und zertrümmert zu werden, oder ob ich mich lieber zurückzog, um die eh schon zerbrochenen Teile wieder zusammenzusetzen. Wie viele Chancen verdiente die Liebe?

„Ich weiß es nicht, Leonardo", antwortete ich ihm wahrheitsgemäß.

„Wenn du auf deinen alten Freund hörst, dann kommst du und lässt den Dingen einfach mal ihren Lauf. Nichts planen, nichts durchspielen, nichts simulieren. Sondern einfach mal dem Leben seinen Lauf lassen."

Ich kicherte.

„Du willst ja nur deine Chancen erhöhen, dass Giorgia mich begleitet, wenn sie hört, dass ich zu eurem Fest komme."

„Du durchschaust auch alles, oder?", sagte er gespielt entrüstet. „Sie liebt mich, das weißt du doch. Sie hat es nur noch nicht gemerkt."

Ich prustete los.

„Ich glaube du verwechselst Liebe mit Hass, mein Lieber."

„Und wenn schon, Sex ohne Liebe ist besser als gar kein Sex."

Ich lachte ungehalten.

„Woher hast du denn den weisen Spruch?".

Er gab sich empört. „Du weißt nicht, welcher weise Mann das gesagt hat?“.

„Nein, zu meiner Schande muss ich gestehen, dass ich diese Weisheit noch nicht kannte.“

„Kleines, dieser Spruch stammt vom Gott der Liebe selbst.“

„Sowas hat Amor gesagt?“, fragte ich verwirrt.

„Nein, doch nicht Amor.“

„Aber Amor ist doch der Gott der Liebe, oder etwa nicht?“.

Er lachte über mein Unwissen.

„Ach Amor ist Steinzeit. Willkommen in der Moderne. Ich spreche von Hugh Hefner, Carlotta.“

„Wer ist denn Hugh Hefner?“.

Ich konnte förmlich sehen, wie Leonardo die Augen am anderen Ende der Leitung verdrehte.

„Der Erfinder des Playboys, der Bibel der Männer, des Sakrals der körperlichen Liebe, das Heiligtum der Lust. Klingelt das was bei dir?“.

Ich biss mir auf die Unterlippe, um nicht laut loszulachen. Er war wirklich jeden Cent wert.

„Ich lege jetzt auf, Leonardo.“

„He, warte mal! Heißt das jetzt ihr kommt? Carlotta? Hallo?“.

Ich legte auf und konnte mir ein breites Grinsen nicht verkneifen. So ein Quatschkopf. Aber man musste ihn einfach gernhaben.

***** Matteo *****

Ich stand etwas abseits im Garten, der bereits recht gut gefüllt war und hoffte, dass dieses Fest bald zu Ende war. Dabei hatte es noch nicht einmal richtig begonnen.

Mir war einfach nicht nach Smalltalk und auch nicht danach, zu Feiern.

Natürlich war ich froh und dankbar, dass mein Großvater dem Tod entkommen war und dass wir den Schuldigen zur Verantwortung gezogen hatten, auch wenn dieser meiner Meinung nach das Recht zu leben, verwirkt hatte.

Aber was nicht ist, konnte ja noch werden.

Obwohl fast alle Mitglieder meiner Familie und auch meine engen Freunde heute Abend hier versammelt waren, spürte ich eine innere Leere.

Etwas fehlte.

Das Wichtigste fehlte.

Nur hatte ich Idiot das viel zu spät erkannt. Und nun musste ich damit leben.

„Na, Cousin, genießt du das Fest?". Leonardo schlug mir mit einem fröhlichen Zwinkern auf die Schulter.

Wir hatten uns nach unserem Ringkampf ausgesprochen und vertragen. Mein Großvater hatte mir die Augen geöffnet. Leonardo hatte nicht gegen mich agiert, sondern für mich gekämpft. Und auch wenn er Carlotta dadurch in Gefahr gebracht hatte, so wusste ich tief in meinem Inneren, dass Carlotta weder auf ihn, noch auf irgendjemand anders gehört hätte, wenn er versucht hätte, es ihr auszureden.

Im Gegenteil.

Es war sicherer gewesen, sie an seiner Seite kämpfen zu lassen, um so ein Auge auf sie haben zu können, anstatt einen Alleingang von Carlotta zu riskieren, der sie wahrscheinlich in weit größere Gefahr gebracht hätte.

Auch das hatte ich in meiner blinden Wut zu spät erkannt. Aber Leonardo war nicht nachtragend. Zum Glück.

„Hmm", brummte ich nur.

„Weißt du, Cousin, du sollst den Tag nicht vor dem Abend loben. Man weiß nie, was das Leben noch alles für einen bereithält. Also zieh mal nicht so ein Gesicht."

„Hmm", brummte ich erneut.

Leonardo klopfte mir lachend auf die Schulter und verschwand dann in der Menge.

***** Carlotta *****

„Vielleicht war es doch keine so gute Idee, herzukommen, Giorgia. Sollen wir wieder fahren?“, fragte ich meine Cousine unsicher.

„Spinnst du? Nach allem was du, und wenn ich anmerken darf, auch ich, für diese Familie getan haben, ist es sowas von an der Zeit, sich auf ihre Kosten so richtig die Kante zu geben. Und die servieren sicher nur das Teuerste vom Teuersten, davon kannst du ausgehen. Also gerade gut genug für uns, nicht wahr?“.

Ich verdrehte die Augen. Giorgia betonte seitdem ich ihr von dem Fest erzählt hatte, dass sie nur wegen des teuren Alkohols dorthin ginge. Aber ich hatte das Gefühl, dass das nicht ganz der Wahrheit entsprach.

Jedenfalls waren wir nun hier.

Wir hatten das Anwesen soeben betreten und es sah ganz so aus, als ob ich nun auch bleiben müsste, obwohl ich am liebsten mit wehenden Fahnen die Flucht ergriffen hätte. Giorgia ging direkt zum Buffet und kam mit zwei randvollen Champagnerflöten zurück.

„Auf einen ereignisreichen Abend“, sagte sie und reichte mir eines der Gläser.

Ich trank das Glas in einem Zug aus und spürte den Alkohol, der sofort ins Blut überging. Eine beruhigende Wärme breitete sich in mir aus. Gut. Das war gut. Mein Herzschlag beruhigte sich etwas.

„Na wen haben wir denn da? Hallo meine Schönen. Willkommen auf meinem bescheidenen Anwesen.“

Ich drehte mich zu der mir bekannten Stimme um und grinste.

„Dein Anwesen? Das hättest du wohl gerne. Warum machst du dich nicht nützlich und besorgst uns zwei Hübschen noch ein Glas Champagner?“.

Leonardos strahlendes Lächeln verrutschte selbst bei dieser wenig netten Begrüßung seitens meiner Cousine nicht.

„Natürlich, Ihr Wunsch ist mir Befehl, Prinzessin.“

Er nahm Giorgias Hand und deutete einen Handkuss an. Diese entzog ihm jedoch die Hand und bedeutete ihm, sich auf den Weg zu machen. Obwohl sie sich bemühte, kaltherzig zu wirken, konnte ich das Blitzen in ihren Augen und das kleine Lächeln, das sie so mühsam zu verbergen versuchte, entdecken. Oh ha, sollte etwa doch eine Chance bestehen, den Drachen zu zähmen?

„Er ist süß, oder?“, fragte ich sie unschuldig, als er in Richtung Buffet verschwand.

„Er ist doch nicht süß, Carlotta. Höchstens nervig.“

Aber an ihrer Stimme erkannte ich, dass das gelogen war.

Als Leonardo zurückkam und Giorgia und mir ein neues Glas Champagner überreichte, wartete er geduldig, bis sie ausgetrunken hatte und forderte sie dann zum Tanzen auf.

„Nein, ich will nicht“, erwiderte diese, doch ihr Widerstand war nur von kurzer Dauer und schließlich verschwand sie mit Leonardo auf der Tanzfläche und ich blieb allein zurück.

Na toll.

***** Matteo *****

Obwohl ich ziemlich abseits stand, gesellten sich immer wieder Leute zu mir, um mich in ein Gespräch zu verwickeln. Nach einer Weile war ich so genervt, dass ich die Flucht ergriff.

Ich wollte allein sein und darüber nachdenken, wie es nach dem heutigen Tage weiterging. Denn so wie es jetzt war, konnte es nicht bleiben.

Carlotta beherrschte jeden meiner Gedanken, Tag und Nacht. Am liebsten würde ich meinen Kopf gegen die Wand rammen, um diese ständigen Gedanken an sie zu vertreiben, doch auch das würde wahrscheinlich nichts nutzen.

Es war hoffnungslos.

Ich hatte den größten Fehler meines Lebens begangen. Und das schon zum zweiten Mal. Nur hatte ich sie dieses Mal vielleicht so sehr vor den Kopf gestoßen, dass ich sie für immer verloren hatte.

Ich wanderte verloren durch die Reihen des Weinbergs, der einzige Ort, an dem ich mich unbeobachtet und halbwegs entspannt fühlte. Ich stellte mir Carlottas Hände auf meiner Haut vor. Ihre zarten Lippen auf meinen. Den blumigen Duft ihres seidigen Haares.

Der Begriff *Sehnsucht* hatte in den letzten Tagen eine ganz neue Bedeutung angenommen. Ich sehnte mich so sehr nach ihr, dass es schmerzte. Bereits vor 12 Jahren hatte ich diesen Schmerz gespürt und es hatte lange Zeit gedauert, bis er nachgelassen hatte. Damals hatte ich mich in mein Studium und danach in meine Arbeit gestürzt. Ich hatte mir gesagt, dass noch so viel Aufregendes vor mir lag und dass ich darüber schon hinwegkommen würde.

Doch heute wusste ich es besser.

In Wahrheit war ich nie ganz darüber hinweggekommen. Ich war nur äußerst gut darin gewesen, den Schmerz und die Gedanken daran zu verdrängen.

Nun, wo Carlotta weg war, war der Schmerz mit voller Wucht zurückgekehrt. Und er dachte nicht daran, sich erneut verdrängen zu lassen.

Ich rieb mir müde durch das Gesicht und war kurz davor, an meiner Zurechnungsfähigkeit zu zweifeln, als ich ein paar Meter vor mir die Person sitzen sah, der all meine Gedanken gehörten.

War mein Verlangen so groß, dass mein Verstand mir einen Streich spielte? Ich schloss die Augen und öffnete sie wieder. Doch sie war immer noch da. Ich blinzelte, als ich näher ging. Doch es war keine Einbildung.

Vor mir auf der Bank saß die Frau, die ich über alles liebte.

Ihr langes braunes Haar wehte sanft im Wind und die abendliche Sonne verlieh ihm einen fast schon goldenen Glanz. In ihrem weißen, langen Kleid, sah sie aus wie ein Engel.

Mein Engel.

Ich ging ganz vorsichtig zu der Bank, aus Angst, dass eine zu schnelle Bewegung diese Erscheinung vertreiben könnte.

Als sie mich bemerkte, drehte sie ihren Kopf zu mir und unsere Blicke trafen sich. Mein Herzschlag setzte bei dem Blick in ihre glänzenden Augen, die mich überrascht ansahen, für einen Moment aus.

Ich streckte ehrfürchtig meine Hand aus und fuhr dem Engel zärtlich über die Wange. Sie erschauderte und schloss sehnsüchtig die Augen. Die Haut unter meiner Hand fühlte sich warm und zart an und ließ keinen Zweifel daran, dass dieser Engel kein Streich meiner Fantasie war.

Dieser Engel war Wirklichkeit.

Kapitel 30

Er stand vor mir und starrte mich mit einem aufgewühlten Blick erschrocken an. So, als sei ich eine Erscheinung, die jeden Moment wieder verschwinden könnte. Und als ob er sich vergewissern wollte, dass ich keine Fata Morgana war, ließ er seine Finger sanft über meine Wange gleiten.

Ich schloss die Augen und erbebte unter seiner Berührung. Ein leises Seufzen entwich mir, als sein Zeigefinger, über meinen Mund glitt und die Konturen meiner Lippen nachzeichnete.

Mein Körper war ein mieser Verräter.

Eine Berührung von Matteo reichte aus, um alles Geschehene vergessen zu machen. Dabei stand so vieles zwischen uns. Doch jetzt gerade wollte ich darüber nicht nachdenken.

„Darf ich mich setzen?", fragte Matteo vorsichtig.

Ich nickte und wies mit der Hand auf den Platz neben mich. Ich sah ihm in seine dunklen Augen, in denen ein wilder Sturm der Gefühle tobte. Er setzte an, etwas zu sagen, doch ich legte ihm meinen Finger auf die Lippen.

„Pssst", flüsterte ich ihm zu.

Dann wandte ich meinen Blick wieder von ihm ab und schaute auf das weite Meer, auf dem die bunten Tupfer der Segelschiffe langsam am Horizont in Richtung Festland verschwanden. Mit ihnen senkte sich auch die Sonne immer tiefer am Horizont und färbte den Himmel in feurigen Farben. Es war ein wunderschönes Schauspiel der Natur, welches mich jedes Mal von Neuem beeindruckte.

Ein Lächeln stahl sich bei diesem wunderschönen Anblick auf mein Gesicht. Ich spürte, wie Matteo meine Hand nahm, und sie behutsam auf seinen Oberschenkel legte. Dann verschloss er sie mit seiner Hand und hielt sie fest. Ein Gefühl der Ruhe, der Geborgenheit und der Wärme, machte sich in mir breit.

Und da war noch etwas anderes.

Etwas, dass ich nicht greifen konnte.

Leise Musik drang vom Fest her zu uns herüber und vermischte sich mit dem sachten Rauschen der Wellen vor uns. So saßen wir in stiller Übereinkunft nebeneinander, bis das Meer die Sonne vollständig verschlungen hatte und der blutrote Horizont sich schwarz gefärbt hatte. Die Sonne war dem goldenen Mond gewichen, der nun hell am schwarzen Nachthimmel zwischen Millionen von kleinen und großen Sternen leuchtete.

Ich legte den Kopf in den Nacken und versuchte, die Sterne zu zählen. Doch es war unmöglich.

Matteo hielt noch immer meine Hand. Er führte sie an seinen Mund und küsste zärtlich meine Knöchel.

„Tanz mit mir, Carlotta", flüsterte er.

Ich lauschte der Musik, die der Wind zu uns herübertrug und ließ mich von ihm auf die Beine ziehen. Er legte meine Arme um seinen Hals und umfasste vorsichtig meine Taille. Dann begann er, sich langsam zum Takt der Musik zu bewegen.

Ich ließ meinen Kopf gegen seine Brust sinken und spürte seinen Herzschlag, kraftvoll und rhythmisch. Wir genossen die einfühlsame Berührung des anderen, während wir eng umschlungen im Mondschein miteinander tanzten.

Nichts war fremd.

Nichts fühlte sich falsch an.

Im Gegenteil. Mir war, als hätten zwei Seelen, die vor langer Zeit voneinander getrennt wurden, endlich wieder zueinander gefunden.

Aus den Lautsprechern im Garten ertönte *„Tu sei l'unica donna per me"* von Alan Sorrenti.

Matteo beugte sich zu mir hinab und summte leise die Zeilen des Liedes in mein Ohr.

„Dammi il tuo amore	(Gib mir deine Liebe)
Non chiedermi niente	(Frage mich nichts)
Dimmi che hai bisogno di me	(Sag mir nur, dass du mich brauchst)
Tu sei sempre mia	(Du bist immer mein)
anche quando vado via	(auch wenn ich fortgehe)
Tu sei l'unica donna per me"	(Du bist die einzige Frau für mich)

Ich kuschelte mich enger an ihn und ließ meine Hände über seinen starken Rücken gleiten.

Sein unvergleichlicher Duft aus Tanne, Sandelholz, Moschus und einem Hauch Orange, ließ mich tief einatmen und machte mir einmal mehr bewusst, wie sehr ich diesen Mann nicht nur wollte, sondern auch brauchte.

„Il resto non conta	(Der Rest zählt nicht)
se io sono con te	(wenn ich bei dir bin)
Non voglio andar via	(Ich will nicht fortgehen)
Se ti perdo	(Wenn ich dich verliere)
non ho più nessuna ragione	(habe ich keinen Grund mehr)
per vivere"	(zu leben)

Nachdem das Lied geendet hatte, hob Matteo mein Kinn an und blickte lange in mein Gesicht. Er machte eine ernste Miene und führte mich schließlich zurück zur Bank.

„Carlotta“, begann er, „ich würde nichts lieber tun, als dich jetzt zu küssen.“

Ich sah ihn erwartungsvoll an.

„Aber das wäre nicht richtig.“

Erschrocken weitete ich die Augen. War er womöglich doch nicht von seiner Meinung abgerückt, dass er mich nicht mehr in seinem Leben haben wollte?

Ein stechender Schmerz durchzuckte mein Herz und meine Hand glitt reflexartig zu meiner Brust.

Er nahm meine Hand und küsste sie.

„Wenn ich dich küsse, werde ich nicht mehr aufhören können. Ich bin süchtig nach dir, Carlotta und ich will nichts mehr, als dich endlich wieder zu spüren und in dir zu sein. Aber was ich zu dir gesagt habe, war furchtbar. Ich war selbstgerecht, besessen von Pflichtgefühl und blind vor Wut. Es gibt dafür, wie ich dich behandelt habe, keine Entschuldigung. Alles was ich tun kann ist, dich um Verzeihung zu bitten und zu hoffen, dass du mir vergibst.“

Ich wollte etwas sagen, doch sein trauriger Blick ließ mich verstummen.

„Ich kann dir versprechen, dass ich mich bessern werde. Dass ich lernen werde, zu vertrauen. Dass ich lernen werde, nicht immer alles kontrollieren zu wollen, und dass ich dich von jetzt an immer auf Händen tragen werde. Und ich kann nur hoffen, dass du mir das glaubst und mir noch eine letzte Chance gewährst.“

Er seufzte und ich sah, wie schwer es ihm fiel, über seine Gefühle zu sprechen.

Umso mehr berührten mich seine Worte.

„Wenn ich nicht so ein egoistisches Arschloch wäre, dann würde ich dir sagen, dass du etwas viel Besseres als mich verdienst. Dass ich nicht gut genug für dich bin und dass ich deiner niemals würdig sein kann. Ich verdiene deine Liebe nicht. Aber ich kann ohne sie nicht leben. Ich kann ohne dich nicht leben. Deshalb möchte ich dich bitten, bei mir zu bleiben und mir die Chance zu geben, dich jeden Tag von neuem glücklich zu machen."

Ich blinzelte die Tränen weg, die sich in meine Augen geschlichen hatten.

„Ich liebe dich, Carlotta. Ich liebe dich mehr als mein Leben."

Bei diesen Worten brachen alle Dämme und ein Meer aus Tränen rann über meine Wangen. Matteo zog mich an sich und küsste zärtlich die Tränen weg, hielt mich im Arm, hielt mich fest, bis ich aufhörte zu weinen und mich erschöpft an ihn schmiegte.

„Ich liebe dich auch", flüsterte ich an seiner Brust.

Ich hob den Kopf und blickte in seine dunklen Augen, die samtig schimmerten. Ein Ausdruck von Liebe, Freude und grenzenloser Erleichterung lag in ihnen. Ich zog seinen Kopf zu mir, strich über seine markante Narbe und tat das, worauf wir beide schon so lange warteten.

Sanft legte ich meine Lippen auf seine und vergrub meine Hände in seinem Haar. Er seufzte und erwiderte gierig meinen Kuss. So verweilten wir minutenlang und fühlten einander mit all unseren Sinnen. Schließlich hob Matteo mich auf seinen Schoß und strich mir eine verirrte Strähne aus dem Gesicht.

„Ich will keine Geheimnisse mehr vor dir haben. Ich will dir von jetzt an alles erzählen, alles mit dir teilen, wenn du mich lässt?".

Ich lächelte und küsste ihn erneut, was ihm die Bestätigung zu geben schien, auf die er so verzweifelt gehofft hatte.

***** Matteo *****

Wir hatten die ganze Nacht geredet und waren nur einmal zum Fest zurückgekehrt, um etwas zu Essen und um nach Carlottas Cousine Ausschau zu halten, die wir aber nicht gefunden hatten.

Erst als die Musik längst erloschen war und die Dunkelheit sich am Horizont auflöste, waren wir Hand in Hand zu meinen Räumen geschlendert.

Carlotta stand auf dem Balkon und blickte gedankenverloren in die Ferne.

Ich trat hinter sie und umarmte sie, atmete ihren einmaligen Duft von Himbeere, Patschuli und Vanille ein, so tief ich konnte. Wir genossen die morgendliche Stille und kuschelten uns eng aneinander.

„Woran denkst du?", fragte ich sie.

Sie schmiegte sich an mich wie eine Katze.

„Kennst du den Spruch, *‚Ein neues Leben kann man nicht beginnen, aber täglich einen neuen Tag'?*".

Ich nickte an ihrem Hals und küsste ihre Halsbeuge.

„Ja sicher. Ich kenne sogar noch einen weiteren Spruch, der da lautet, *‚gib jedem Tag die Chance, der Schönste deines Lebens zu werden'*".

Sie kicherte. „Ja, den kenne ich auch."

Ich gab ihr noch einen Kuss auf ihre zarte Haut.

„Und das beschäftigt dich?".

Sie drehte ihren Kopf zur Seite und suchte meine Lippen.

„Ich musste darüber nachdenken, wie schnell sich das Lebenskarussell doch dreht. Und wie das Leben sich von einem auf den anderen Tag verändern kann. Zum Guten aber auch zum Schlechten. Die letzten Wochen waren die Schlimmsten meines Lebens. Dabei folgten sie direkt auf die Besten meines Lebens. Und jetzt…".

Sie stockte.

„Und jetzt hast du Angst, dass es sich wiederholt? Dass auf eine neue wunderschöne Zeit, wieder eine schreckliche Zeit folgen wird?", fragte ich sie.

Sie nickte zögerlich.

„Ja. Ich habe Angst, dich wieder zu verlieren, Matteo."

Ich drehte sie zu mir um und nahm ihr Gesicht in meine Hände.

„Das wird nicht passieren, Carlotta."

In ihren Augen schimmerte ein Ausdruck der Sorge und der Verzweiflung.

„Versprich es mir, Matteo."

Noch nie war es mir so leichtgefallen, etwas zu versprechen, wie in diesem Moment. Denn noch nie war ich mir bei etwas so sicher gewesen.

„Ich verspreche es dir, Carlotta."

Dann küsste ich sie zärtlich, um meinen Worten Nachdruck zu verleihen. Sie erbebte unter meinem Kuss und ihre Hände schoben sich unter mein Hemd. Sofort flammten Verlangen und Lust in mir auf, die ich seitdem ich Carlotta auf der Bank erblickt hatte, so vehement zu zügeln versucht hatte. Ich wollte ihr beweisen, dass wir einander einfach nur nah sein konnten, ohne miteinander zu schlafen.

Aber nun geriet dieser Vorsatz deutlich ins Wanken. Ihre Fingernägel kratzten lustvoll über meinen Rücken und ich musste Schlucken, um mir nicht anmerken zu lassen, wie sehr mich das anmachte.

„Ich will dich", flüsterte sie an meinem Ohr.

Oh Gott, das waren genau die Worte, die ich hören wollte. Aber ich wollte an meinem Vorsatz, ihr zu beweisen, dass meine Liebe zu ihr weit über das Körperliche hinausging, festhalten. Also hielt ich inne und sah sie prüfend an.

„Bist du sicher, Baby? Wir müssen das nicht tun."

Sie sah mich mit verhangenem Blick unter ihren gesenkten Augenlidern an.

„Ich will es aber tun. Mit dir. Jetzt. Als mein Freund. Ganz offiziell."

Ich grinste.

„Na wenn du es unbedingt willst. Dann lass es uns tun. So ganz offiziell."

Ich öffnete den Reißverschluss ihres Kleides, während sie mir mein Jackett abstreifte und die Knöpfe meines Hemdes öffnete. Ihr heißer Mund drängte sich an meine Brust und sie begann, sich mit heißen Küssen einen Weg nach unten zu bahnen. Ich ließ den Kopf in den Nacken fallen und musste mir ein animalisches Stöhnen schwer verkneifen. Sie öffnete den Knopf meiner Hose und streifte sie mir mit samt meiner Unterwäsche ab. Dann nahm sie mein erigiertes Glied in die Hand und ließ es in ihrer Hand auf und ab gleiten.

Ich atmete stoßweise und versuchte, den Verschluss ihres BHs zu öffnen, was mir nur schwer gelang, da mich ihre Berührungen völlig aus dem Konzept brachten. Dann endlich hatte ich ihre wunderschönen Brüste befreit, die sich mir nun mit aufgerichteten Knospen entgegenreckten. Ich ließ mich auf die Knie fallen und nahm sie gierig in den Mund, was Carlotta zu einem erstickten Keuchen verleitete. Eilig zog ich ihr Höschen hinab und ließ meine Finger in ihre heiße Mitte gleiten. Ich teilte ihren Spalt und konnte fühlen, wie nass, heiß und bereit sie für mich war.

Ich stand auf, nahm sie an der Hand und führte sie zu meinem Bett. Sie legte sich darauf und spreizte verheißungsvoll die Beine, gab alles preis, was sie besaß. Ich beobachtete, wie sie sich selbst streichelte und fuhr mit fahrigen Bewegungen an meinem Schwanz auf und ab, bis ich es nicht mehr aushielt.

„Das hier wird glaube ich eine schnelle Runde, Baby", keuchte ich, als ich mich auf ihr niederließ und mit einem Stoß in sie glitt.

Dieses intensive Gefühl entlockte beiden von uns ein genussvolles Stöhnen.

Ich wartete einen Augenblick, bis sie sich an meine Größe gewöhnt hatte und begann dann, sie zu dehnen, indem ich mich langsam in ihr bewegte. Ihr heiseres Wimmern heizte mir unglaublich ein und ich musste mich beherrschen, um nicht hart und schnell in sie zu stoßen.

„Küss mich", hauchte sie.

Ich leistete ihrem Befehl folge und verschloss meinen Mund mit dem ihren. Gierig tanzten unsere Zungen im Takt meiner Stöße. Sie schlang ihre Beine fest um meine Hüften und trieb mich mit ihren Fersen an, wie eine Reiterin ihren Hengst. Ich kam ihrer Bitte nach und nahm sie schneller und härter, während wir uns unentwegt leidenschaftlich küssten. Ich spürte, wie sie sich allmählich verkrampfte und ihrem Höhepunkt Stück für Stück näherkam. Ich löste meinen Mund mit einem letzten innigen Kuss und zwang sie, mich anzusehen.

„Komm für mich, Baby. Zeig mir, wie sehr du mich willst."

Ihre Augen waren voller Lust und trieben mich an, rastlos weiter in sie zu pumpen. Ihre Hände krallten sich in meine Arme und ihre heiße Möse melkte meinen pulsierenden Schwanz, als sie heftig kam. Sie stöhnte laut und hemmungslos meinen Namen, während sie den Gipfel der Lust erklomm, was dazu führte, dass ich mich so hart und lange in ihr ergoss, bis auch der letzte Tropfen aufgebraucht war. Erschöpft ließ ich mich auf sie sinken.

„Ich liebe dich", flüsterte ich ihr zu, doch diese Worte trafen nicht das, was ich eigentlich für sie fühlte.

Sie reichten nicht aus, um dem gerecht zu werden, was sie in mir auslöste.

Als sie nicht antwortete, hob ich vorsichtig den Kopf und blickte in ihr gerötetes Gesicht. Völlig entspannt lag sie da und atmete gleichmäßig.

Sie war eingeschlafen.

Vorsichtig stieg ich aus dem Bett und ging ins Bad, um mich zu säubern. Dann ließ ich warmes Wasser über ein Handtuch laufen und ging zurück zum Bett, wo die Frau meines Lebens splitternackt und mit einem befriedigten Lächeln auf den Lippen selig schlummerte.

Ich säuberte bedächtig ihre Mitte, aus der mein Samen floss. Auch wenn es lächerlich machohaft erscheinen mochte, so erfüllte mich dieser Anblick mit unbändigem Stolz.

Ich wollte der einzige Mann sein, der diese Frau nackt sah und sie berühren durfte. Ich wollte der einzige Mann sein, der sich in ihr versenken und ergießen durfte. Ich wollte der einzige Mann sein, neben dem sie einschlief und neben dem sie aufwachte. Ich wollte der einzige Mann sein, dessen Namen sie stöhnte, wenn sie kam. Der einzige Mann, dem sie ihr umwerfendes Lächeln schenkte.

Ich wollte alles von ihr.

Und ich war nicht bereit, irgendetwas davon zu teilen.

Lange Zeit saß ich auf dem Bett und sah ihr beim Schlafen zu. Diese Frau hatte mich verzaubert. Ich war abhängig von ihr.

Auch nur einen Tag für den Rest meines Lebens ohne sie verbringen zu müssen, erschien mir nach den Qualen der letzten Tage und Wochen völlig unmöglich. Sie machte mich glücklich. Ohne sie war ich nichts. Und ich hoffte so sehr, dass sie genauso fühlte.

„Ich liebe dich, Carlotta", murmelte ich.

Dann zog ich mich leise an und machte mich auf den Weg zu meinem Großvater.

Worte reichten nicht aus, um meinen Gefühlen für diese Frau Ausdruck zu verleihen.

Es war an der Zeit, Taten folgen zu lassen.

Kapitel 31

Als ich aufwachte, spürte ich sofort, dass er nicht da war. Ich tastete das Bett neben mir ab, aber es war leer.

Sowie ich die Augen aufschlug, bestätigte sich mein Verdacht. Matteo war nicht hier.

Ich setzte mich ruckartig auf und versuchte mir einzureden, dass alles in Ordnung sei. Er war sicher nur hungrig gewesen und würde gleich zurück sein. Mein Blick fiel auf den Nachttisch, auf dem ein kleiner Umschlag mit meinem Namen stand. Ich fischte den Umschlag vom Tisch und riss ihn auf.

Nervös nahm ich das Blatt hervor, auf dem ich Matteos markante Handschrift erkennen konnte.

„Guten Nachmittag du Schlafmütze,

Ich muss mit dir sprechen und erwarte dich an dem Ort, an dem wir uns gestern wiedergesehen haben.

Matteo“

Ich kaute angespannt auf meiner Unterlippe. Was hatte das zu bedeuten? Wir hatten doch die ganze Nacht, bis in den frühen Morgen hinein, geredet. Was gab es jetzt noch zu besprechen? Und wieso wollte er mich bei der alten Holzbank treffen? Wieso nicht hier?

Ich schwang die Beine aus dem Bett und schnappte mir meine Kleidung, die Matteo auf den Sessel neben dem Bett gelegt hatte. Dann steckte ich mir die Haare hoch und sprang eilig unter die Dusche. Eine viertel Stunde später hatte ich mich notdürftig frisch gemacht und verließ das Haus in Richtung des Weinbergs.

Matteo saß auf der Bank und erhob sich, als er mich kommen sah.

„Ist alles in Ordnung?“, fragte ich voller Sorge und versuchte, aus seinem Gesicht abzulesen, ob etwas nicht stimmte.

Aber er lächelte nur. Das beruhigte mich etwas. Dennoch blieb die Frage, warum er mir diesen Brief hinterlassen hatte und mich hier sprechen wollte.

Fragend sah ich ihn an. Er kam zu mir und gab mir einen Kuss auf die Stirn.

„Es gibt da noch ein paar Dinge, die ich dir sagen möchte, Carlotta.“

Er krempelte seinen Hemdsärmel hoch und legte den Schmetterling frei, der auf seinen Arm tätowiert war.

„Du hast mich schon ein paar Mal gefragt, wieso ich mir diesen Schmetterling habe stechen lassen. Ich habe es dir nie gesagt. Bis jetzt.“

Ich nickte verwirrt. Ja, natürlich interessierte mich der Grund für dieses Tattoo, aber was war so wichtig daran, dass er es mir hier und jetzt auf so theatralische Weise erklären wollte?

Er lächelte wissend und schien meine Skepsis zu bemerken.

„Ein Schmetterling steht für Schönheit und Symmetrie. Und Symmetrie wiederum steht für göttliche Vollkommenheit. Bereits in der Antike wurde die griechische Göttin Aphrodite, die Göttin der Liebe, der Schönheit und der sinnlichen Begierde, von Wesen mit Schmetterlingsflügeln begleitet.“

Ich nickte sichtlich verwirrt.

„Der Schmetterling ist aber auch das Sinnbild der kraftvollen Metamorphose. Er bringt Veränderung und Verwandlung. Er vermittelt Freude, Leichtigkeit und Unbeschwertheit. Der Schmetterling zeigt uns, wie schön und vollkommen das Leben sein kann, wenn man seinen Ballast abwirft und den Mut hat, zu fliegen. Und dass, obwohl er so klein und zerbrechlich ist.“

Ich ging zur Bank und ließ mich darauf nieder. Seine Ausführungen über die Bedeutung des Schmetterlings waren wundervoll, doch noch immer war mir nicht klar, welche Rolle er in all dem hier spielte.

„Ich habe dieses Tattoo vor ziemlich genau 12 Jahren machen lassen, Carlotta. Um genau zu sein, einen Tag, nachdem ich dich damals verlassen habe."

Ich hatte nicht bemerkt, dass ich bei diesen Worten die Luft angehalten hatte und zwang mich, langsam auszuatmen, um wieder Luft holen zu können.

„Ich habe dir nie erzählt, wieso ich damals gegangen bin. Aber ich finde, du solltest es wissen."

Er kniete sich vor mich und umschloss meine Hände mit seinen Fingern.

„Meine Familie war mir immer am Wichtigsten. Ihren Machterhalt zu garantieren und sie erfolgreich und ehrenvoll fortzuführen, war immer mein großes Ziel. Und ich wollte nicht zulassen, dass irgendetwas oder irgendjemand mich davon abhält. Schließlich war es doch das, was ich mehr als alles andere wollte. Zumindest dachte ich das all die Jahre."

Er machte eine kurze Pause und lächelte mich mit einem melancholischen Lächeln an.

„Bis du vor 12 Jahren in mein Leben getreten bist. Auf einmal wollte ich nur noch mit dir zusammen sein. Alles andere erschien mir unwichtig. Du hast Gefühle in mir hervorgerufen, von denen ich nicht wusste, dass ich sie überhaupt besaß. Und als wir diese eine Nacht zusammen verbracht haben und du mir alles von dir geschenkt hast, habe ich zum ersten Mal in meinem Leben die Kontrolle über mich verloren. Ich war so überwältigt von allem, dass ich davongelaufen bin. Du hättest mir alles befehlen können, Carlotta, und ich hätte es, ohne zu zögern, getan. Ich hätte einfach alles für dich aufgegeben, nur, um bei dir zu sein. Und dieses Wissen jagte mir eine solche Angst ein, dass ich die Flucht ergriff. Ich fragte mich, wie es sein konnte, dass eine junge Frau, mit der ich gerade einmal ein paar Wochen zusammen war, mir wichtiger sein konnte, als all das, was ich schon ein Leben lang kannte und wollte."

Matteo führte meine Hand zu seinem Mund und küsste sie gedankenverloren.

„Mich befiel das schlechte Gewissen. Ich hatte das Gefühl, meine Familie im Stich zu lassen, meiner Verantwortung nicht mehr gerecht zu werden. Ich fürchtete, durch dich davon abgelenkt zu werden. Und ich hatte Angst. Ich hatte eine Heidenangst vor diesem Gefühl, dass mir schier den Verstand raubte und mit dem ich damals einfach nichts anfangen konnte. Heute weiß ich, dass dieses Gefühl einen Namen hat."

Er strich zärtlich über meine Wange und lächelte mich an.

„Liebe. Grenzenlose Liebe. Aber damals, tja damals traf ich den Entschluss, dass ich eine Verantwortung gegenüber meiner Familie zu tragen hatte. Also entschied ich mich für meine Familie und gegen dich. Doch ganz konnte und wollte ich dich nicht vergessen. Also ließ ich mir den Schmetterling stechen, der mich in so vielerlei Hinsicht an dich erinnerte. Ich wollte dich wenigstens auf diese Weise immer bei mir haben."

Zum zweiten Mal innerhalb weniger Stunden versuchte ich verzweifelt, die Tränen wegzublinzeln, die sich in meinen Augen gesammelt hatten. Ich war unfähig, etwas zu sagen. In mir tobte ein Wirbelsturm an Gefühlen, der mich zu übermannen drohte.

„Es gibt mehrere Gründe, warum ich an genau diesem Ort mit dir sprechen wollte, Carlotta und auch, warum ich dir das alles jetzt erzähle."

Matteo stand auf und setzte sich neben mich.

„Damals glaubte ich, mich zwischen meiner Familie und dir entscheiden zu müssen. Und ehrlicherweise muss ich gestehen, dass ich das bis vor ein paar Tagen noch immer dachte. Doch es war mein Großvater, der mir genau hier auf dieser Bank, vor nicht einmal einer Woche, die Augen geöffnet hat. Durch ihn habe ich verstanden, dass ich mich überhaupt nicht zwischen dir und meiner Familie entscheiden muss. Denn du *bist* meine Familie. Du machst mich glücklich, du motivierst mich und du glaubst an mich. Du lenkst mich nicht von meinen Pflichten ab, du treibst mich zu Höchstleistungen an. Durch dich versuche ich, jeden Tag noch besser in all dem zu werden, was ich tue. Durch dich erst ist meine Familie komplett, Carlotta. Und ich hasse mich dafür, dass ich 12 lange Jahre gebraucht habe, um das zu verstehen."

Ich sah ihn an und lächelte. Dabei konnte ich jedoch nicht vermeiden, dass mir zwei verräterische Tränchen die Wangen hinabkullerten.

„Sei nicht so hart zu dir. Lass die Vergangenheit ruhen, Matteo. Du kannst sie nicht mehr ändern. Alles was zählt ist, dass wir jetzt zusammen sind."

Er schüttelte den Kopf.

„Das reicht mir nicht."

Dann holte er tief Luft.

„Der zweite Grund, aus dem ich dich hier sprechen wollte, ist, dass mein Großvater diesen Ort für meine Großmutter erschaffen hat. Sie waren ein Leben lang glücklich und haben ein erfülltes Leben zusammen verbracht. Das hier ist ein Ort der Liebe. Und deshalb ist es genau der richtige Ort, um dir eine wichtige Frage zu stellen."

Matteo stand auf und zog mich mit sich. Verwundert sah ich ihn an und als er vor mir auf die Knie ging, schlug ich erschrocken die Hände vor dem Gesicht zusammen. Mein Herz begann zu rasen und ich befürchtete schon, ohnmächtig zu werden, als er meine Hand nahm und die nächsten Worte sprach.

„Carlotta. Du bist die Liebe meines Lebens. Du bist alles, was ich mir je erträumt habe, mehr als ich je verdient habe und bezaubernder, als ich es je in Worte fassen könnte. Wenn ich dir sage, dass ich dich liebe, dann ist das gelogen. Denn das, was ich für dich empfinde, ist so viel mehr, so viel gewaltiger, als Liebe. Du siehst in meine Seele und liebst mich bedingungslos, trotz dem, was ich bin. Ich kann und will keinen Tag länger ohne dich sein. Nicht heute, nicht Morgen und nicht den Rest meines Lebens. Wir haben bereits 12 Jahre verloren, die uns niemand mehr zurückgeben wird. 12 Jahre, von denen ich jeden einzelnen Tag, den ich nicht mit dir verbracht habe, bereue. Deshalb frage ich dich, Carlotta Sorrentino, willst du meine Frau werden?".

Er nahm eine kleine Schachtel aus seiner Hosentasche und klappte sie auf. Zum Vorschein kam ein atemberaubend schöner Ring mit einem funkelnden Rubin, dessen feuerroter Glanz sich in der Sonne in tausend Strahlen brach.

„Der Rubin gilt als der Stein der Liebe. Mein Großvater hat diesen Ring eigens für meine Großmutter anfertigen lassen, als er um ihre Hand anhielt. Er ist das Symbol einer Liebe, die über die Grenzen des Todes hinausreicht. Deshalb gibt es keinen Ring, der besser zu dem passt, was ich für dich empfinde."

Ich sah nach oben in den Himmel und blinzelte. Aber es half nichts. Ich war hoffnungslos verloren.

„War es so furchtbar, was ich gesagt habe?", fragte Matteo bestürzt.

Ich lachte, doch mein Lachen wurde durch ein Schluchzen unterbrochen, wonach ich wie ein Seelöwe auf dem Trockenen klingen musste.

Ich ließ mich auf die Knie sinken und zog ihn zu mir, um ihn zu küssen.

„Es war perfekt. Es war das Perfekteste, was ich je in meinem Leben gehört habe", murmelte ich zwischen zwei Küssen an seinen Lippen.

Er schob mich etwas von sich weg.

„Ist das ein ‚Ja'?".

Ich lachte. Ich lachte so frei, unbeschwert und glücklich, wie schon seit einer Ewigkeit nicht mehr.

„Ja, ja und nochmals Ja."

Matteo stürzte sich mit einem Freudenschrei auf mich und wir ließen uns in das weiche Gras vor der Bank fallen.

„Sollen wir gleich heute heiraten?". Matteo stützte sich auf seine Ellenbogen und sah mich erwartungsvoll an.

„Wie heute? Was redest du denn da? Du weißt schon, dass es bei einer Hochzeit das ein oder andere vorzubereiten gibt?", sagte ich gespielt entrüstet.

„Na gut. Ich gebe dir 12 Tage. Einen Tag für jedes gemeinsame Jahr, dass wir schon verloren habe."

Ich riss die Augen auf. „Nein, das geht nicht. Sagen wir 12 Monate. Einen Monat für jedes der vergangenen 12 Jahre“, erwiderte ich.

Matteo schüttelte energisch den Kopf.

„Auf keinen Fall werde ich 12 Monate darauf warten, dass du meine Frau wirst. Mein letztes Angebot sind 12 Wochen. Keinen Tag länger.“

Ich überlegte. In 12 Wochen würde der Sommer in den Herbst übergehen. Dann würden sich die Blätter der Bäume und Sträucher rot und orange färben. Es war die Zeit der Ernte. Nach einem aufregenden Sommer würden langsam Ruhe und Besinnlichkeit einkehren.

Ich mochte den Herbst und was er verkörperte. Er war ein neuer Abschnitt eines jeden Jahres. Nun würde er auch einen neuen Abschnitt meines Lebens einläuten. Ich horchte in mich hinein. Es fühlte sich gut an. Nein, mehr noch. Es fühlte sich vollkommen richtig an.

„Also gut. In 12 Wochen werde ich dich heiraten, Matteo Leone“, besiegelte ich lachend unsere gemeinsame Zukunft.

Epilog

12 Wochen später

Als der Wecker an diesem Morgen klingelte, war ich schon längst wach. Ich saß im Fensterrahmen und sah hinab auf den Weinberg. Die ersten Sonnenstrahlen trafen auf den feinen Nebelschleier, und hüllten den Weinberg so in einen goldenen Glanz. Wie Goldstaub lichtete sich der Nebel langsam über den Weinreben. Zum Vorschein kam ein Blätterfarbenmeer aus Orange, Gelb, Gold und Rot.

Zwei starke Arme umarmten mich und ein Gefühl von Wärme und Geborgenheit durchflutete meinen Körper.

„Hallo schöne Frau. Ich sah Sie hier so allein sitzen und habe mich gefragt, ob Sie vielleicht Single sind?".

Ich drehte mich zu Matteo um und schenkte ihm ein strahlendes Lächeln.

„Nicht mehr lange. Denn ich heirate in ein paar Stunden."

Matteo schaute gespielt entrüstet. Dann wackelte er anzüglich mit den Augenbrauen und flüsterte mir in mein Ohr, „na dann könntest du die letzten Stunden deines Single Daseins doch mit mir verbringen. Ich habe da so ein paar tolle Tricks, die dir sicher gefallen würden. Dazu musst du nur in mein Bett hüpfen und dich nackig machen. Den Rest erledige dann ich."

Ich lachte vergnügt.

„So? Jetzt bin ich aber neugierig. Leider habe ich nicht viel Zeit."

Er zwinkerte mir zu.

„Ich kann ganz schnell sein."

Dann hob er mich mit einem Ruck hoch und trug mich zurück ins Bett. Ich quietschte vergnügt, als er mich darauf fallen ließ und sich auf mich stürzte.

*****

„Also Leute! Ich stehe jetzt schon seit zehn Minuten vor der Tür und warte. Den Geräuschen nach zu urteilen waren das mindestens zwei Orgasmen für jeden von euch. Das muss jetzt auch mal reichen. Lasst den anderen auch noch was übrig."

Giorgia war zeternd in unser Zimmer hineingeplatzt.

Matteo zog schnell die Bettdecke über unsere verschwitzten Körper und küsste mich verheißungsvoll weiter.

„Geh weg. Wir sind beschäftigt." Er bemühte sich verärgert zu klingen, doch es gelang ihm nicht.

Ich kicherte.

„Leonardo! Kommst du jetzt mal? Wo bist du, wenn man dich braucht. Dieser nichtsnutzige Mann treibt mich noch in den Wahnsinn", meckerte Giorgia, während sie zur Tür ging und nach Leonardo rief.

Kurze Zeit später hörte ich, wie Leonardo zur Tür hineinkam.

„Sag deinem sexbesessenen Cousin, dass er in ein paar Stunden heiratet und er deshalb seinen Schwanz aus meiner Cousine nehmen muss, damit die ihr Hochzeitskleid anziehen kann."

Ich streckte den Kopf unter der Decke hervor und grinste Leonardo an. Auch der konnte sich ein Grinsen nicht verkneifen.

„Na wenn die zwei zu beschäftigt sind zum Heiraten, dann könnten wir beide doch vielleicht…?".

Giorgia stieß einen genervten Schrei aus und gestikulierte wild mit ihren Armen.

„Herr habe Erbarmen mit mir. Was habe ich verbrochen, dass ich das hier verdiene?".

Dann kam sie energisch zum Bett und zog mit einem Ruck die Bettdecke weg.

„Schluss jetzt ihr zwei. Raus aus meiner Cousine und raus aus dem Bett. Leonardo, pack deinen Cousin bei seinem lüsternen Schwanz und zieh ihn hier raus. Sonst erledige ich das."

Ich sah Matteo an und hatte große Mühe, nicht laut loszulachen. Der gab mir einen Kuss auf die Nasenspitze und wandte sich dann an Giorgia.

„Wir springen schnell unter die Dusche, dann kommen wir."

Giorgia verschränkte die Arme vor der Brust und funkelte Matteo an. „Ihr seid heute schon genug gekommen. Es wird getrennt geduscht. Und jetzt raus hier."

Nun konnte ich beim allerbesten Willen nicht mehr an mich halten und prustete los.

Matteo und Leonardo lachten ebenfalls laut los und auch Giorgia konnte sich ein klitzekleines Grinsen nicht verkneifen.

Ich gab Matteo einen letzten Kuss.

„Ich sehe dich dann nachher."

Er sah mich liebevoll an und strich mir zärtlich durch die Haare.

„Ich kann dir nicht sagen, wie sehr ich mich darauf freue."

Dann stand er auf und folgte Leonardo aus dem Zimmer.

Splitternackt, wohlbemerkt.

***** Matteo *****

Ich ging hinter Leonardo in das Nachbarzimmer und duschte mich ausgiebig, bevor ich mir meine ausgewaschenen Jeans und ein T-Shirt schnappte, um ihm nach draußen zu folgen.

Die Hochzeit würde erst am Nachmittag stattfinden. Bis dahin waren es noch ein paar Stunden.

Genug Zeit, mir alles noch einmal anzusehen, um sicher zu gehen, dass auch mein ganz spezielles Hochzeitsgeschenk für Carlotta am richtigen Fleck stand. Ich verließ das Haus und ging in Richtung Garten.

Die Bühne für die Live Musik war bereits aufgebaut und in den Bäumen, sowie entlang der steinernen Mauern, hingen bunte Lichterketten und Lampions, die auch in der Nacht genug Licht zum Tanzen spenden sollten.

Ein wenig abseits, in der Nähe des Pools, waren kreisförmig um eine Lagerfeuerstelle 12 Tipi Zelte im Boho Stil aufgebaut worden, die mit lauter Federn, Makramee und Lichterketten dekoriert waren.

Da das Anwesen zwar viele Übernachtungsmöglichkeiten bot, jedoch nicht jeden der geladenen Gäste beherbergen konnte, hatte Carlotta den Wunsch geäußert, diese Tipi Zelte im Glamping Stil für ihre Freunde und ein paar Mitglieder ihrer Familie, aufzustellen. Dabei ging sie auch davon aus, dass eines dieser Zelte für uns beide vorgesehen war. Doch zumindest was unsere Hochzeitsnacht betraf, hatte ich etwas anderes für sie geplant.

Die meisten der Gäste würden am frühen Nachmittag eintreffen und die Nacht über auf dem Anwesen bleiben, um am nächsten Tag noch gemütlich mit uns zu frühstücken. So konnte jeder so viel feiern, trinken und tanzen, wie er wollte, um anschließend direkt ins Bett zu fallen. Während sich die meisten Gäste nach dem Frühstück verabschiedeten, würden Carlottas und meine engsten Freunde und Verwandten auch den Rest des Tages mit uns verbringen. Wahrscheinlich würden wir alle unseren Kater am Pool auskurieren. Abends wollten wir dann ein Lagerfeuer machen, und unter dem Sternenhimmel zusammensitzen, bevor dann jeder in seinem Zelt verschwand, um entweder zu schlafen, oder eben anderen Tätigkeiten nachzugehen.

Es versprachen zwei aufregende Tage zu werden und ich freute mich extrem darauf.

„Hast du die Tafel gesehen?“. Leonardo war zu mir gekommen und wies auf den Weinberg.

Ich schüttelte den Kopf und folgte ihm, um mir das Meisterwerk anzusehen.

Insgesamt würden etwa sechzig Personen zu der Hochzeit kommen.

Das war für italienische Verhältnisse sehr wenig, doch wir wollten es so. Wir wollten diesen Tag nur mit den liebsten Menschen in unserem Leben teilen.

Keine Geschäftspartner, keine Ansprüche, keine exklusive Feier. Es sollte ein einfaches, traditionelles Fest unter Freunden werden. Deswegen hatten wir uns auch dazu entschieden, statt vieler kleiner Tische, eine einzige lange Tafel im Weinberg aufzustellen.

Genau in der Mitte des Weinbergs befand sich also zwischen zwei Reihen mit Weinreben, die lange Tafel aus Holz mit passenden Sitzbänken. Ein langer weißer Leinenstoff diente als Tischdecke. Auf den Tischen standen opulente, bunt zusammengewürfelte silberne Kerzenständer mit langen Kerzen, sowie alte verzierte Einmachgläser, die als Vasen für die Sonnenblumen herhielten.

Weingläser reihten sich aneinander und mit Zitronen und Orangen bemalte Keramikteller rundeten das wilde Durcheinander, das aber erstaunlicherweise perfekt miteinander harmonierte, ab. Die Reihen an Weinreben, die links und rechts neben der langen Tafel standen, waren mit Lichterketten und farbenfrohen Glühbirnen behangen. Alle paar Meter war eine Holzkonstruktion aus einzelnen Holzbalken an den Weinreben befestigt worden, die über den Tisch ragten und sich dort in der Mitte, wie ein spitzes, offenes Dach trafen. Von jeder Spitze hing eine alte Öllampe an einem Stück Seil hinab, die zusätzliches Licht spenden würde.

Es war perfekt!

Statt einem extravaganten Menü hatten wir uns für einfache Gerichte aus der Region entschieden.

Als Vorspeise würde es eine Auswahl an Käse, Wurst, Oliven, Brot und Trauben geben. Begleitet wurde das Ganze von frischen Dips, Saucen und Pizzabrot aus dem Holzofen.

Danach hatten wir uns für handgemachte mit Kürbis gefüllte Ravioli in einer leichten Parmesan Creme entschieden. Ein Assortiment an Fleisch und Meeresfrüchten mit saisonalem, gegrilltem Gemüse, rundeten den Hauptgang ab.

Als Nachtisch hatte sich Carlotta ganz traditionell Tiramisu gewünscht. Dazu gab es unsere Hochzeitstorte. Eine dreistöckige Pana Cotta Torte mit Himbeeren und Vanille Soße.

Und natürlich Wein. Jede Menge Wein aus dem Hause Leone.

Alles war genauso, wie ich es mir immer gewünschte hatte. Dabei hatte ich noch nicht einmal gewusst, wie ich mir meine perfekte Hochzeit überhaupt wünschte. Denn bevor ich Carlotta traf, konnte ich mit diesem Thema rein gar nichts anfangen. Doch sie hatte mich verzaubert und ihre Wünsche waren auf magische Weise auch genau das, was ich mir wünschte.

Ich schaute voller Vorfreude auf meine Armbanduhr. Es wurde höchste Zeit, sich fertig zu machen.

Aber vorher musste ich mich noch davon überzeugen, dass mein Hochzeitsgeschenk ebenso perfekt bereitstand, wie all das hier.

***** Carlotta *****

Mittlerweile waren so gut wie alle Gäste eingetroffen. Ich stand vor dem Spiegel und drehte mich zum wiederholten Male wie verzaubert von einer auf die andere Seite.

„Du wirst nicht schöner, auch wenn du dich noch zwanzig Mal um dich selbst drehst“, stichelte Giorgia.

„Aber auch nur, weil sie sowieso schon die schönste Braut überhaupt ist“, ermahnte sie Allegra, die neben Giorgia auf dem Bett saß.

„Ja, das stimmt“, schwärmte Mia verträumt.

Mein Kleid war einfach wie für mich gemacht. Naja, um ehrlich zu sein, war es das ja auch. Statt mich lange auf die Suche nach einem passenden Brautkleid zu machen, hatte ich es mir in Neapel einfach nach meinen Wünschen anfertigen lassen.

Es hatte dünne, mit kleinen aufgestickten Schmetterlingen besetzte Träger, die in einen figurbetonten V-Ausschnitt mit ausgestellten Cups übergingen. Diese machten dank ihrer steifen Form, das Tragen eines BHs überflüssig.

Bis zur Taille war das Kleid korsettartig auf Figur geschnitten. Dann wurde es weiter und fiel in kleinen Wellen aus Tüll bis zum Boden hinab. Das Korsett mit samt der Cups war mit unzähligen weißen Blumen und Schmetterlingen in unterschiedlichen Größen bestickt, die durch schimmernde Perlen noch hervorgehoben wurden. Nach unten hin verringerte sich die Anzahl der verspielten Applikationen und wurde schließlich in Höhe der Oberschenkel vollständig von dem schlichten Tüll abgelöst. Am Rücken hatte das Kleid ebenfalls einen beachtlichen V-Ausschnitt und ich freute mich bereits darauf, Matteos starke Hand auf meiner nackten Haut zu spüren.

Meine Haare hatten mir meine Freundinnen in lockerer Form hochgesteckt und mit kleinen Haarspangen, bestehend aus glitzernden Schmetterlingen und Sonnenblumen, befestigt. Meine Schuhe waren schlicht und die Absätze gerade so hoch, dass ich problemlos darin gehen konnte.

Zum Tanzen würde ich sie sowieso gegen meine geliebten Capri Schuhe eintauschen.

Ich schloss die Augen und horchte in mich hinein. Da war keine Nervosität. Kein bisschen. Alles, was ich spürte, waren grenzenlose Vorfreude und Liebe. Ich war bereit, den Mann zu ehelichen, den ich über alles liebte.

Ich eilte ans Fenster und riss es auf. Draußen schien die warme Herbstsonne und ein laues Lüftchen wehte mir entgegen. Ich schmeckte das Salz auf den Lippen, das vom Meer herkam. Unten hatten sich die Gäste bereits auf den aufgestellten Stühlen im Garten versammelt, die nachher der Tanzfläche weichen würden. Ich erkannte meine Eltern, meine Großeltern und ein paar meiner Tanten, Onkel und Cousinen. Unter einem mit Weinranken behangenen Holzbogen stand Matteo und lächelte gedankenverloren.

Alles war bereit.

Das hier passierte tatsächlich.

Es war, als ob ich erst in diesem Moment realisieren würde, dass Träume sich erfüllten, wenn man von ganzem Herzen daran glaubte.

Glück, kam es mir in den Sinn. Glück. Hier war es. Genau vor mir. Endlich hatte das Glück einen Namen. Ein Gesicht. Eine Definition.

„Ich liebe dich, Matteo“, rief ich so laut, ich konnte.

Die Gäste lachten vergnügt und Matteo sah sehnsüchtig zu mir hinauf.

„Dann komm endlich runter und heirate mich!“, rief er zurück.

Stunden später, es war bereits lange nach Mitternacht, stand ich erschöpft vom Tanzen am Rande der Tanzfläche und küsste, zum bestimmt tausendsten Mal an diesem Tag, meinen frisch gebackenen Ehemann.

„Wer ist denn der Typ dort, mit dem Allegra so ausgelassen tanzt?“, fragte ich ihn.

Matteo sah zu den beiden hinüber und grinste vielsagend. „Das ist Hunter.“

„Hunter?“.

Matteo nickte.

„Wir kennen uns seit meiner Zeit in den Staaten. Er ist Amerikaner und ein guter Freund.“

Ich beäugte diesen Hunter kritisch.

„Und was macht dein guter Freund Hunter so?“.

Matteo zwinkerte mir zu.

„Momentan scheint er mit deiner Schwester zu tanzen. Was dieser wiederum ganz gut zu gefallen scheint.“

Ich stieß ihn in die Seite.

„Keine Geheimnisse mehr. Schon vergessen?“.

Matteo gab mir einen Kuss auf die Stirn.

„Hunter liebt alles, was schnell ist. Und damit verdient er auch sein Geld. Genaueres fragst du ihn am besten selbst. Sein Tipi ist das dort drüben.“ Matteo zeigte auf eines der Tipi Zelte.

„Dort drüben, wie in *‚dort drüben neben dem Tipi meiner Schwester‘*?“.

Matteo zuckte unschuldig mit den Schultern und zog mich dann zurück auf die Tanzfläche, bevor ich weiter nachbohren konnte.

Wir tanzten ausgelassen mit unseren Freunden und unserer Familie, bis meine Füße endgültig den Dienst quittierten. Als ich Matteo in Richtung unseres Hochzeitstipis zog, hielt er mich zurück.

„Was ist?".

„Ich habe eine Überraschung für dich", erwiderte dieser.

„Wie, jetzt?".

Er nickte. „Komm mit mir."

Ich sah ihn ungläubig an.

„Warte einen Moment, ich möchte mir nur noch meine kleine Tasche aus unserem Tipi holen."

Widerwillig ließ er mich los.

„In Ordnung. Aber beeil dich. Ich warte gleich dort am Eingang des Weinbergs." Er zeigte auf eine schwach beleuchtete Reihe von Weinreben.

Verwundert machte ich mich auf den Weg zu unserem Tipi und kroch hinein. Als ich gerade wieder herauskriechen wollte, sah ich wie Leonardo fröhlich glucksend hinter Giorgia in Giorgias Zelt verschwand.

Kurze Zeit später vernahm ich mehr als eindeutige Töne aus diesem besagten Zelt. Ich biss mir auf die Unterlippe und presste meine Hand gegen den Mund, um nicht laut loszulachen.

Hatte sich Leonardos Beharrlichkeit also tatsächlich ausgezahlt. Zumindest für diese eine Nacht. Ich war mir ziemlich sicher, dass es den armen Kerl so richtig erwischt hatte. Das konnten selbst seine Machosprüche nicht verbergen.

Die Frage war nur, ob es Giorgia genauso ging.

In jedem Fall schienen beide heute Nacht auf ihre Kosten zu kommen.

Und das war alles, was momentan zählte.

Wer wusste schon, was Morgen war?

Ich suchte Matteo im Halbdunkel und erschrak fast zu Tode, als sich von hinten zwei Hände um meine Augen legten, und mir gänzlich die Sicht nahmen.

„Psssst, nicht schreien“, flüsterte mir Matteo in mein Ohr.

„Geh einfach weiter, immer gerade aus.“

Ich kicherte.

„Was wird das hier denn, wenn es fertig ist?“.

Er biss in mein Ohrläppchen und pustete dann sanft in mein Ohr.

„Das wirst du dann schon sehen, Signora Leone.“

Schritt für Schritt gingen wir durch diese abgelegene Reihe des Weinbergs, bis ich die Musik aus dem Garten kaum mehr hören konnte, dafür aber das Rauschen des Meeres unweit vor uns vernahm.

Matteo nahm seine Hände von meinen Augen und ich öffnete sie blinzelnd, nur um sie dann wieder zu schließen und wieder zu öffnen. Ich glaubte nicht, was ich da sah.

Direkt vor mir stand zwischen den üppigen Ausläufern des Weinbergs mit Blick auf das Meer ein Himmelbett, dessen Vorhänge einladend im lauen Wind wehten.

Um das Bett herum lag ein Meer aus Blumen und Blüten und Kerzen flackerten im schwachen Mondschein.

Ich drehte mich zu Matteo um und strahlte ihn an.

„Du bist ja komplett verrückt!“

Er beugte sich vor und hob mich scheinbar mühelos auf seine Arme.

„Ja. Ich bin verrückt. Nach dir.“

Er gab mir einen langen, innigen Kuss.

„Ich liebe dich, Carlotta Leone.“

Das hier war alles so überwältigend. So überwältigend schön. Ich schlang meine Arme um seinen Hals und funkelte ihn spitzbübisch an, um zu vermeiden, dass ich jetzt auf der Stelle vor Rührung losheulte.

„Ich liebe dich auch, Matteo Leone. Und jetzt würde ich vorschlagen, dass du mir aus diesem Kleid hilfst und wir beide mal schauen, ob dieses Bett auch so stabil ist, wie es aussieht.“

Das ließ er sich nicht zwei Mal sagen.

Er setzte mich vor dem Bett ab und öffnete den Reißverschluss meines Hochzeitskleides, das einen Augenblick später zu Boden fiel. Sekunden danach hatte auch er sich seiner Kleidung entledigt und legte sich zu mir auf das Bett.

„Dann lass mich mal sehen, was ich hier geheiratet habe", witzelte er und begann, mich langsam zu streicheln.

Ich wand mich genussvoll unter ihm und stöhnte seinen Namen, als sein heißer Mund meine rechte Knospe umschloss. Dann zog ich ihn auf mich und wir sahen uns in stillem Einverständnis in die Augen, als er langsam in mich eindrang und wir uns das erste Mal als Mann und Frau liebten.

Ende

Bonus

27 Hits aus der Playlist von Carlottas und Matteos Hochzeit

Sarà perché ti amo – Ricchi e Poveri

Cose della Vita – Eros Ramazzotti

Tu sei l'unica donna per me – Alan Sorrenti

Tu – Umberto Tozzi

Gente di Mare – Umberto Tozzi & Raf

Soli – Toto Cotugno

Piccolo Amore – Ricchi e Poveri

Felicità – Al Bano & Romina Power

Ti amo – Umberto Tozzi

Solo noi – Toto Cotugno

Buona Domenica – Antonello Venditti

L'italiano – Toto Cotugno

Innamorati – Toto Cotugno

Gloria – Umberto Tozzi

Amada Mia, Amore Mio – The Italians

Svalutation – Adriano Celetano

Mamma Maria – Ricchi e Poveri

Su Di Noi - Pupo

Bello e Impossibile – Gianna Nannini

Senza una donna - Zucchero

Piccola e Fragile - Drupi

Maledetta Primavera – Loretta Goggi

Se bastasse una canzone – Eros Ramazzotti

Vivo per Lei – Andrea Bocelli

Nessun Dorma – Luciano Pavarotti

Un'emozione per sempre – Eros Ramazzotti

Con te partirò – Andrea Bocelli

Wie geht es weiter…

Love me Save me, Baby

Die Geschichte von Giorgia & Leonardo

Erscheint am 1. April 2021

Welches Geheimnis kann so verheerend sein, dass man dafür die große Liebe von sich stößt?

Leonardo Leone ist erfolgreicher Winzer, Geschäftsmann und Teil der einflussreichen Leone Familie. Er ist charismatisch, sexy und wird von den Frauen heiß begehrt. Vor eindeutigen Angeboten kann er sich kaum retten. Doch ihn interessiert nur eine Frau: Giorgia Sorrentino. Mit dieser resoluten und eigensinnigen Restaurantleiterin, kann er sich alles vorstellen.

Giorgia Sorrentino hat der Liebe abgeschworen und lässt keinen Zweifel daran, dass sie an einer Beziehung mit Leonardo nicht interessiert ist. Denn sie verbirgt ein gut gehütetes Geheimnis, das ihr jegliches Recht auf bedingungslose Liebe verwehrt. Dabei gibt es nichts auf der Welt, was Leonardo's Liebe für diese Frau ins Wanken bringen könnte. Oder etwa doch?

Dies ist ein abgeschlossener Einzelband, der abwechselnd aus der Perspektive von Giorgia und Leonardo geschrieben ist. Happy End Garantie.

Freut euch auf eine unvergessliche Reise in das sommerliche Italien und das Wiedersehen mit Carlotta, Matteo, Don Mario und Allegra vor der Traumkulisse Capris.

Zitronenzauber und Orangenträume – Liebe am Gardasee

Die Geschichte von Lilli & Jonas

Erscheint am 02. Mai 2021

Sommer, Sonne, Gardasee & eine große Portion Liebe

Eigentlich wollte Lilli ihren Freund Martin mit einem Traumurlaub in Kapstadt überraschen. Stattdessen sorgt Martin für eine böse Überraschung der ganz besonderen Art. Hals über Kopf flüchtet Lilli zu ihrer Tante an den Gardasee, die dort mit ihrem Mann eine kleine Pension mit angrenzender Surfschule betreibt. Eigentlich der perfekte Ort, um zur Ruhe zu kommen und das Kapitel Männer aus ihrem Leben zu verbannen, denkt sich Lilli. Doch Jonas, der sexy Surflehrer mit dem blonden Wuschelkopf und den schokobraunen Augen, hat ganz andere Pläne. Aber ist Jonas wirklich der, für den er sich ausgibt?

Ein herzerwärmender, humorvoller Wohlfühlroman am sommerlichen Gardasee. Ideal zum Zurücklehnen, Träumen und Entspannen.

(Don't) Love the Boss

Die Geschichte von Allegra & Hunter

Erscheint am 05. Juni 2021

Ein unvergessliches Wochenende.
Ein leidenschaftliches Abenteuer.
Ein Wiedersehen wird es nicht geben.
Doch man trifft sich immer zwei Mal im Leben…

Als Allegra auf der Hochzeit ihrer Schwester den gleichermaßen attraktiven wie geheimnisvollen Hunter trifft, lässt sie sich auf eine heiße Affäre mit ihm ein. Keine Versprechen. Keine Verpflichtungen. Keine Fragen. Da Hunter in New York City ein Millionenimperium leitet und sie in ihrem Job als Event Managerin von Titan Racing um die ganze Welt jettet, werden sich ihre Wege nie wieder kreuzen. Doch dann steht auf einmal Byron King, der neue Teammanager, vor ihr. Und der sieht Hunter zum Verwechseln ähnlich. Wer ist Byron King wirklich? Und welche Rolle spielt die rätselhafte Maddie, die ihn andauernd anruft?

An alle CEO, Boss, Millionär, Milliardär und Sport Romance Fans: Dieser knisternd heiße Liebesroman wird euch fesseln und nicht mehr loslassen.

Er ist der Auftakt zu der *Titan Racing* Reihe um Allegra, Riley, Kenzie, Skye und Dakota. Jeder Band ist in sich abgeschlossen und aus der Perspektive beider Protagonisten geschrieben.

Toskana Küsse & die große Liebe

Die Geschichte von Elin & Tiziano

Erscheint am 04. Juli 2021

Sommer, Sonne, Toskana & ganz viel Herzklopfen

Elin ist Fotografin und Journalistin aus Leidenschaft, bis sie nach einem prekären Zwischenfall von ihrer Zeitung fristlos entlassen wird. Kurzentschlossen bricht Elin ihre Zelte in Deutschland ab, um bei ihrer Schwester Dana in der malerischen Toskana einen beruflichen Neuanfang zu wagen.

In Italien angekommen muss Elin jedoch feststellen, dass sich das schwieriger gestaltet als gedacht. Der Umzugswagen ist verschollen, ihr Auto wird von der Polizei konfisziert und ein machohafter Italiener beschüttet ihr weißes Lieblingskleid mit Rotwein. Schlimmer kann es nicht mehr kommen denkt sich Elin, bis sich besagter Italiener als ihr neuer Chef entpuppt. Mit seiner arroganten und überheblichen Art bringt er ihr Blut in Wallung. Nur so und nicht anders kann sich Elin erklären, wieso ihr Herz in seiner Gegenwart immer höherschlägt.

Ein humorvoller Wohlfühlroman voller Liebe im bezaubernden UNESCO Weltkulturerbe Val d'Orcia. Perfekt zum Abschalten, Genießen und Entspannen.

2021 verspricht also weiterhin ein aufregendes Jahr voller Liebe, Leidenschaft und hitziger Wortgefechte zu werden. Ich würde mich freuen, wenn ihr mich auf dieser Reise begleitet.

Eure Ava Avery

Website & Newsletter: www.avaavery.de

Instagram: avaavery.autorin

Facebook: www.facebook.com/avaavery.autorin

Ihr wollt wissen, wie, wo und wann es weitergeht? Dann folgt mir auf Amazon, abonniert meinen Newsletter und werdet Teil meiner Instagram und Facebook Community. So erhaltet ihr als Erste(r) alle News und Erscheinungsdaten, sowie Zugang zu Bonus-Geschichten, Exklusiv Kapiteln und Gewinnspielen.

Bevor ihr geht...

Hat euch dieser Ava Avery Liebesroman gefallen? Ich würde mich über eine Rezension oder Bewertung von euch sehr freuen. Das Schreiben ist eine erfüllende, aber auch harte Arbeit. Jede einzelne, positive Rückmeldung, gibt mir den Glauben daran, dass ich euch einen Mehrwert bieten konnte, und dass meine Bücher euch ein paar Stunden oder Tage der Freude geschenkt haben. Natürlich dürft ihr diesen Liebesroman auch gerne weiterempfehlen.

IMPRESSUM

Ava Avery
Auf dem Berg 6 A
66809 Nalbach

Vertreten durch:
A. Germaine Klein

Kontakt:
avaavery.romane@gmail.com

Printed in Poland
by Amazon Fulfillment
Poland Sp. z o.o., Wrocław

90559441R00134